Os órgãos dos sentidos

Adam Ehrlich Sachs

Os órgãos dos sentidos

tradução
Roberto Taddei

todavia

Para minha mãe

*E em memória de meu avô,
Walter Ehrlich*

Observe e examine.

Giambattista della Porta, *Magia naturalis*

Um 11
Dois 31
Três 79
Quatro 189

Um

Em um relato enviado à *Philosophical Transactions*, mas por algum motivo nunca publicado ali ou em qualquer outro lugar, um jovem G. W. Leibniz, que ao longo da vida tinha sido um investigador assíduo de milagres e outras aberrações da natureza, tratou de um encontro estranho e perturbador com certo astrônomo que havia previsto que, no zênite do último dia de junho de 1666, o momento mais luminoso do dia, quase na hora mais luminosa do ano, a Lua passaria muito brevemente, mas com bastante precisão, entre o Sol e a Terra, lançando toda a Europa em um instante de escuridão absoluta, "uma escuridão sem igual em nossa história, mas que duraria não mais do que quatro segundos", o astrônomo previra, segundo Leibniz, um eclipse que nenhum outro astrônomo na Europa previa, e que, explicou Leibniz, chamou sua atenção em parte porque o astrônomo em questão, cujas observações dos planetas e estrelas supostamente estavam entre as mais corretas e mais precisas jamais feitas, superiores às de Tycho, era cego, e "não apenas completamente cego", escreveu Leibniz (em minha tradução do latim), "mas na verdade totalmente desprovido de olhos".

Não poderia haver dúvida de que *fingisse* uma cegueira porque suas cavidades oculares, e isso era sabido, eram ocas, escreveu Leibniz, para quem esse encontro parece ter ao mesmo tempo precipitado e levado a cabo a única grande crise intelectual de sua carreira filosófica de outro modo dominada pelo racionalismo sanguíneo com que agora é conhecido e pelo qual, ao menos desde a época de Voltaire, tem sido periodicamente ridicularizado.

Bem, esse astrônomo tinha construído, dizia-se, o mais longo telescópio conhecido pelos homens e, portanto, o mais poderoso, um telescópio que media mais de sessenta metros, informou Leibniz; mas, de acordo com todas as leis conhecidas de óptica, o verdadeiro poder de um telescópio é uma função também do poder do olho que mira através dele, esquerdo ou direito, e o poder do olho é claramente uma função da existência do olho e, nesse caso, nenhum olho existia, "nem o esquerdo nem o direito". Daí então que na metade de junho, quando Leibniz partiu de Leipzig em direção à Boêmia — primeiro de carruagem, por alamedas banhadas de sol, depois, ao atingir os pés da montanha, a cavalo, por entre as crateras pretas das minas de sal, e, finalmente, no topo das montanhas, a pé, por entre caminhos lamacentos forjados pelas cabras, por trilhas ainda cobertas de neve, uma travessia que seria impossível de imaginá-lo percorrendo com sua grande peruca encaracolada e as caras meias de seda caso não tivéssemos a evidência textual de que ele de fato a tivesse realizado, ainda que a imagem absurda da peruca de Leibniz espocando por entre montes de neve ou do próprio Leibniz seguindo cabras tenha sido o suficiente para que em alguns lugares se duvidasse da autenticidade do documento como um todo —, ele sabia que muito provavelmente lidava com um místico, um louco ou uma fraude engenhosa. Mas havia, como ele explicou ao *Philosophical Transactions*, uma quarta e supostamente última possibilidade, uma possibilidade tão intrigante quanto improvável: a de que ele encontraria ali nas montanhas nevadas da Boêmia um homem de razão, um homem de ciência, cujo relâmpago de escuridão profetizado iria de fato acontecer, um homem que, em outras palavras, olhou para o céu com suas cavidades oculares ocas e de alguma maneira viu o que nenhum outro astrônomo no mundo conseguiria ver, previu sem olhos o que eles não poderiam prever com dois. Se fosse aquele o caso, Leibniz concluiu, então, quando a luz voltasse, quatro segundos depois, encontraria em confusão as leis da óptica, o conhecimento em ruínas, a mente humana em um íntimo abraço com o mundo e o olho humano em estado de desgraça.

Ele planejava alcançar o observatório ao nascer do sol do vigésimo oitavo dia de junho, permanecer lá por dois dias e duas noites para "rigorosamente, porém às escondidas, avaliar a sanidade do astrônomo" por meio de "uma série de perguntas sutis e rigorosas que iam do político ao teológico", i.e., do mais baixo ao mais elevado, "passando pelo ético, o lógico, o astronômico e o metafísico" e, finalmente, ao meio-dia do terceiro dia, i.e., o trigésimo, observar ao lado do astrônomo a prevista ocultação do Sol pela Lua, os anunciados quatro segundos de escuridão da Terra, "a avaliação sine qua non de sua sanidade".

Ele poderia passar na minha avaliação sem passar na de Deus, escreveu Leibniz.

Na verdade, estamos sempre passando por avaliações mútuas de sanidade, mas sendo reprovados na de Deus, ele escreveu. Estou sempre passando por sua avaliação e você sempre passando pela minha, com sucesso total, sempre, é disso que se trata uma conversa, uma série alternante de avaliações de sanidade não muito rigorosas, ainda que frequentemente, supõe-se, sejamos loucos aos olhos de Deus.

Mesmo assim, nunca aumentamos a severidade de nossas avaliações!

É claro que até mesmo a mais rigorosa das avaliações humanas é ridícula à luz da mais relaxada das avaliações administrada por Deus, escreveu Leibniz.

Vale ressaltar que duas semanas antes, por motivos que permanecem obscuros três séculos e meio depois, Leibniz teve seu doutorado em direito negado pela Universidade de Leipzig, mesmo tendo recentemente publicado seu primeiro livro, *A arte combinatória*. Depois de ouvir o veredicto, ele saiu em caminhada pelos arredores da cidade, na floresta de Rosental, onde, enquanto observava o tronco de uma árvore, foi atingido pela primeira vez — como se lembrou décadas mais tarde em carta ao cético francês Simon Foucher — pelas implicações "calamitosas" da filosofia de Descartes, que tinha arrancado a mente do mundo, transformado o mundo em uma máquina gargantuesca, e feito com que a mente duvidasse de tudo, exceto de sua própria existência. Por um breve momento em seus dezenove anos, Leibniz perdeu a fé na razão. Duas semanas depois, ele se encontra rumo à Boêmia. Imagino-o arrastando-se pela neve de verão à procura não apenas de material para publicação, mas também de um relacionamento mais feliz e harmonioso entre a mente e o mundo.

De qualquer maneira, algo deve ter dado errado, seus cálculos, sua cartografia, já que não foi até o nascer do sol do trigésimo dia, mais de dois dias completos depois do planejado e apenas poucas horas antes do eclipse previsto, que Leibniz alcançou o observatório e quase sem percebê-lo, pois estava naquele momento, como ele relata, sofrendo de fome, desidratação e hipotermia ("Havia quase terminado um tratado sobre algumas impressionantes propriedades das montanhas", ele escreveu ao *Philosophical Transactions*), e tinha alucinado, ao longo da noite anterior, enquanto cambaleava de um pico a outro sob os golpes de uma chuva congelante, com um grande número de observatórios astronômicos "de todas as geometrias concebíveis e inconcebíveis", não apenas observatórios triangulares e observatórios pentagonais, mas observatórios de centenas de lados e até mesmo de milhares de lados, "abreviando, uma noite de puro desassossego poligonal". "Observatórios pululavam constantemente da névoa e apenas quando eu corria até eles em auxílio é que percebia estarem em minha mente." Assim, quando o sol surgiu e ele viu bem à sua frente uma torre pequena e perfeitamente circular de tijolos vermelhos, desmoronando em algumas partes, na beira de um alto penhasco bem acima das nuvens, com um imenso telescópio, maior do que se propalava, sobressaindo dali em um ângulo sobre o abismo, ele de início pensou ("não sem razão!") que esse observatório circular era apenas mais uma ilusão produzida por sua mente atormentada, a última ilusão, o observatório para onde a sequência perturbadora da última noite inexoravelmente apontava e que sua mente, conhecendo-a, não descansaria até que o tivesse produzido. ("Na cabeça do astrônomo, eu logo encontraria um tipo similar de mente, embora, é claro, não idêntico, já que não existem duas coisas idênticas na natureza.") Foi apenas quando ouviu o chiar ("animalesco") do telescópio ao vento que Leibniz percebeu que enfim o encontrara, "não estava em minha cabeça, mas sim ali na neve, à beira do penhasco".

Na página seguinte de seu relato, ele descreve com mãos de projetista o sistema intrincado de polias e postes que mantinha suspenso o pesado instrumento de ferro, marcando dimensões e ângulos com precisão rigorosa. É um diagrama impressionante, uma maravilha única, muito mais detalhado do que os diagramas feitos ou encomendados por construtores de telescópios de seu tempo para tais geringonças. A legenda diz: "Não era coisa de minha cabeça".

A torre tinha poucas janelas, e as poucas que tinha eram pequenas e bem fechadas, mas, após uma série de circum-navegações pela estrutura, Leibniz encontrou uma ripa ligeiramente torta que lhe permitiu, se ficasse na ponta dos pés, espiar lá dentro. Do lado de fora estava claro e luminoso, mas no interior o observatório era escuro, exceto pela luz de uma única vela que mal iluminava um homem muito velho sentado em um banco de três pernas, pressionando uma de suas duas cavidades ocas contra o ocular de latão daquele telescópio colossal. Ele não usava óculos tampouco cobria suas cavidades com tapa-olhos; onde os olhos costumam ser encontrados, "ele tinha apenas dois ocos assombrosos". Era óbvio que alguém, em algum momento, simplesmente os arrancara. De vez em quando o astrônomo pegava sua pena e escrevia com urgência considerável, e ainda que Leibniz não conseguisse, de onde estava, compreender o que ele escrevia, "ele dava nesses momentos a impressão clara de alguém que tinha realmente visto algo". Se aquilo era uma espécie de atuação, não ficava claro para quem ele atuava, já que não havia mais ninguém no observatório exceto um gato gordo e sonolento e, pelo que podia dizer Leibniz, ele, Leibniz, ainda não tinha sido notado. Se aquela era uma atuação para Deus, Deus, o ser que precisa apenas ser possível para existir, e Quem portanto existe, porque Ele é possível, e Quem como consequência de sua existência percebe em cada instante uma infinidade de percepções, não seria certamente enganado, um fato que a razão em si, se nele ela funcionasse com perfeição, informaria ao astrônomo. E se é uma atuação para si mesmo ele é, como provarei, louco, escreveu Leibniz, pois é parte da essência da atuação que se a faça para outros, de modo que qualquer um que atue para si mesmo age como se tivesse dentro de si um outro ser, para quem se possa atuar — um evidente absurdo; e se ele acredita nesse absurdo, então é louco, e se age desse modo sem acreditar nisso, então é igualmente louco. Assim, concluiu Leibniz, se essa "cerimônia do olhar" (tradução minha) é uma atuação para si mesmo, então ele é louco; se é uma atuação para Deus, então é igualmente louco; e se é uma atuação para os outros, em não havendo mais ninguém aqui além de mim, que até onde posso dizer ele ainda não notou, então essa não é uma atuação, e ou ele de fato enxerga ou pensa que realmente o faz.

Com relação à sua aparência física, para além da ausência de olhos, relatou Leibniz ao *Philosophical Transactions*, o velho astrônomo era enrugado, ossudo, encurvado, com alguns cabelos brancos na cabeça, mas não muitos (ainda que os fios fossem longos, não havia tantos fios), tinha a pele do pescoço flácida sob o queixo e um nariz grande, talvez como o nariz adunco de um israelita, ainda que no conjunto sua face emanasse uma aura de "amabilidade e inteligência". Sempre que o astrônomo se curvava para olhar pelo telescópio, sua cabeça, do ponto de vista de Leibniz, desaparecia por completo por detrás dos picos sobressalentes dos ombros; "sua coluna tinha provavelmente se deformado com os anos". O astrônomo vestia os trapos e as peles dos pastores que Leibniz encontrou no caminho. "Nada nos pés, nada na cabeça." "A possibilidade de que ele de fato *fosse* um pastor, que tivesse perdido os olhos e a mente, e que tivesse entrado por acaso naquele observatório, passando a chamar-se de 'o astrônomo', na verdade não me escapara." Desde o primeiro momento em que o viu, Leibniz estava ciente de que aquilo que o velho pastoreava podia ser algo bem diferente de "rebanhos de verdade e falsidade nos pastos do reino da razão".

Na página seguinte: um desenho do velho curvado sobre seu banco, na ocular do telescópio, o comprimento de seus membros e o ângulo em que sustentava a cabeça marcados com precisão, como se o próprio velho fosse parte do instrumento. A legenda dizia: "*Seria* um pastor?".

Se o eclipse solar ocorresse, Leibniz anotou, seria prova suficiente de que ele era, de fato, um astrônomo, pois era ínfima a probabilidade de que alguém que não fosse um astrônomo previsse, com olhos ou sem, um eclipse que nenhum outro astrônomo no mundo havia previsto. Mas se o eclipse solar falhasse, não seria uma prova de que ele *não* era um astrônomo, já que não são apenas os não astrônomos que erram as previsões de eclipses, mas também os astrônomos, com olhos ou sem, ainda que especialmente aqueles sem olhos. A probabilidade de que alguém que *é* um astrônomo, mesmo com problemas de visão, erre a previsão de um eclipse solar é na verdade bastante alta, o que revela qualquer dedução dos antigos erros de previsão dos eclipses solares, uma vez que os astrônomos, mesmo aqueles com problemas de visão, estão constantemente errando previsões de eclipses. "Se o eclipse de fato ocorrer, podemos deduzir que ele é na verdade um astrônomo e na verdade é são, mas se o eclipse falhar em ocorrer não poderemos deduzir nada — nem que ele não seja um astrônomo, nem que ele seja uma fraude, nem que ele não seja são: nada!" Leibniz de repente se deu conta da avaliação de sanidade *unilateral* que em breve, porque já eram quase nove horas da manhã, seria realizada por Deus na forma da ocorrência ou não do eclipse solar. Se o velho passasse no teste, então seria de fato são, mas, se falhasse, aquilo não seria prova de que não fosse são.

Ele podia falhar na avaliação de Deus e não falhar na minha, escreveu Leibniz.

É simples provar que alguém é um astrônomo ou que é são, mas como você prova que alguém *não* é um astrônomo ou que é *in*sano? A primeira prova é trivial, a segunda, talvez impossível, explicou Leibniz. Como, no geral, você prova que alguém é insano? Como seria uma prova dessas? Fenômenos naturais não são de nenhuma ajuda aqui. Deus, que, é claro, em consequência de sua natureza, tem conhecimento infinito do universo, incluindo o universo dentro da mente humana, conhece a resposta, mas as limitações do homem o impedem de receber d'Ele tal conhecimento. "Arrisco sugerir que, nesse sentido, o homem está sozinho." Restavam agora exatamente três horas para o eclipse previsto. Nesse intervalo, Leibniz escreveu, ele bateria contra a janela, seria admitido no observatório e perguntaria diretamente ao velho: Como você perdeu os olhos e como pode alegar que enxerga as estrelas sem eles?, e então, ao soar do meio-dia, ergueria a cabeça aos céus. Se Leibniz julgasse sã a história do homem, e o eclipse solar de fato acontecesse, então o velho era mesmo são. Se Leibniz julgasse que a história do homem era insana, mas o eclipse acontecesse, então, de novo, o velho seria mesmo são. Se Leibniz julgasse que a história do homem fosse insana e o eclipse não ocorresse, então o velho provavelmente seria, mas apenas provavelmente, já que não seria em si uma demonstração, insano. E se Leibniz julgasse que a história do homem era sã, mas o eclipse não ocorresse, então o velho possivelmente seria (mas apenas possivelmente!) são, embora, para dizer a verdade, nesse caso, ao mesmo tempo o caso mais difícil e o mais comum, e, acrescentou Leibniz, de fato o caso quintessencial aqui na Terra, nós não saberíamos mais ou menos absolutamente nada.

"Naquele momento", escreveu Leibniz, "bati na janela."

Numa tarde, muito tempo atrás, de fato *muitos e muitos* anos atrás, especificamente no último ano do século anterior, isto é, em 1599, "quando eu ainda tinha olhos!", como disse o astrônomo a Leibniz e este relatou ao *Philosophical Transactions*, um novo objeto apareceu nos céus da Boêmia. Nunca antes tal coisa havia acontecido. Parecia ter surgido do nada. "A existência das coisas, até aquele momento, seguia regra muito diferente!" Em um canto do céu que permanecera completamente escuro desde os tempos antigos havia agora algo que tremeluzia irrefutavelmente, um tremeluzir que estava em completa contradição com a doutrina de Aristóteles, que postulava a eterna perfeição e a perfeita fixidez das esferas celestes. Sim, dentre as cinquenta e cinco esferas às quais estávamos aparentemente ligados, nada de novo deveria aparecer, nada jamais morreria e nada deveria tampouco nascer! Aquela doutrina, como é bem sabido, disse o astrônomo, tinha sido pregada durante muito tempo pelos aristotélicos de Praga, por todos os cantos e em todos os salões, até mesmo aos ouvidos do imperador. Assim, talvez se pudesse alegar que aquele tremeluzir sempre tivesse estado ali e que os homens o haviam ignorado, ou que somente tinha vindo à luz na esfera sublunar, não muito além, em realidade, das nuvens, ou até mesmo que fosse uma ilusão compartilhada, que tremeluzia na verdade na superfície de nossas retinas ou dentro de nossa cabeça, mas não se podia negar que alguma coisa tremeluzia. *Alguma coisa*, resumindo, tremeluzia, o velho astrônomo disse a Leibniz, pausando brevemente para olhar no telescópio, pegar sua pena e escrever algo. Mesmo ao questionar *o que* tremeluzia, ou *onde* tremeluzia, admitia-se *que* tremeluzisse. Que tremeluzia, era certo. "Resumindo, tremeluzia!", exclamou o astrônomo. Nem mesmo os aristotélicos podiam negar que tremeluzia, e o astrônomo — embora não tivesse nenhum treinamento formal em matemática ou metafísica, sendo ele o filho de um escultor que o carregara à oficina assim que começara a falar, e esperava, a partir daquele momento, que o filho martelasse e não ponderasse, esculpisse e não calculasse, lixasse e polisse, e não observasse e explicasse, que em geral pregava as virtudes da mão acima das dos olhos e da mente e que até mesmo anunciou, mais de uma vez, que poderia viver se lhe arrancassem os olhos contanto que mantivesse as mãos — lembrou-se de ter percorrido as ruas de Praga a noite toda na noite em que o novo objeto surgiu, forçando os aristotélicos dogmáticos da geração anterior a admitirem que algo novo tremeluzia no céu e amarrando então aqueles rígidos velhos aristotélicos a nós filosóficos. Ele encontrava um velho aristotélico e de imediato o amarrava com um nó. "Assim que esbarrava em outro aristotélico, eu o amarrava imediatamente ao nó filosófico mais apertado possível, tudo com base no que ele podia ver com os próprios olhos", Leibniz citou a fala do astrônomo. E não era apenas ele, claro — todos os idosos aristotélicos de Praga estavam sendo atacados, obrigados a olhar para o objeto tremeluzente e amarrados em nós, facilmente destituídos de seus poderes acadêmicos ou arrancados de seus poleiros acadêmicos e amarrados sem cerimônias em nós — ele mesmo, embora provavelmente ninguém em Praga se lembraria hoje de seu nome (lembrariam o nome de Kepler, é claro, mas não o dele!), "amarrou com nós pelo menos dez ou onze aristotélicos naquela noite, nós *bem apertados*, nós cosmológicos firmes e verdadeiros", ele disse, "o tipo de nó com o qual eles lutariam indefinidamente para escapar e que nunca conseguiriam enquanto vivessem, pois na verdade eu usei os olhos deles mesmos para amarrá-los. Se você usar *seus* próprios olhos, eles sempre conseguirão escapar, mas se você usar os olhos *deles*, então cairão em uma armadilha, e nesse caso eu usei aquilo que indubitavelmente os olhos deles tinham visto naquele objeto sem dúvida tremeluzente", um objeto celeste que, como Leibniz relatou em uma nota adjacente ao editor do *Philosophical Transactions*, pode corresponder, se aventarmos a possibilidade de o velho ter confundido os anos, à supernova de 1604, e que é hoje conhecida, nem é preciso dizer, ele acrescentou, como a Supernova de Kepler. "O segredo", disse o astrônomo a Leibniz, "é amarrar a pessoa utilizando sua própria impressão retínica, de modo que, quanto mais ela enxergar, mais apertado será o nó."

Kepler, a propósito, como o astrônomo sem dúvida sabia, segundo Leibniz, jantou naquela noite uma ceia pesada de *knödeln* e foi para a cama cedo, antes de o novo objeto aparecer no céu. Quando acordou e olhou pela janela, os aristotélicos de Praga já estavam completamente amarrados em nós; talvez houvesse alguns poucos aristotélicos soltos, a respeito de quem Kepler pudesse alegar ter amarrado em seus nós com o *De Stella Nova*, mas na verdade aquele livro tinha encontrado uma Praga em que os aristotélicos já estavam quase todos amarrados em nós bem apertados. Foi então, por acaso, que o conhecido desejo de Kepler por *knödeln*, e o cansaço provocado por esses bolos de pão, fizeram com que ele perdesse, ao longo de sua vida, fenômenos astronômicos imprevisíveis; é correto afirmar que ao longo da vida Kepler jamais viu nada pela primeira vez, que apenas observou o que outras pessoas observaram primeiro, por estar tão empapado de soporíficos *knödeln* — o nervo óptico, disse o astrônomo, está diretamente conectado, como mostrou Vesalius, não apenas ao cérebro, mas também ao estômago e suas extremidades —, e é por isso que em substituição aos olhos, sempre meio fechados no estupor provocado pelos *knödeln*, Kepler tivesse de oferecer sua notória destreza matemática. Mas a razão matemática como meio de acessar a realidade tem um limite na substituição da visão. Por esse motivo, "eu mesmo nunca comi *knödeln* depois das quatro da tarde, muito embora não haja nada no mundo que eu goste mais de comer no final da tarde, e quando chega as sete ou oito da noite minha mente está quase sempre implorando por *knödeln*. Ao contrário de Kepler, eu sempre me controlei". Assim como, ao contrário de Kepler, sempre recusou todo gulache e carnes assadas servidas depois das quatro da tarde e, em função de seu duradouro autocontrole, estava sempre "prodigiosamente afiado de cabeça" quando as estrelas começavam a brilhar. A forte convicção do astrônomo era a de que qualquer um que comesse alimentos como gulache ou *knödeln* depois das quatro da tarde, ou cinco, no limite, não poderia (a menos que estivéssemos falando de um *knödel* ridiculamente leve, um *knödel* que dificilmente se sentiria no estômago, uma espécie de *knödel* tão divinamente leve, sobre o qual poderíamos teorizar indefinidamente, mas que na prática jamais o encontramos em lugar algum da Terra, muito menos em Praga) chamar a si mesmo de "astrônomo", talvez se pudesse considerar um "matemático" ou um "filósofo", mas não poderia, de boa-fé, chamar-se de "astrônomo", e isso incluía o gourmand Tycho Brahe. "Não se pode comer uma refeição dessas, em uma hora dessas, e depois esperar enxergar", disse o astrônomo a Leibniz. "Quero dizer, enxergar de verdade."

E quando disse as palavras "enxergar de verdade", apontou para as cavidades oculares ocas.

Como resultado de nunca comer *knödeln* depois das quatro, ou mesmo depois das três, ou das duas, ou, se ele antecipava um evento astronômico especial naquela noite, da uma, ou do meio-dia, ou mesmo das onze da manhã, até mesmo depois das dez, o astrônomo tinha observado muito do céu noturno, "mais céu noturno do que qualquer outro na história", embora é claro que ver tanto era uma consequência não apenas de sua dieta noturna mas também de seu instrumento, o instrumento de observação que ele mesmo, como explicaria em breve, disse o velho astrônomo a Leibniz, o que quer que se dissesse ao contrário era simplesmente mentira, a mais completa e pura mentira, tinha concebido, projetado e transformado em realidade, na esteira do aparecimento do novo objeto no céu noturno. "Vi muito, como explicarei, com a ajuda deste instrumento formidável", disse o astrônomo, acariciando o telescópio, segundo o relato de Leibniz, "e continuo vendo muita coisa." Como que para prová-lo, olhou pelo telescópio, pegou a pena e escreveu algo em seu grande livro.

Sim, ele *continuava*, repetiu o astrônomo, pondo agora muita ênfase na palavra, ou assim pareceu a Leibniz, a ver bastante, uma repetição e uma ênfase onde Leibniz disse ter detectado, pela primeira vez na conversa, um tom de provocação: prove que não posso ver o que eu digo que vejo! E, desse modo, a inabilidade de Leibniz para confirmar ou negar a alegação do astrônomo já começava, naquele começo de conversa, a desconcertá-lo, ou mesmo a atormentá-lo, já que a verdade residia em uma mente a menos de meio metro da dele. O problema de entrar na cabeça humana — um problema que até então não lhe atingira como problema algum, e que depois não voltaria a atingi-lo novamente como problema, porque antes desse dia e, de novo, depois desse dia, mas não *naquele* dia, Leibniz tinha absoluta crença no poder do discurso racional para desnudar os conteúdos da mente humana — agora o atingia, depois de apenas poucos minutos de conversa com o astrônomo, como potencialmente insolúvel, terrivelmente. Enquanto a cabeça do astrônomo falava, Leibniz em parte a escutava falar e em parte buscava uma maneira de penetrá-la. É raro, Leibniz relatou, que consigamos apontar a localização geográfica precisa de uma verdade, nesse caso a pouco menos de meio metro, em uma quase esfera (uma cabeça) cuja circunferência tinha ela mesma pouco mais de meio metro, e, no entanto, não tenhamos a mais remota ideia do que afinal essa verdade pode *ser*! Ele poderia embalar aquela cabeça com as mãos sem chegar um pingo mais próximo da verdade dentro dela e se, meramente como ideia de experimento, ele pudesse, de repente, partir aquela cabeça ao meio, a verdade, "longe de ser libertada de sua casca como uma noz", simplesmente pereceria juntamente com as condições que a permitiram existir, i.e., a cabeça do astrônomo, uma vez que estamos aqui lidando com uma verdade contingente, em vez de uma verdade necessária, o-astrônomo-sem-olhos-pode-ver implicando talvez um absurdo mas não uma contradição, já que depende, Leibniz escreveu, das propriedades empíricas dos olhos e da visão, não de suas propriedades lógicas.

Isso, a propósito, é a primeira aparição no corpus da obra de Leibniz da distinção entre o absurdo e a contradição, que em trabalhos mais maduros como seu *Apontamentos críticos sobre os aspectos gerais dos princípios de Descartes* (1692) serviria para salvaguardar a existência do duvidoso e do absurdo, para não dizer do insano, da máxima cartesiana de que "deve ser considerado falso aquilo que é duvidoso".

"Como posso entrar nessa mente?", Leibniz relatou pensar repetidamente. "Como? Como? Como? Como posso entrar nessa mente? Como posso entrar nessa mente? Como? Como posso entrar dentro dessa mente?" O problema de entrar na mente de outra pessoa, ver o que a mente vê (ou não vê) e o que estava pensando (ou não estava) agora parecia a Leibniz uma questão profundamente filosófica. Nem embalar, tampouco arrebentar ao meio, resolveria, porque a barreira envolvia não apenas ossos, mas também uma grossa camada de filosofia. O crânio humano consiste, seria possível dizer, escreveu Leibniz, de uma camada de ossos de meio centímetro de espessura e de meio centímetro de filosofia. Além disso, o cérebro também está protegido por várias membranas e fluidos. Um médico experiente pode penetrar o crânio com uma furadeira, pode cortar as membranas com uma faca e pode também drenar os fluidos com uma bomba, mas seus instrumentos são completamente inúteis para penetrar a camada sólida e condensada de filosofia. "Até mesmo o instrumento cirúrgico mais avançado, manejado pelo melhor médico de Paris, simplesmente capitularia diante da membrana cérebro-filosófica", escreveu Leibniz. Uma linguagem canhestra. "Nunca dependi tanto das palavras para que me expusessem os interiores de outra mente, e as palavras nunca tinham parecido tão inferiores à tarefa", escreveu Leibniz, reparando que o astrônomo, que não havia parado de falar uma vez sequer enquanto Leibniz se deixava levar por esses pensamentos problemáticos, tinha voltado a falar de Kepler, *knödeln*, Tycho e carnes. "Essas palavras deveriam iluminar a mente desse velho para mim? Palavras como 'Kepler' e '*knödeln*' e 'quatro horas' e 'cinco horas' e 'Tycho' e 'carne de veado' e 'cinco horas' e 'seis horas' e palavras como 'Kepler' e 'gulache' e 'sete horas' e 'não astrônomo' e 'Tycho' e 'ganso' e 'oito horas' e 'não astrônomo', e também, pela primeira vez, palavras como 'Galileu' e 'fettuccine' e 'nove horas' e 'não astrônomo'?" Com essas palavras, ele deveria mesmo ser capaz de determinar o que o astrônomo vira, e se o vira, assim como se e o que o astrônomo pensara?

Leibniz colocou seu relógio de bolso ao alcance da luz da vela já consumida pela metade. Eram nove horas e dez minutos. Pela ripa entortada da janela, ele podia ver um pequeno recorte de céu azul radiante.

O tubo astral, que é como alguns chamam o telescópio, não foi inventado, como se costuma dizer, em 1608, mas em 1599, segundo o astrônomo, pelo que Leibniz aponta que ele quisesse dizer 1604, tampouco foi inventado por um óptico holandês, ou por um matemático florentino, nem sequer por um mago napolitano, figuras a quem a história conspira para dar crédito porque não quer admitir que a pessoa que primeiro alongou um dos sentidos humanos foi simplesmente o filho autodidata de um escultor de Praga. O astrônomo tinha penetrado nos segredos da natureza por conta própria, longe de qualquer instituição, e.g., as guildas de ópticos, as faculdades de matemática, os círculos esotéricos dos magos, e por esse motivo a história sempre suspeitara e conspirara contra ele. "Ainda assim, esse tubo não é mais o tubo de Galileu do que aquela estrela é a estrela de Kepler, e isso eu vou provar a você, Herr Leibniz", ele disse. "Você me perguntou como perdi meus olhos, e me perguntou como posso enxergar sem meus olhos, mas você se esqueceu de perguntar, Como você descobriu o tubo? Se a sabedoria consiste, como se diz, em fazer as perguntas certas, teria sido mais sábio fazer não apenas a pergunta dos dois olhos, mas a pergunta do tubo único. Mesmo assim, você deverá ter a resposta para as três questões antes de o eclipse nos mergulhar na escuridão.

"E no momento em que estivermos imersos na escuridão, você compreenderá que essas três questões são, na verdade, apenas uma", ele acrescentou, olhando pelo telescópio, pegando sua pena e escrevendo algo — uma longa série de números, ou assim pareceu a Leibniz na penumbra bruxuleante da luz da vela.

"Você, porque ainda é jovem, provavelmente acredita que as coisas que inventamos e as coisas que descobrimos ganharão nosso nome, ao passo que as coisas inventadas por outros, e as coisas descobertas por outros, levarão o nome dos outros. Não, não é assim. Por exemplo, não tive nada a ver com um certo mecanismo para o depenar rápido e supostamente indolor dos patos. E, no entanto, foi nomeado em minha homenagem. Existe uma engenhoca utilizada para levantar as cortinas de um teatro com o pisar de um pedal, e não com a manivela de um guincho — eu nunca cheguei perto de uma delas! Mas é claro que atribuíram a mim essa engenhoca de cortinas. Não descobri o roedor que leva meu nome. Existe nas Américas um fungo... para resumir, nunca vi nem sombra desse fungo. E assim por diante. Mas o telescópio, que é meu, eles o deram para os outros."

Então o astrônomo disse: "É claro que, se o telescópio for atribuído a mim ou a outra pessoa, isso não importa, fico até um pouco envergonhado de ficar insistindo nisso, porque quando eu morrer, o que pelos meus cálculos vai acontecer não muito depois do eclipse que ocorrerá em algum momento daqui a trinta ou quarenta minutos, levarei o telescópio comigo, e levarei Galileu e Kepler comigo, e também levarei Tycho comigo, e é claro que eles estão todos mortos, mas mesmo assim eu os levarei todos comigo, e qualquer um que creditar o telescópio a outra pessoa eu também o levarei comigo, assim como aqueles que levarem o crédito, mas também todo mundo e, na verdade, vou levar o mundo inteiro comigo, até mesmo você, Herr Leibniz, eu também o levarei comigo, e você talvez não soubesse disso! Você, porque é jovem, provavelmente pensa que *levará* o mundo com *você* quando morrer, no fundo todos os jovens pensam que levarão o mundo consigo quando morrerem, essa é a crença canônica de um jovem, porque no fundo os jovens não acreditam na realidade de outras pessoas, não tiveram ainda a total realidade das outras pessoas inculcada neles pelas escolas, mas o que descobri com a pesquisa astronômica mais rigorosa é que *eu* vou mesmo levar o mundo *comigo* quando *eu* morrer. Quando era criança eu acreditava, feito um idiota, que levaria o mundo comigo quando morresse, uma crença que foi felizmente expulsa de mim durante meus breves anos escolares antes de meu pai me arrastar para sua oficina. A realidade de outras pessoas foi inculcada em mim e minha crença de que levaria o mundo comigo quando morresse foi, dessa maneira, retirada de mim. Aprendi quase nada na escola, mas a total realidade das outras pessoas *foi* inculcada em mim. O ensino fundamental é quase inútil, claro, mas é provavelmente insuperável como mecanismo social para inculcar na gente a total realidade das outras pessoas. Na verdade, sou grato à escola, porque à época que meu pai me tirou dali pelas orelhas eu já acreditava, genuinamente, na completa realidade das outras pessoas! O que, nem precisaria dizer, é uma crença extremamente útil para se ter na vida. Não há crença mais prática para se ter na vida, e ao longo da vida, do que a crença na realidade das outras pessoas. Quase ninguém tem sucesso no mundo sem essa crença, e toda ciência e arte partem dessa crença muito conveniente e particularmente vantajosa, sem a qual também a bolsa de valores seria de fato imediatamente fechada. E como consequência dessa crença ter sido inculcada em mim, minha crença infantil e prazerosa de que levaria o mundo comigo quando morresse foi, ainda bem, arrancada de mim. É claro que por fim encontrei meu caminho de volta para aquela crença e me dei conta de que era perfeitamente verdadeira, mas agora era verdadeira pelos motivos astronômicos mais rigorosos e quantitativos", disse o astrônomo, dando tapinhas no telescópio. "Todo grande pensador, aliás, sem exceção, sempre encontrou seu caminho de *volta* às crenças da primeira infância; bem no fim se deu conta de que toda a sua vida intelectual foi nada mais do que colocar-em-bases-firmes o que já pensava lá no começo. Maus pensadores, incluo, por falar nisso, Kepler, Tycho e Galileu nessa categoria, e também Copérnico, começam *aqui* e terminam *lá*, e o quão mais distante forem *aqui* e *lá*, melhor eles acreditam ter pensado, e quanto mais forte o mundo aplaude, como se fossem crianças em uma competição de saltos, porque o mundo acredita que pensar é uma espécie de salto, e de fato o tipo de pensamento de Kepler *era* uma espécie de salto, mas o verdadeiro pensar é na verdade uma forma elaborada de permanecer parado, ou ao menos um ir-até-lá seguido de um voltar-aqui. Enquanto o mundo aplaude os pensadores que escolheram participar dessa competição infantil de saltos, os verdadeiros pensadores estão completamente parados, de modo muito complexo. E já que não pensadores também tendem a permanecer parados, e os não pensadores ultrapassam amplamente em número os pensadores, o mundo aceita que qualquer um que esteja parado é um não pensador e, portanto, não aplaude esses tipos parados; mas se olharmos bem de perto para um não pensador e para um verdadeiro pensador, percebemos que eles estão na verdade parados de maneira completamente diferente.

Assim, concluí que eu realmente *levaria* todo o mundo comigo quando morresse, as estrelas fixas e as erráticas, a Terra e o Sol, e todo o resto, da maneira como um dia tinha pensado, *eu* levaria, não *você*, e não qualquer outra pessoa, mas por motivos completamente diferentes daqueles que um dia tinha pensado", disse o astrônomo, dando tapinhas no telescópio. O conteúdo da crença era o mesmo, mas a armadura que a envolvia e dava sustentação passara de "pura infantilidade" para "extremamente científica".

"Isso deve soar obscuro, mas o que eu quero dizer ficará totalmente claro", o astrônomo disse a Leibniz. Ele pressionou uma cavidade ocular oca contra o telescópio, pegou sua pena e escreveu uma longa sequência de números.

Uma vez que essa crença se tornara verdadeira, não importava, de acordo com o astrônomo, quem levava o crédito por inventar o telescópio, era mesquinho insistir no crédito que ele merecia mas não tinha recebido, disse. Quem se importa! Deixe Galileu levar o crédito, ou Lipperhey, ou Kepler, ou Della Porta, ou qualquer outro, "De verdade, quem se importa?", gritou o astrônomo. Quem se importa! Quem se importa! Quem se importa! Quem se importa! Ainda assim, era um pouco melhor, ele achou, que essas duas últimas e estranhas horas do mundo tivessem um pouquinho mais de verdade e um pouquinho menos de falsidade e, de qualquer maneira, o jovem perguntou o que aconteceu com os olhos do velho e como podia enxergar o firmamento sem eles, questões que estavam, é claro, diretamente relacionadas com a questão do desenvolvimento do telescópio, que era evidentemente uma variação da pergunta sobre quem de fato tinha inventado o telescópio, i.e., eu, disse o astrônomo, essas três perguntas são na verdade uma, então essa, ele disse, segundo o relato escrito de Leibniz, é a questão principal.

Dois

Logo após a aparição do novo objeto nos céus, o pai do astrônomo, que não demonstrava o menor interesse pelo assunto porque, como uma vez disse ao filho, "aquilo está lá no alto e nós estamos aqui embaixo", um ponto de vista que feriu o filho mas que ele, afinal, não poderia desaprovar, "eu não podia amarrar meu pai em nós como tinha feito com os aristotélicos porque ele simplesmente não *dava a mínima* para aquela coisa tremeluzente, não queria saber o que era, onde estaria, nem mesmo o *que* era", decidiu, em uma tentativa de reverter sua sorte, que de acordo com o astrônomo tinha decaído de grandes altitudes para um abismo, apresentar ao imperador Rodolfo, que, como era sabido, tinha um apetite insaciável para o monstruoso e o esotérico, e era entusiasta fanático de qualquer mecanismo que imitasse a natureza, um simulacro perfeito da cabeça humana. Essa cabeça humana mecânica seria capaz não apenas de piscar os olhos e mastigar com os dentes, mas também de imitar a voz humana por meio de um assombroso sistema intrincado de tubos modelados em parte no aparato com o qual o touro de bronze de Fálaris transformava os gritos dos criminosos assados até a morte em inquietantes e realísticos urros bovinos. Para que fosse um autômato genuíno, a cabeça, é claro, não podia ter ninguém dentro, deveria ser oca de tudo, exceto rodas dentadas que se encaixavam, de modo que o som inicial deveria ser produzido por meios mecânicos, em vez dos ganidos dos condenados, o astrônomo disse a

Leibniz; mas o aparato que converteria aquele primeiro som em algo aparentemente humano seria baseado, explicou seu pai, no princípio do touro de Fálaris. "Vamos inventar o moderno touro de Fálaris!", seu pai lhe disse. Ao filho, a ideia de uma cabeça humana mecânica era abominável, ainda que tivesse sido ele, ao longo de seus estudos noturnos furtivos, quem a encontrara, em um livro chamado *Do sentido das coisas e da magia*, escrito pelo herético frei dominicano Tommaso Campanella pouco antes de sua prisão pela Inquisição, em 1594; nesse livro, o astrônomo disse a Leibniz (que relatou a alegação ao *Philosophical Transactions* "ainda que", como escreveu, "não pudesse ser verdade, uma vez que o livro só viria a ser publicado em 1620", e sugeriu que o astrônomo talvez tivesse se referido ao trabalho anterior de Campanella, *A filosofia demonstrada pelos sentidos*), Campanella conta que encontrou em um livro uma passagem de William de Paris em que William afirma que Alberto Magno construiu em Colônia, por volta de 1250, de pura matéria, uma cabeça mecânica que podia falar com voz humana. O próprio Campanella não acreditou que tal cabeça fosse possível e de fato aduziu a cabeça precisamente como exemplo daquilo que a mágica natural *não* podia produzir, "não tenho em conta como verdadeiro aquilo que William de Paris escreve", escreveu Campanella, como disse o astrônomo a Leibniz, escreveu Leibniz, mas o pai do astrônomo — que vinha quebrando a cabeça atrás de alguma maravilha para construir que surpreendesse o imperador e desse modo recuperasse ao pai do astrônomo seu antigo nível, até mesmo seu antigo título, pois, se o astrônomo não estivesse mentindo para Leibniz, então seu pai tinha sido escultor imperial do pai de Rodolfo e de seu predecessor, o imperador Maximiliano — acreditava que não apenas tal cabeça era possível, mas que seria na verdade muito simples. "Eu consigo fazer essa cabeça!", ele gritou, de acordo com o astrônomo, quando o astrônomo mencionou a ideia ao pai como se ela lhe houvesse ocorrido ex nihilo. A ideia era abominável ao astrônomo, mas ele sabia que seu pai, de quem ele, além de temer, admirar, invejar e amar, agora também sentia pena, a compraria. "Tudo aquilo que um menino consegue sentir por um pai eu sentia pelo meu, e todo sentimento que um artista consegue sentir por sua arte meu pai sentia por aquela cabeça humana mecânica", contou o astrônomo a Leibniz. Ele lembrava muito bem o primeiro momento de pura euforia, os gritos de "Eu consigo fazer essa cabeça! Eu consigo fazer essa cabeça! Eu consigo mesmo fazer essa cabeça!". Ele realmente acreditava que conseguiria fazer aquela cabeça!, lembrou o astrônomo. Tinha certeza de que construiria aquela cabeça e de que aquela cabeça deixaria pasmo o imperador. O pai varreu com os braços e jogou no lixo décadas de trabalho, incluindo o microcosmo quase infinitamente espelhado do cosmo, que tinha sido seu primeiro estratagema para cair nas graças do imperador, mas que ele tinha recentemente, e de modo traumático, desacreditado. Durante anos, de fato durante boa parte da adolescência do astrônomo, o pai tinha colado milhares ou dezenas de milhares de pequenos espelhos às paredes internas de uma caixa, mas um dia, não muito antes de o novo objeto aparecer nos céus, "ele olhou dentro do buraco da caixa e começou a chorar na mesma hora". Nunca antes o astrônomo tinha visto seu pai chorar. Era horrível de ver, "horrível!". "O motivo do choro, claro, era a constatação de que havia devotado um bom pedaço de sua vida àquela caixa multiespelhada." Sempre que devotamos tanto tempo assim de nossa vida a uma caixa, colando nela espelhos e assim por diante, e então nos damos conta, tarde demais, de que ela não se metamorfoseou magicamente em um microcosmo do cosmo, então choramos — é normal. "Choramos ao perceber que continua sendo apenas uma caixa, compreendo isso agora." Naquele momento, contudo, foi bastante perturbador, disse o astrônomo. "Eu sempre penso que preferiria não ter visto." Ver seu pai olhar dentro de uma pequena caixa que ele mesmo construiu e então começar a chorar continua sendo perturbador, não importa o quanto depois digamos ter compreendido o evento. Imagine, ele depositou tanta fé naquela caixinha, realmente acreditou na caixa, e então um dia ele olha para dentro da caixa e começa a chorar! Tinha mesmo acreditado naquela caixa, mas a partir do momento em que olhou para dentro da caixa, não conseguiu mais acreditar nela. "Sua crença na caixa não resistiu ao que viu lá dentro, que era basicamente apenas um monte de espelhos." Embora ele se visse como o mais prático e cético dos escultores, e o esculpir como a mais prática e cética das formas de arte, na verdade ele era movido pela crença ainda mais fervorosa do que aquela que leva os penitentes a vagar pelas ruas de Praga, ensanguentados da imolação com cintas tachadas de ferro, porque ele acreditava piamente que a inserção adicional de um específico espelho, um dentre milhares, quem saberia qual deles, de repente transformaria aquele objeto, uma mera caixa multiespelhada, em um microcosmo do cosmo. Por anos colou espelho após espelho, aguardando com uma convicção que, em retrospecto, parecia muito estranha ao astrônomo, que um espelho qualquer fosse provocar tamanha metamorfose e fizesse da caixa algo digno de presentear o imperador. Leibniz comenta: "Seu pai parece ter acreditado que o problema qualitativo de transmutar uma caixa multiespelhada em um microcosmo do cosmo poderia ser reduzido ao problema quantitativo da colagem, e.g., o tricentésimo quadragésimo quarto espelho, ou o tricentésimo quadragésimo quinto espelho". O astrônomo disse: "Ninguém deveria ver o próprio pai depositar tanta fé em uma caixa tão pequena e então, de uma hora para outra, perder a fé na tal caixa". Naquele dia o astrônomo também chorou, assim como sua mãe; a questão é que eles também tinham depositado fé naquela caixa; eles também haviam acreditado (provavelmente baseados na estranha convicção do pai e marido) que em algum momento se transfiguraria a simples caixa multiespelhada em um microcosmo do cosmo, resgatando seu artesão do abismo comercial, artístico e psicológico em que tinha mergulhado quando o imperador Rodolfo o destituiu do título de escultor imperial e transferiu a capital imperial de Viena para Praga. "O pai nos implorou, chorando, Olhem lá dentro, me digam o que veem quando olham lá dentro! O que vocês veem? *O que vocês veem?* E a mãe olhou e disse, Eu vejo um microcosmo, e eu olhei e disse, Eu vejo uma caixa multiespelhada. E o pai então soube que a mãe estava mentindo e que eu contava a verdade."

O astrônomo parou um instante para olhar no telescópio. E então disse:

"Durante todo aquele dia, nós nos revezamos olhando dentro do buraco e chorando." Foi o fim de sua infância. "Quando você olha dentro da caixa espelhada de seu pai e diz, sem rodeios, que não é o microcosmo de nada, muito menos do cosmo, nem precisa dizer que você não é mais uma criança." Uma lágrima se formou no canto de uma das cavidades oculares do astrônomo, um fato para o qual o astrônomo chamou a atenção de Leibniz e que Leibniz confirmou em sua carta. Assim como ainda podia enxergar, ainda podia chorar, o astrônomo explicou, uma vez que sua capacidade para o sentimentalismo, assim como sua capacidade de visão, não tinham sido nem um pouco danificadas quando ele perdeu os olhos. E Leibniz parenteticamente observou que o responsável pela tentativa frustrada de assassinato de João Sem Medo da Borgonha também parecia ter sido visto chorar logo depois de ter tido seus olhos arrancados, e que um anatomista de Montpellier que examinou seu corpo relatou que os dutos lacrimais permaneciam intactos. O astrônomo disse: "Sempre me interessei pelo sentimentalismo, nunca zombei dele, nunca o temi, sempre adotei uma atitude científica escrupulosa diante dele, de modo que agora sou grato por você ter tido a chance de verificar essa lágrima. Você a vê, não? Você a confirma? Isto é, nem precisaria dizer, a matéria mais sentimental para mim". Seu pai, como todos os pais, tinha sido o todo-poderoso, e seu pai tinha sido ainda mais todo-poderoso do que os outros. Tinha sido o mais poderoso escultor em todo o mundo. Em Viena, não apenas o palácio de Hofburg mas toda a cidade era basicamente recheada de bustos, frisos, fontes e colunas feitas por seu pai. Como um menino nascido em uma cidade decorada segundo as exatas especificações de seu pai, o astrônomo com frequência tinha a sensação peculiar, ao dobrar uma esquina e se deparar com mais uma das colunas, fontes, frisos e bustos de seu pai, de que tinha na verdade nascido dentro da cabeça do pai. "A paisagem ajustava-se às suas ideias." Às vezes, quando menino, o astrônomo perambulava pelas ruas de Viena "com tamanha presunção, porque aquela era nada menos do que a cabeça de meu pai, por onde andávamos!", e às vezes ele se escondia pelos becos, as costas contra paredes enormes, tonto, desnorteado, hiperventilando, procurando por todos os cantos uma saída da grande cabeça com barbas pretas de seu pai — "esquecendo-me, é claro, de que a exata saída que eu procurava também teria sido construída por ele, assim como eram as enormes paredes contra as quais eu pressionava minhas costas". Sua presunção se transformava em claustrofobia, sua claustrofobia em presunção, sensações que eram profundamente inextricáveis, ou até a mesma sensação, contou o astrônomo a Leibniz.

Ele acrescentou: "Você precisa compreender tudo isso se quiser compreender o telescópio".

E: "Quero que você enxergue o que eu enxergo quando olho através do telescópio".

E, ainda: "O telescópio não é, de modo algum, um simples instrumento *óptico*!".

Então, em uma manhã, o imperador Maximiliano morreu. Por volta do meio-dia, Rodolfo já havia encaixotado o pai em um sarcófago de mármore esculpido pelo pai do astrônomo, e ao cair da noite, mensageiros partiam do palácio de Hofburg em direção às casas dos antigos ministros de Maximiliano. Seus serviços não eram mais necessários. Primeiro o novo imperador demitiu o secretário imperial de seu pai, depois o antigo físico imperial, na sequência o matemático imperial, e então, ao soar a meia-noite, o botânico imperial, um homem que tinha feito crescer "plantas excepcionais" a "alturas extravagantes", que havia introduzido o caqui e a romã na Europa ao norte dos Alpes, cujos pomares rebentavam com "maçãs vermelhas do tamanho de cabeças de crianças". Se ele estava demitindo o botânico, então demitiria todo mundo, o astrônomo lembrou de sua mãe dizendo; ela ficou acordada durante toda a noite aguardando pela batida na porta. Mas o escultor, então no auge de seu poder, vivendo em uma mansão opulenta de pedras no coração da cidade talhada à imagem de sua cabeça, sobre a qual repousava um chapéu de veludo preto com uma pena fenomenal, de algum pássaro exótico, disse: "Ele nunca me demitiria, nem em um milhão de anos!", o astrônomo lembrou, pausando por um momento para olhar no telescópio, pegar sua pena e anotar algo. Naquela noite, o pai dormiu profundamente em sua loucura — porque era disso que se tratava, loucura. Sempre que remodelamos nosso entorno físico para refletir aquilo que está dentro de nossa cabeça, corremos o risco de enlouquecer, o que é precisamente o que aconteceu com seu pai em Viena, um lugar que, antes de resistir a ele, e assim preservar sua sanidade, se provou muito maleável a seus punhos. Assim ele ficou atordoado, estupefato, quando, ao nascer do sol, aquela batida na porta que sua esposa esperava e que ele pensou ser impossível enfim soou. A batida o acordou de um tipo de loucura somente para mergulhá-lo em outro. Porque logo depois o imperador mudou sua corte de Viena para Praga, do Hofburg dourado para o cinzento Hradčany, e a família do astrônomo o seguia rumo ao norte, trocando a mansão de pedras na melhor rua do centro de Viena por uma casa de madeira assolada por correntes de ar na periferia de Praga, para que seu pai pudesse recuperar o título de escultor imperial. Toda a sua vida agora se organizava em torno da recuperação daquele título. Como seu pai queria aquele título de volta! Ele dizia que não precisava do título, na verdade ele *gostaria* de não querer aquele título de volta, provavelmente gostaria de ser o tipo de pessoa que não precisaria nem quereria o título de volta, que pensava que tais coisas não tinham sentido, mas tudo o que fazia, incluindo transferir a família para Praga, indicava, ao contrário de tudo o que dizia, que ele tanto precisava quanto queria o título de volta, que era por algum motivo importante para ele, e o astrônomo podia sentir, mesmo na sua idade, que seu pai jamais seria feliz novamente até que obtivesse o título de volta. Mas o imperador Rodolfo não era Maximiliano, e Praga não era Viena. Se Viena pouco resistia a ele, Praga resistiu muito, "também claramente uma receita para a loucura". Em Viena ele encontrou pouca resistência e ficou louco, ao passo que em Praga ele encontrou muita resistência e ficou insano. Esculturas que faziam sentido em Viena não faziam sentido algum em Praga. Viena é uma cidade famosa por suas fachadas douradas, Praga é famosa por seus cumes pretos que emergem da névoa em direção ao céu. A Viena de Maximiliano era enamorada das superfícies, a Praga de Rodolfo era enamorada das profundidades, por isso seu pai, um escultor de superfícies e não das profundezas, floresceu em Viena, ao ponto da loucura, mas falhou em Praga, ao ponto da loucura. "Eu mesmo, a propósito", disse o astrônomo, "tinha tido afinidade longeva com a profundidade e nenhum interesse na superfície das coisas", enquanto seu próprio filho, um tapeceiro "que entrará mais tarde nessa história, e da maneira mais perturbadora", era, como seu avô, o escultor, interessado apenas nas superfícies, de modo que o astrônomo, um investigador longevo das profundidades, estava basicamente "ligado por ambos os lados por amantes da superfície", o astrônomo dizia, conforme citou Leibniz. Em Viena, ele tinha visto seu pai moldar o mundo e gravá-lo em relevos de ouro, enquanto em Praga ele o observou colar milhares de espelhos em uma caixinha, olhar por um buraco e chorar. Os tempos tinham mudado. "Para mim, provavelmente foi um pressentimento de sua mortalidade", disse o astrônomo, curvando-se artrítico sobre sua banqueta para acariciar a cabeça do gato que dormia, que ele agora informou a Leibniz chamar-se Linus e que não tinha ainda, na presença de Leibniz, aberto os olhos. "Esse virtuose das aparências não havia apenas cedido ao gosto local das essências, e não tinha apenas falhado", continuou o astrônomo, "eu também me dizia que ele falhara." A partir daquele momento, ele sentia como se fosse o pai de seu pai, daí ter sugerido ao pai a ideia para a cabeça humana mecânica, por mais abominável que a considerasse, "como quem leva para casa um presente para o filho, um brinquedo ou adorno, mas não consegue ver nele nenhum valor".

Há um páthos, é claro, em ver o filho ficar encantado por algo que sabemos desprezível.

E agora seu pai estava encantado por aquela cabeça!

Toda fé que tinha posto na caixa estava agora na cabeça, bem naquela cabeça! "Ele pôs toda fé naquela cabeça humana mecânica." E recusou as poucas demandas que ainda chegavam. "Tudo dependia agora daquela cabeça", contou o astrônomo a Leibniz. Seu pai a chamava de Cabeça de Fálaris. Se o pai soubesse que o escultor que presenteou Fálaris com o touro dourado acabou sendo queimado vivo por Fálaris dentro daquele mesmo touro, não teria prosseguido com aquilo. O astrônomo começou a ter premonições horríveis. Claro que seu pai "não poderia, *na verdade*, ser enfiado dentro de sua própria cabeça", a cabeça tendo a circunferência de um adulto-padrão, de pouco mais de meio metro, "um corpo não pode ser colocado dentro de uma cabeça, isso é certo", e como além do mais serviria como instrumento de simulação e entretenimento, e não de perseguição e execução, parecia improvável que o imperador, mesmo que não se interessasse por ela, sentenciasse à morte seu inventor. "A questão do interesse do imperador não era, contudo, de se descartar, como você verá", disse o astrônomo, "e o mau pressentimento que tive a respeito da cabeça assim que meu pai começou a construí-la, e em especial o estranho mau pressentimento que tive sobre a consequente apresentação da cabeça ao imperador, não era, na verdade, sem fundamento, pois, como você verá, Herr Leibniz, algo terrível de fato veio a acontecer, uma coisa realmente muito terrível! Muito embora essa coisa terrível estivesse entrelaçada, de uma maneira que eu jamais poderia prever, com algo muito grande."

O astrônomo pôs uma cavidade ocular oca contra o telescópio, pegou sua pena e escreveu alguma coisa. Ainda faltavam duas horas e meia para o meio-dia. Leibniz informou ter visto uma fatia da Lua pela fresta aberta na janela, mas não sabia onde o Sol estava naquele momento. "E eu talvez estivesse errado a respeito da Lua."

Durante todo o dia, o astrônomo e seu pai martelaram juntos naquela cabeça humana mecânica. Então seu pai foi dormir e ele ficou acordado durante a noite, realizando suas investigações clandestinas de óptica, lendo Euclides, Ptolomeu e Grosseteste e olhando para o firmamento através de uma lente, ou no reflexo de um espelho curvo. Durante o dia, ele e o pai coletaram restos de chumbo que depois derreteram e usaram na carcaça da cabeça, elegante e vívida, coberta por uma madeixa de grossos cabelos castanhos doados por um ajudante da sala de anatomia da Universidade Carolina onde, uma semana antes, um jovem ladrão tinha sido dissecado. Então seu pai foi dormir e o astrônomo — sob a luz de uma única vela, acesa somente depois de ter ouvido seu pai roncar pela sexta vez, porque o ronco de alguém pode muito bem ser falseado, assim como o podem dois ou três roncos, até mesmo quatro roncos simulados não é algo impensável, se seu pai suspeitasse de algo, e a ideia de fingir cinco roncos para surpreender o filho em algum ato vexaminoso, se absurda, não é impossível, ao passo que após seis roncos seu pai estava muito provavelmente dormindo — leu, por exemplo, trechos da *Opus majus* de frei Bacon sobre a fisiologia da visão, ou sua *Carta sobre os trabalhos secretos da arte e da natureza*, com as descrições de engenhosas traquitanas da Antiguidade que, segundo a lenda, faziam coisas distantes aparecerem próximas, ou as próximas ficarem distantes, tais como as lentes maravilhosas com que Júlio César teria visto as falésias da Grã-Bretanha desde as praias da Gália, ou o espelho gigante no alto do Farol de Alexandria com o qual não apenas se podia observar os navios inimigos a uma distância de mil quilômetros mas também, ao concentrar os raios solares sobre eles, simplesmente queimá-los em chamas. É claro que, com toda essa leitura, os olhos do astrônomo começaram a se deteriorar, "o olho sempre se deteriora quando se concentra em algo tão próximo às mãos, com tão parca luminosidade", de modo que ele precisou comprar lentes, de início finas, e então mais grossas, até que, por fim, tinha as lentes mais grossas de Praga, mas "por algum motivo meu pai nunca inferiu, a partir da grossura de minhas lentes, meu desdém por seus valores". A cada manhã, quando os roncos de seu pai abrandavam, chegava o momento de voltar do reino da contemplação para o da fabricação. O astrônomo não dormiu durante semanas. Se não examinava o interior da cabeça humana mecânica de seu pai, então examinava o exterior de sua própria cabeça. Uma cabeça convidava ao exame interno: a cabeça mecânica. A outra, ao exame externo: sua própria cabeça orgânica. A primeira tinha de falar, piscar e mastigar, a última tinha de pensar e enxergar. Em sua exaustão crescente, não demorou muito para que recrudescesse a uma completa confusão mental, "o mais puro caos mental". Tudo se confundiu! Qual cabeça era para olhar, e com qual cabeça se olhava? Certa noite, ele passou a noite toda observando a própria cabeça em vez de usar a própria cabeça para observar. "Obviamente tinha de usar minha cabeça para observar minha própria cabeça, de modo que, em certo sentido, eu ainda usava minha cabeça para observar, mas o que eu estava observando *com* minha cabeça *era* minha cabeça, em vez de novos objetos tremeluzentes nos céus." Ele afinal observou sua cabeça observando sua cabeça sendo observada por sua cabeça: uma total perda de tempo. Aquela noite inteira foi um desperdício, "especialmente porque o céu estava sem nuvem alguma". Deveria ter gastado a noite observando o firmamento no reflexo do espelho arredondado. Sem falar que a cabeça que observava nunca era de fato a mesma cabeça que a cabeça observada, ainda que tivesse a ilusão de que observava a si mesma, de modo que seus dados, além de serem imprestáveis, tampouco tinham sentido. Uma cabeça, "não importa quão sensível", não pode se surpreender no ato de observar a si mesma", isso sim ele concluiu. "A cabeça que observa e a cabeça observada são duas cabeças completamente diferentes, ainda que brotem de um único e mesmo pescoço." Portanto, em meio à confusão de cabeças houve uma multiplicação de cabeças. No dia seguinte, passou o dia brincando com as rodas dentadas da cabeça mecânica de seu pai, na esperança de induzi-la a pensar, ou ao menos refletir. Somente no fim daquele dia, depois de fracassar por horas em fazer a cabeça pensar, muito menos refletir, ele de repente se lembrou, provocado pela pergunta de seu pai, Então, como vai indo o processo de fazê-la piscar?, que aquela *não* era a cabeça pensante, mas sim a cabeça piscante e mastigante! "Cabeça errada de novo!" Ele deveria estar arquitetando o movimento das pálpebras e não o agitar de pensamentos, o formigar de sentimentos ou a síntese de conceitos. Os olhos deviam abrir e fechar, era só isso. De modo que também todo esse dia foi um desperdício. E então naquela noite, quando seu pai dormiu, enquanto o astrônomo olhava para os céus através de uma lente, ele se deu conta de que não podia enxergar nada, absolutamente nada, nem sequer uma única estrela durante toda a noite, nem fixa nem errante, o céu mais uma vez não tinha nuvens e estava supostamente repleto de fenômenos — de fato, ele aprenderia na manhã seguinte que Vênus, durante a noite, tinha transitado em Júpiter —, mas podia muito bem haver uma cortina estendida à sua frente, pois ele se viu dedicado exclusiva e involuntariamente ao próprio piscar, examinando o próprio piscar com uma concentração que de fato ocultou por completo o mundo fora e acima dele. Ele disse: "Naquela noite, ainda que eu soubesse muito bem qual cabeça tinha sobre os ombros, não podia ainda parar de dedicar minha atenção exclusivamente ao meu piscar, reparando em cada piscada, sentindo e registrando cada um de meus piscares, contando as piscadas na casa dos milhares, analisando meus piscares em suas partes constitutivas, a ponto de já não poder mais piscar, e simplesmente me esqueci como se pisca, ou então de repente compreendi tão bem o piscar que já não podia fazê-lo, eu *enxerguei* o que significava piscar, experimentar um átimo de escuridão infinitesimal entre duas exposições prolongadas ao mundo exterior, Meu Deus, pensei, *é isso* que é piscar?, meu pensamento, você vê, tinha tornado impossível meu piscar, ainda podia mastigar, como procurei fazer, oh, podia falar e mastigar perfeitamente, mas não podia mais piscar independente de quão secos estivessem meus olhos, tinha desmontado por completo minha máquina de piscar, estava, de fato, aos pedaços, e eu agora precisava remontá-la utilizando apenas os princípios físicos mais fundamentais, tinha de ensinar a mim mesmo, do começo, *como* piscar novamente, como fazer esse movimento tão simples, essa coisa tão simples que é o piscar, que até então eu tinha feito por instinto e em verdade continuamente desde o nascimento".

Resumindo, o astrônomo disse a Leibniz que havia entrado em um período de loucura.

Quando saiu desse estado, na manhã seguinte, tinha então o princípio do telescópio.

Não houve um momento eureca, ele disse. "Havia apenas loucura e, então, incrível visão."

O astrônomo encaixou uma cavidade ocular no telescópio, pegou sua pena e escreveu alguma coisa.

Claro que sua inabilidade para dar corpo àquele momento eureca, resgatar com precisão a rota que o fez chegar à ideia de que duas lentes convexas posicionadas uma contra a outra aumentariam, embora invertido, o mundo — a fundação, apontou Leibniz, do que é hoje chamado de telescópio kepleriano —, o tornaria suspeito perante os olhos do mundo, e em especial aos olhos dos cronistas do mundo, que, ao devotar as vidas esculpindo, do infinitamente extenso e infinitamente denso amálgama de absoluta falta de sentido conhecido como realidade, inúmeros ínfimos glóbulos sem sentido, e então comprimindo esses glóbulos sem sentido em contas da mais pura falta de sentido, e finalmente arranjando essas contas-fato sem sentido em belas e brilhantes concatenações de aparente sentido, i.e., seus livros de história, praticam a sensatez, promulgam a sensatez e privilegiam, ao selecionar o que e, em especial, quem preservar e apresentar para a posteridade, uma espécie de sensatez. Agora, a sensatez, sem dúvida, conseguiu muita coisa ao longo da história europeia, o astrônomo disse a Leibniz. A sensatez é importante, também! Mas nesse entusiasmo todo com a sensatez, não podemos nos esquecer das contribuições da loucura. "Sim, é verdade, se puder antecipar suas objeções, Herr Leibniz", o astrônomo disse, "que esses justos cronistas às vezes falam da boca para fora sobre os méritos da loucura, ou mais do que às vezes, perpetuamente, na verdade esses convictos e justos cronistas são quase sempre completamente obcecados pela loucura, quanto mais justos, mais obcecados, talvez precisamente porque sentem recair sobre seus pensamentos a retidão imposta pela sensatez e então recheiem suas histórias com hinos a loucura e seus frutos: com pintores que pintaram suas grandes obras com a mão esquerda, no escuro, acorrentados pela mão direita a uma parede da Torre dos Loucos, com filósofos que viveram na imundície mas falaram a verdade, com místicos que caminharam sobre o deserto e viveram por quarenta anos no topo de um pilar antes de voltar à cidade brandindo a palavra de Deus. As histórias que contam, você contestará, Herr Leibniz, na verdade são *nada mais* do que histórias de loucura, contos de fadas e fábulas de loucura, odes à loucura como o mecanismo supremo da arte e da ciência, histórias do mundo como o artesanato do louco! E eu respondo: O que quer que esses sensatos cronistas estejam relatando, não é loucura. O pintor está preso à Torre dos Loucos… mas ele pinta uma pintura que o sensato enxerga como bela. O filósofo vive na imundície… mas ele diz coisas que o sensato enxerga como verdade. O místico escala seu pilar… mas ele desce dali com o que o sensato enxerga como sendo a palavra de Deus. Isso não é loucura", ele contou a Leibniz, "é apenas a porção da loucura reconhecível aos sensatos, expressa no idioma dos sensatos, e é ipso facto a porção sensata da loucura: é uma loucura higienizada! A porção de insanidade que pode ser posta na língua dos sensatos é, obviamente, a porção sensata. Aquilo que constitui a verdadeira loucura é o resíduo intraduzível. Perceba como nos livros de história nunca encontramos um homem, nem mesmo uma mulher, que escala um pilar sem nenhum motivo e dele nunca desce. Onde está a história da pessoa que escala o pilar sem nenhum fundamento? Que tem os ossos literalmente limpos pelas bicadas dos pássaros? Onde está o historiador que escreverá a história dessa pessoa que escala um pilar sem motivo algum, não recebe a palavra de Deus, e que ao final é devorado pelos pássaros? Onde está a história do filósofo que vive em sua própria imundície, sobrevive do lixo, solta grunhidos sem parar, como uma besta, se embrutece, e de quem nunca se ouviu nada sequer remotamente inteligível, nem uma simples palavra, muito menos um silogismo? Onde está o historiador que escreverá a história desse filósofo? Eu digo onde ele está: em lugar nenhum! Ele não existe! Não existe e não pode, *por definição*, existir", disse o astrônomo, segundo Leibniz. "Porque no momento em que um historiador escrever a longa e estupenda história de uma pessoa que escala sem motivo um pilar e é devorada ali por pássaros do deserto, ou de um filósofo bestial que não consegue falar e vive do lixo, o historiador deixa de ser historiador e se torna, ele mesmo, um louco. Aos olhos do mundo e aos próprios olhos, ele também terá escalado seu próprio pilar, deixando de ser compreendido.

"Por isso, todo livro que conta a verdade sobre o telescópio é considerado como nonsense, incluindo meu próprio *Da natureza do tubo astral*, que imprimi em Frankfurt com meus próprios recursos e distribuí gratuitamente no mercado, mil exemplares, e todos desapareceram no mesmo instante, sem deixar rastros", disse o astrônomo.

Suas palavras nem sequer eram consideradas como evidência, muito menos tidas como prova.

"Assim, resignei-me ao desaparecimento, da mesma maneira, sem deixar rastro."

De qualquer modo, a maioria das pessoas simplesmente desaparece sem deixar rastros quando morre, da mesma maneira que, ele pensou, aconteceria com ele.

Então, levantando um indicador meio torto e dando um sorriso meio torto, ele disse:

"Até, isto é, que eu previ o eclipse solar."

"Eu", ele disse, "e mais ninguém!"

Um eclipse era de fato melhor do que palavras. A mesma palavra significa coisas diferentes para pessoas diferentes, mas um eclipse solar parece ser o mesmo para quem está no mesmo lugar, em um mesmo momento.

"E assim, Herr Leibniz, contanto que *você veja* o eclipse, também eu…"

Se Leibniz também visse o eclipse, o astrônomo, "afinal, não desaparecerei!".

O astrônomo pegou o relógio de bolso em meio a seus andrajos, ou bem o olhou ou talvez tenha sentido o ângulo dos ponteiros com os dedos, forçou-o novamente entre os trapos de suas roupas e se voltou para Leibniz.

"Mas você ainda se pergunta, Mas como no mundo esse velho louco perdeu os olhos? Quem os arrancou e por quê? Não estou revelando nada que você já não tenha intuído quando digo que eles simplesmente não caíram sozinhos…"

A verdade é que ele mesmo não tinha compreendido naquele momento a verdadeira natureza de sua invenção, tampouco, ainda que isso requeresse grande força moral para resistir à tentação, construiu de pronto um protótipo — porque assim aconteceu que naquela mesma manhã em que sua loucura retrocedeu, deixando em sua ausência o conceito daquele notável tubo de erradicar distâncias, seu pai entrou de supetão no quarto, "sem se dar conta de que adentrava a manjedoura de uma ideia epocal", e proclamou com orgulho evidente que a cabeça humana mecânica estava terminada. Venha! Olhe! Veja você mesmo! Seus olhos brilhavam. Uma demonstração de improviso foi preparada. Seu pai, vestindo o chapéu de veludo preto que não tinha tornado a usar desde os dias da corte do imperador Maximiliano, em Hofburg, e do qual, mesmo quando a família começou a vender seus bens, ninguém sugeriu que se desfizesse, e tampouco ele o propôs, postou-se atrás da Cabeça de Fálaris. Então, com a agilidade manual conquistada com obsessivos ensaios para que, como um ilusionista, fosse capaz de operar o autômato no castelo sem que o imperador compreendesse seu mecanismo, ele girou uma pequena manivela escondida entre os cachos copiosos da nuca do ladrão, o que por sua vez moveu um pequeno ventilador com três pás que lançavam ar em uma rede bizantina de tubos, a qual fez sair pela boca da cabeça uma sibilante, em staccato, estranhamente aguda, vagamente sinistra, ainda que compreensível, voz que cantava uma música folclórica muito popular na Boêmia, seguida de um poema comemorando a completa aniquilação da frota turca na batalha de Lepanto, em 1571, e por fim uma breve seleção do catecismo composta pelo ilustre jesuíta holandês Pedro Canísio e ratificada para o uso no reino pelo avô de Rodolfo, o imperador Fernando I. Enquanto isso, os dentes mascavam e os olhos piscavam. A cabeça fez, ao final, uma última pergunta sobre catecismo, "O que se pode compreender por aquilo que chamamos de fé?", e respondeu, "Um presente de Deus e uma luz com a qual o homem, sendo iluminado, assenta-se e fixa-se naquilo que foi por Deus revelado", e assim terminava a apresentação.

A oficina ficou silenciosa. Quando não podia mais suportar o silêncio, seu pai alisou a barba ainda mais grisalha e disse: "E aí? Então?". E ficou ali de pé, aguardando pelo julgamento do filho. A pena em seu chapéu de veludo preto, que em Viena sempre estivera ereta como um campanário, agora caía apontando, se não exatamente para o chão, menos ainda para os céus. Era impressionante como tinha envelhecido, como estava visivelmente velho, "menos do que devo parecer a você agora", disse o astrônomo a Leibniz, "mas ainda assim velho, velho, velho de verdade!". E acrescentou: "Talvez o único aspecto da essência de uma cabeça que se expresse permanentemente em sua superfície, i.e., em sua pele, seja a idade". Como poderia contar a verdade a esse velho? Que ele tinha feito um truque divertido para mostrar em uma sala de visitas? Que não importa o quanto ele tivesse aprimorado aquela cabeça mecânica, ainda padecia muito abaixo da cabeça humana, infinitamente inferior à cabeça humana, assim como o homem padecia muito abaixo de Deus? Que, para dizer a verdade, aquilo nem mesmo se elevava a ponto de ser considerado uma abominação? "Veja mais uma vez!", exclamou o pai e, mais uma vez, agora mais freneticamente, moveu a manivela, e de novo a música folclórica começou e assim a rotina inteira se completou. E de novo veio o silêncio, e de novo ele alisou a barba e mais uma vez disse: "E aí? Então?".

O que eu disser na sequência explodirá esse velho homem em um milhão de pedaços, pensou o astrônomo.

Agora a música folclórica começava pela terceira vez e o astrônomo, perdendo a paciência, estava a ponto de dizer algo bastante cruel — algo terrivelmente cruel —, quando se deu conta de que as mãos de seu pai estavam paradas e a cabeça mecânica estava em silêncio. A música agora vinha de fora. O astrônomo escancarou a janela, pôs a cabeça para fora e "foi só então que me dei conta da enormidade do feito de meu pai". Porque ali, no beco fedorento atrás da oficina, estava um homem com a cabeça sobre os ombros que igualmente cantava, mastigava e piscava, "e de fato nada além disso". Ele convenceu o homem a entrar na oficina com a promessa de que poderia mastigar alguma coisa, "um doce, eu prometo". Pôs a cabeça real ao lado da cabeça mecânica e girou a manivela da cabeça mecânica e disse para a cabeça real, Aja naturalmente. Agora havia duas cabeças cantando, duas cabeças mastigando e duas cabeças piscando, "uma delas aparentemente também pensava, mas se não fosse possível enxergar a manivela, seria perdoável pensar que a cabeça pensante era aquela de chumbo, com os cabelos de um ladrão". Até aquele momento, o astrônomo tinha considerado que a cabeça humana era primariamente uma coisa pensante; só agora ele se dava conta de que era, antes de mais nada, uma coisa cantante, uma coisa mastigante e uma coisa piscante. "Criamos toda espécie de perplexidade escolástica ao pensarmos a cabeça humana como algo para o pensar, o que desaparece quando pensamos nela como uma coisa para mastigar", disse o astrônomo. Foi um ponto crítico para seu desenvolvimento filosófico. Seu preconceito com a cabeça mecânica baseava-se (ele se deu conta enquanto observava a cabeça real cantar e mastigar) em uma concepção sentimental, e não científica, da cabeça humana. Campanella tinha escrito, sentimentalmente, que "os aparatos pneumáticos jamais podem capturar a alma humana", mas aquela afirmação superestimava demasiadamente a alma e subestimava enormemente os pneumáticos, compreendeu o astrônomo enquanto comparava as cabeças de chumbo e de carne, que agora perguntava, Onde estava a coisa doce, onde estava a coisa doce? É verdade que seu pai não tinha elevado a cabeça mecânica ao nível da cabeça humana, como pensara que o tivesse feito, mas, ao contrário, o que resultava na mesma coisa ou, para dizer a verdade, em seu extremo oposto, tinha pegado a cabeça humana pelas orelhas e com um safanão a rebaixara ao nível da cabeça mecânica. Não era um artista ruim, de verdade, tinha apenas mal compreendido, drasticamente, o suporte para a sua arte. Ao tentar dar vida à cabeça mecânica, ele tinha na verdade tirado a vida da cabeça humana, quanto mais vida ele acreditava estar dando a uma, mais ele a tirava da outra, e continuou soprando vida na primeira (mas, afinal: tirando vida da segunda) e soprando na primeira (tirando da segunda) até que "ambas as cabeças estavam surpreendentemente livres de vida e pensamento". A cabeça mecânica não tinha valor, era uma raridade, uma bugiganga aristocrática, mas seu pai tinha criado, sem saber, a cabeça humana moderna, a cabeça humana do século XVII, disse o astrônomo, a cabeça que todo homem escolarizado na Europa em breve gostaria de desfilar sobre os ombros. As mulheres também; a marquesa Catarina de Vivonne aparentemente causou sensação em Paris quando desfilou aquela cabeça pelos salões literários que organizava na *chambre bleue* do Hôtel de Rambouillet. É claro que o próprio astrônomo, mais tarde, arquitetou uma cabeça ainda mais nova, a cabeça do século XVIII, "uma cabeça que de fato estará em todos os lugares no século XVIII e que provavelmente resistirá no século XIX, à medida, obviamente, que nosso mundo persista após o eclipse", mas com isso nos precipitamos, o astrônomo disse a Leibniz, e (batendo na cabeça com os nós dos dedos) "o que eu e você levamos sobre os ombros ainda é, consideravelmente, a cabeça esculpida, sem que ele o soubesse, por meu pai".

"Então?", disse seu pai uma terceira vez, alisando freneticamente a barba. "E aí?"

E o astrônomo respondeu: "É sua obra-prima".

Ele tinha apenas uma sugestão. Veja como uma vela acesa, quando próxima aos olhos de uma cabeça real, faz com que as pupilas se contraiam. A cabeça mecânica era desprovida, é claro, daquilo que podemos chamar de reflexo pupilar. Seu pai julgava a questão como menor, mas o astrônomo insistiu tratar-se de uma omissão que poderia condenar todo o trabalho, já que desde os tempos de Galeno, se não antes disso, a abertura e a constrição das pupilas foram consideradas sinais não apenas de uma visão operante, mas da presença de vida interior. Se fosse verdade, como se dizia, que o imperador aparentemente apenas incorporava objetos "perfeitos" à sua coleção notável de *naturalia* e *artificialia* mantida sob cadeados e chaves na ala norte de seu castelo, que mesmo as monstruosidades preservadas em potes ali eram monstruosidades perfeitas, que ele examinava potenciais instrumentos, marfins, tapetes, joias, bezoares, esculturas e autômatos com o fervor de um lunático, que tinha rejeitado um impressionante retrato de seu tetravô Frederico feito por Dürer devido a um não esclarecido "problema com os lábios", que um calo na superfície de um ovo de avestruz o perturbou intensamente, que gastou semanas sem fim vagando pela ala norte rearranjando com afinco sua *mirabilia* em ordens ainda mais auspiciosas, ainda mais verdadeiras, ordens supostamente ainda mais representativas do cosmo, apenas para ordenar aos seus serviçais, em um ataque de cólera absurda e repentina, que tudo fosse posto de volta em seus lugares: se tudo isso era verdade, o astrônomo disse a seu pai, como lembrou a Leibniz com uma risada de arrependimento, então não havia dúvida de que ele descobriria o único lapso empírico da cabeça mecânica, a falha em seus olhos, e não apenas a descobriria, mas se concentraria nela, "porque para um indivíduo como o imperador, a menor das falhas produzirá a mais febril das fixações, o que parece insignificante para nós parecerá significativo para ele, disse a meu pai", e por fim ele não apenas se concentraria naquilo, mas rejeitaria a cabeça inteira por isso. No entanto, seria fácil consertar. Na verdade, ele já tinha encontrado a solução! "E somente para impressionar fui até meu quarto e peguei meu exemplar do *Perspectiva*, de Vitello." Há um certo tecido preto conhecido por inchar — ele contou ao pai — quando aquecido, dois círculos dele servirão perfeitamente como pupilas; e para se obter a luz e dar foco sobre eles, duas lentes convexas funcionariam muito bem como olhos.

Então o astrônomo disse a Leibniz: você logo me acusará de perfídia, quando não de parricídio. Você terá razão, talvez. Ainda assim, o que eu disse a meu pai sobre o imperador provavelmente também estava certo. Uma vez, muitos anos depois, quando eu e o camareiro-mor do imperador nos encontramos no castelo, em frente à tela *Água* de Arcimboldo, ele me contou a seguinte história. Ele e o imperador, ele me disse, uma vez estiveram diante daquela mesma pintura, assim como ele e eu estávamos naquele momento, e o imperador disse: Em geral sou acusado de me fixar naquilo que é insignificante, mas ao longo de minha vida sempre considerei que é justamente no insignificante que se pode encontrar o significativo. E o camareiro-mor respondeu: E no significativo, da mesma maneira, se pode encontrar o insignificante. O imperador: Claro que sim! O insignificante está no significativo, o significativo no insignificante. Eles concordaram, o astrônomo disse a Leibniz, que o significativo raramente, se tanto, era encontrado no significativo, e que o insignificante quase nunca era encontrado no insignificante, mas, ao contrário, o significativo estava no insignificante e o insignificante no significativo. E o imperador disse ao camareiro-mor como obteve aquela espetacular pintura, que como você certamente sabe, Herr Leibniz, retrata a cabeça de uma mulher pela justaposição engenhosa de mil bestas e seres marinhos. O imperador disse: Muitos anos atrás, um de meus agentes, que se autoproclamava connoisseur da arte da Itália, regressou de uma viagem a Florença e

Milão com dois quadros para minha consideração, cada um retratando o perfil de uma cabeça de mulher, mas um deles com perfeita graça, naturalidade e simplicidade, enquanto o outro o fazia pela justaposição de peixes, muitos peixes, "juntos os peixes compõem a cabeça", o agente dissera ao imperador. E o imperador diz ao camareiro-mor: No instante em que o agente pronuncia as frases "justaposição de peixes" e "juntos os peixes compõem a cabeça" eu compreendo, sem tê-las visto, que é essa *segunda* cabeça, i.e., a cabeça de peixes, essa cabeça que meu agente, um homem erudito que estudou por anos e anos em Roma e Bolonha, aponta para mim com suas palavras e gestos como aparentemente sendo a cabeça *in*significante, que essa cabeça é, de fato, a cabeça significativa, e que a cabeça simples, natural, graciosa, a cabeça pretensamente *sig*nificativa, não vale nada. Evidentemente, o imperador diz ao camareiro-mor, meu agente estava envergonhado até mesmo de ter trazido essa cabeça composta de peixes, que ele desconsiderava, mas quase sempre meus agentes trazem pinturas que desconsideram porque pensam (e sei que eles resmungam isso entre eles!) que meus gostos se alinham com o que eles consideram adverso, embora é claro eu pense que é o gosto *deles*, que se aproxima do simples e do natural, sem mencionar o gracioso, que precisamente se aproxima do adverso. Cada lado pensa que o gosto do outro lado se alinha com o adverso, uma simetria quebrada apenas pelo fato de que de um lado se espera que procure pelas obras de arte para o outro lado, i.e., eles para mim, e não eu para eles, estou citando o imperador aqui, disse o camareiro-mor, o astrônomo disse a Leibniz. De qualquer maneira, decido brincar um pouco com meu agente, torturá-lo só um pouquinho, na esperança, talvez, de fazê-lo compreender que toda aquela erudição comprada em Bolonha, e toda aquela erudição comprada em Roma, somadas, eram inúteis para ele diante da tarefa fundamental de descobrir o significativo que se apresenta no insignificante, a tarefa à frente de todos nós, diz o imperador. É *possível* que uma boa instituição de ensino possa ajudar alguém a ver como o aparente significativo é, na verdade, insignificante, mas sempre estamos sós quando vemos significância no aparente insignificante. Na primeira metade da vida fugimos desesperados do insignificante no aparente significativo, tarefa para a qual a educação pode ajudar, mas na segunda metade precisamos descobrir o significativo naquilo que em aparência é insignificante, para o que uma instituição acadêmica não é apenas meramente impotente, mas sim um detrimento, repare em como o aprendizado de meus agentes os cegou para o valor da cabeça feita de vários peixes. Você notará, a propósito, Herr Leibniz, como esse homem que esteve no centro da mais incrível instituição de todo o mundo, tirando a Igreja católica, aparentemente compartilhava de minhas ambivalências, para não dizer minhas antipatias, para com as instituições! Descobrimos aliados, para não dizer cópias de nós mesmos, nos lugares mais inesperados. E aqui o astrônomo olhou em seu telescópio. E então disse: assim, o imperador e seu agente italiano foram à então chamada câmara de observação de arte do castelo, onde estavam essas duas cabeças muito diferentes de mulheres (e, também, duas relações muito diferentes com a arte e a existência), afixadas em paredes opostas, uma tela de Bronzino e a outra, é claro, de Arcimboldo. E o agente começa a falar desenfreadamente com seu tom professoral sobre as pinceladas de Bronzino, e a maestria de sua perspectiva e tratamento de luz, tudo a serviço dessa pintura perfeitamente realizada, até mesmo com um virtuosismo técnico, mas evidentemente inútil, escondendo em sua elegante superfície um vazio, uma pintura que, por falar nisso, seu pai, o antigo imperador, teria adorado, enquanto na parede oposta, completamente ignorado pelo agente das artes, que a desconsiderava, estava essa pintura completamente ridícula, que em sua superfície *des*elegante de peixes justapostos escondia todo um mundo e que, a propósito, seu pai, o antigo imperador, teria abominado. O imperador então interrompe o agente e diz, Fale-me sobre a composição da cabeça feita de peixes. E o agente diz, É claro, meu senhor, e se lança em uma dissertação sobre as pinceladas de Arcimboldo e a técnica da perspectiva de Arcimboldo e o tratamento de luz de Arcimboldo. E me ocorre, o imperador diz ao camareiro-mor, que há uma palavra que ele não pronuncia, e que essa palavra é "peixe". Fico esperando que ele diga a palavra "peixe", ou "peixes", e ele segue falando quase todas as palavras *exceto* "peixe" e "peixes". Em algum momento imagino que ele finalmente dirá a palavra "peixe", que finalmente vai ceder e dizer a palavra "peixe", por fim vai se render e dizer a palavra "peixe", ou "peixes", mas até agora ele *não* disse a palavra "peixe" e já quase resumiu as propriedades formais da tela inteira! Então me dou conta: meu agente quer capturar as propriedades formais da completude da cabeça da mulher sem sequer mencionar o fato de que ela é feita de peixe! Esse aspecto, para ele, é insignificante! Era um feito incrível, na verdade, explanar durante tanto tempo sobre essa pintura sem utilizar as palavras "peixe" ou "criaturas marinhas", nada sobre "organismos oceânicos", nenhuma referência a "bestas das profundezas". Ao ignorar o fato de que a cabeça é feita de peixe ele está, com ou sem intenção, tentando forçar a pintura a se encaixar dentro de categorias livrescas familiares, por isso estou ouvindo tanto sobre pinceladas, perspectiva e luz, mas nenhuma palavra sobre criaturas aquáticas, um bocado sobre paleta de cores, nada a respeito de um mundo sob as ondas. O imperador diz ao camareiro-mor: Meu agente, eu percebo, tinha olhado para aquele quadro com as lentes de seus livros, ou no reflexo de seus livros, e nunca diretamente, com os próprios olhos. Ele não tinha, na verdade, visto aquele quadro com seus dois próprios olhos, sem a mediação dos livros, e já que seus livros apagavam os peixes, ele também o fazia. Seus olhos não eram, na verdade, seus.

Você sabe muito sobre essa pintura, o imperador disse ao agente, disse o astrônomo.

E o agente, curvando ligeiramente a cabeça, respondeu: Obrigado, meu senhor.

Você sabe tudo o que é preciso saber sobre essa pintura! Verdadeiramente!

E o agente disse: Jamais traria uma obra de arte para sua majestade sem tê-la estudado em profundidade.

Estudado. Sim. *Olhado* para ela, disse o imperador.

E o agente, por um momento, curvou ligeiramente a cabeça.

Você então *olhou* para a pintura, disse o imperador.

O agente juntou as mãos. É claro, meu senhor.

Excelente, muito bom. Então você *olhou* para a pintura com seus *olhos*, disse o imperador, de acordo com o astrônomo. E seus *olhos* viram os *peixes*.

E o agente disse: Sim, meu senhor.

E já que você estudou a pintura, uma pintura feita basicamente de peixes, você então, naturalmente, estudou os peixes.

E o agente apertou as mãos. Naturalmente, meu senhor.

E o imperador disse: Por favor, identifique para mim todos os peixes.

E o agente ficou pálido, segundo o imperador, o astrônomo disse a Leibniz. E em uma voz tremulante conseguiu dizer, Isto é uma enguia, quando então o imperador levantou a mão para interrompê-lo e disse, Sabe quem gostaria de ouvir isso, o ictiologista imperial. Agora, é claro que, o camareiro-mor disse ao astrônomo, não existe tal coisa como um especialista imperial em peixes! Mas o imperador convocou um de seus ajudantes e o instruiu, em um sussurro, que mandasse vir um serviçal vestido com os finos trajes da academia, e que deveria consentir com a cabeça aos primeiros doze nomes de peixe pronunciados pelo agente, mas que, ao décimo terceiro nome, deveria balançar a cabeça em uma quase imperceptível *negativa*. Meu ictiologista imperial sabe tudo sobre peixes, ele vai gostar disso, vai gostar disso, o imperador repetia para o agente. Logo o falso especialista em peixes adentrou a câmara acompanhado por dois guardas imperiais que o imperador também tinha mandado buscar e que se postaram um de cada lado do agente, onde permaneceram imóveis, com suas imensas espadas à frente, as pontas afiadas pesando sobre o tapete de seda. Por favor, identifique os peixes, disse o imperador. E eu fico então pensando, o imperador me diz, o camareiro-mor contou ao astrônomo, Essa é uma lição sobre a visão correta, sobre como enxergar. A relação entre superfícies e essências. A significância e a insignificância de certas superfícies, a concomitante presença e ausência de certas essências. A diferença entre livros e o Livro da Natureza, entre escritores egoístas e os ambiciosos editores de seus livros, e o escritor e o editor do Livro da Natureza, o escritor-editor do Livro da Natureza, i.e., Deus. Depois disso, estou pensando que, o imperador disse ao camareiro-mor, meu agente nunca mais vai se basear em seus livros quando seus olhos já bastam! Nunca mais vai se basear na opinião de seus tutores quando seus olhos são o bastante! Os peixes, os peixes, por favor identifique os peixes, o imperador disse, e seu agente, agora em uma voz absolutamente estrangulada, começou a nomear as criaturas mais reconhecíveis, primeiro a enguia, novamente, e então a lagosta, depois o polvo, e então o caranguejo. Após cada nome o imperador olhava para seu ictiologista imperial, que consentia com a cabeça. Tartaruga, raia, cavalo-marinho, camarão: todos corretos, indicava o falso especialista em peixes. Espadarte? Correto. Lúcio? Correto. Linguado? Carpa? Correto! Correto! O agente ganhava confiança. Deve ter aprendido algumas coisas naqueles mercados de peixe nauseantes do Mediterrâneo pelos quais passou a caminho de uma ou outra galeria, uma ou outra biblioteca!, o agente deve ter pensado, disse o imperador. Uma mente como a minha está sempre absorvendo as coisas do mundo! Então ele apontou para a criatura que constituía o olho da mulher no quadro de Arcimboldo e disse: peixe-lua. Ironicamente, o imperador soube depois, como contou ao camareiro-mor, e o camareiro-mor ao astrônomo, e o astrônomo a Leibniz, o nome estava certo: o olho da mulher *era*, na verdade, o olho de um peixe-lua. Mas o agente claramente não sabia disso, e quando ele e o imperador olharam para o ictiologista imperial — que cerrou os lábios e balançou a cabeça em negativa —, o sangue que aos poucos tinha voltado ao rosto do agente agora o abandonava novamente, e o imperador murmurou, Leve-o ao calabouço e arranque seus olhos, não são dele, de qualquer maneira, e ele não sabe como usá-los, e os dois guardas o arrastaram por metade do castelo antes que o imperador os alcançasse e revelasse, quase sem palavras de tanto rir, que aquilo era apenas uma brincadeira, uma brincadeirinha, só isso! — muito embora uma brincadeirinha que guardava uma lição seríssima. Por meio do humor, estou afiando seus olhos, disse o imperador ao agente. Arcimboldo, veja você, disse o imperador ao agente, começou com peixes, mas dos peixes ele construiu a face mais magnífica, ao passo que Bronzino começou com a face e chegou a nada. Não se pode mirar direto na face! O *alvo*, claro, é a face humana, não o peixe, mas só chegamos às faces humanas por meio das rotas tortuosas dos peixes. (O imperador acrescentou: Estou dizendo algo fundamentalmente filosófico quando digo: Bronzino é entediante.) O verdadeiro artista caminha seguro em direção ao insignificante enquanto dissimula um olhar para o significativo e sempre se afasta do suntuoso, ele ensinou ao agente de arte, lembrou-se o imperador. O imperador tinha muito mais a dizer sobre a questão da significância e da insignificância, mas se deu conta naquele momento de que seu agente tinha urinado nas calças, de modo que, com cortesia, lhe agradeceu pelas duas pinturas — que podem hoje ser vistas em galerias adjacentes ao Museu de História da Arte de Viena — e o dispensou. O astrônomo disse a Leibniz: Foi uma piada suja, disse o imperador ao camareiro-mor, mas a partir daquele momento ele começou a me mostrar a arte mais maravilhosa que existia. Olhando em seu telescópio, o astrônomo acrescentou: Queremos, acima de tudo, compreender o Sol, mas não podemos mirar o Sol com o telescópio!

Esse era, então, o homem que seu pai tinha de agradar com a cabeça mecânica. Agora, o que acontece é que aquela manhã gélida de inverno em que o astrônomo e seu pai se deslocaram para conseguir uma audiência com o imperador era a décima sexta manhã de uma disputa astronômica interminável que o imperador tinha convocado, em seu castelo, com a intenção de determinar se o novo objeto tremeluzente que havia pouco aparecera nos céus estava acima ou abaixo da órbita lunar e, assim, se merecia ou não ser considerado uma estrela. Ao mesmo tempo intrigado e atormentado pela aparição inexplicável e pelo significado enigmático daquele objeto, o imperador tinha convocado não apenas todos os astrônomos do reino ("exceto, é claro, eu mesmo!"), mas também livres-pensadores dos Países Baixos, teólogos de Oxford, matemáticos jesuítas do Colégio Romano e escolásticos peripatéticos de Pádua que viajaram ao Norte a cavalo, velejaram ao Sul pelo rio Elba, ou, em um caso, arrastaram-se a pé ("do mesmo modo que você!") por essas montanhas. Da janela escancarada da oficina, o astrônomo e seu pai podiam ver a claraboia do grande salão do castelo aberta e um conjunto de traquitanas astronômicas apontando para o céu de Praga, por onde eram castigadas pelos ventos ensandecidos de inverno. Um enorme maquinário disforme de latão gemia sobre a cidade. Dizia-se, disse o astrônomo, que o imperador Maximiliano, quando soube da intenção de Rodolfo de abandonar Hofburg e tudo o que ele tinha conquistado ali para mudar a capital imperial para Praga, havia decretado, em seu leito de morte, que nada em Praga poderia se elevar acima do campanário da catedral de São Vito — "Nada acima!". Naquele momento, continuava o dito, ele sofreu um derrame que o privou, durante as últimas quarenta e oito horas de vida, de toda linguagem exceto as palavras "nada", "acima", "campanário" e "Vito", com as quais ele preencheu enfaticamente o silêncio. Em sua última hora apenas restava a palavra "não", mas "todo mundo compreendeu o sentido do que dizia", o astrônomo contou a Leibniz. Não é que o imperador moribundo tivesse construído aquele campanário, o campanário era centenário, não, era "um simples constrangimento filial póstumo". "A gratuidade daquilo ainda me espanta." Mas algumas daquelas traquitanas se elevavam acima do campanário, e algumas ainda muito mais altas. Nossa busca pela verdade inevitavelmente faz troça dos decretos de leito de morte de nossos pais, não como uma questão empírica, mas sim lógica, uma vez que aquilo que entendemos como verdade e onde a buscamos é uma questão que obviamente se define, em oposição, por nada mais do que aquilo que nossos pais decretam em seu leito de morte, vagamente interpretados para incluir suas décadas de declínio. "Seu pai ainda vive?", o astrônomo perguntou a Leibniz, e Leibniz disse não. "Então isso não é nenhuma novidade para você", disse o astrônomo e Leibniz respondeu, não, não é, embora, como parenteticamente relatou ao *Philosophical Transactions*, estivesse apenas agradando o astrônomo, uma vez que não tinha nada além de memórias afetuosas de seu pai, um professor de filosofia moral em Leipzig que morrera quando Leibniz tinha apenas seis anos e com quem as crenças de Leibniz estavam em "perfeita consonância". (Dois anos antes de sua morte, meio século depois, em uma carta muito citada, de 1714, para Nicolas Rémond, conselheiro-chefe do duque de Orléans, em que fornece um breve e refinado relato de seu próprio desenvolvimento filosófico, Leibniz alegaria não ter "nenhuma memória de meu pai", e considerou a filosofia do pai como "sem interesse especial".) Agora, prosseguiu o astrônomo, pegando no colo seu gato roliço, que começou a ronronar sem abrir os olhos, algumas daquelas traquitanas eram bastante sofisticadas, algumas muito grandes, e uma, a ruidosa traquitana de latão, era ao mesmo tempo sofisticada e grande, mas todas elas, como era evidente para quem as observasse, não passavam de traquitanas astronômicas desprovidas de lentes, traquitanas poderosas somente na medida que os olhos que por elas observassem fossem também poderosos, traquitanas que de maneira alguma nos transcendia.

No castelo, trazidas ali pelos astrônomos convidados, estavam traquitanas que nos deixavam tão cegos quanto antes, ou basicamente como cegos, o astrônomo pensou, ao passo que em minha cabeça — a cabeça de um astrônomo que *não* tinha sido convidado! — estava a engenhoca que nos permitiria ver, ver de verdade.

Era então apenas uma questão de levar essa cabeça para o castelo.

Essa cabeça, contendo aquela engenhoca, ou o conceito da engenhoca, ao castelo.

Com a desculpa de ajudar seu pai a levar a cabeça mecânica de seu pai ao castelo.

"Amanhã, disse a meu pai", o astrônomo disse a Leibniz, "levaremos essa cabeça ao castelo! Propositalmente ambíguo com relação à cabeça de *quem*, *qual* cabeça. Digo, Claro: vamos levar *minha* cabeça ao castelo!, e meu pai ouve: Vamos levar a *sua*, ou a *nossa* cabeça, a cabeça que construímos juntos, ao castelo! E ele, sua barba agora quase que inteiramente branca, sua boca quase sem dentes, na cabeça seu valioso chapéu de pena, solta um daqueles sorrisinhos enrugados de gente velha que evocam a beatitude de uma criança.

"Você vê essa lágrima, não é?", o astrônomo perguntou a Leibniz. "Você a verifica? O interessante é que choro mais, não quando pondero meus sentimentos por meu pai, mas quando penso nos sentimentos de meu pai por seu chapéu, ou seus sentimentos por aquela caixa. Não meus sentimentos por ele, não seus sentimentos por mim, não os sentimentos dele por minha mãe, ou os da minha mãe por ele — ainda que todos esses sentimentos, como os sentimentos de todas as famílias, fossem perfeitamente potentes — e sim os sentimentos dele por seu chapéu, e os sentimentos dele por sua caixa, assim como os sentimentos de minha mãe pelo chapéu dele, porque ela estava o tempo todo tentando mantê-lo limpo, mesmo nos anos em que ele não o usava, aquele chapéu preto que meu pai tanto amava juntava pó como louco e não é exagero dizer que minha mãe, na verdade uma mulher muito culta e inteligente, filha de um jurista e humanista renomado de Regensburg, acabou presa em uma longa batalha com as condições-propícias-ao-ajuntamento-de-pó do chapéu de veludo preto de meu pai. Não é o relacionamento entre sujeitos e sujeitos o que mais nos faz chorar, e sim o relacionamento entre sujeitos e objetos, isso é o que tão pouco compreendemos! Quando lembro de minha mãe tentando manter desempoeirado o chapéu de meu pai, quase consigo fazer, por pura vontade, cair uma lágrima."

Ele olhou no telescópio.

"O sentimentalismo permanece radicalmente pouco estudado. O estudo científico dos sentimentos ainda está em seu nascedouro. Foi somente no último ano, ou nos últimos dois, que, em Delft, uma lágrima foi enfim colocada em um microscópio. Há um limite para que os sentimentos sejam investigados por meio da introspecção, i.e., sem um microscópio. Delft é a capital incontestável da microscopia lacrimal."

Ele olhou no telescópio.

"O microscópio chegou a Amsterdam e a Haia, mas em Amsterdam só puseram escarro e espermatozoides nos microscópios, e em Haia, igualmente, só escarro e espermatozoides, ao passo que em Delft, esperma, sim, e escarro, sim, mas também lágrimas. O resultado é que o erotismo e o sistema respiratório são livres de mistério por toda a República da Holanda, mas os sentimentos, na medida que possam mesmo ser compreendidos, o são somente em Delft."

Ele olhou no telescópio.

"E nem tanto assim em Delft."

Ele olhou no telescópio e então escreveu algo.

Saíram cedo pela manhã, seu pai curvado levando uma bolsa com a Cabeça de Fálaris, que insistiu para carregar sozinho. Nevava. O sol nascia tímido à frente deles, por detrás de um emaranhado de galhos de árvores cobertos de branco. Quando ultrapassaram a metade da antiga Ponte de Pedra, onde séculos antes o mártir João Nepomuceno foi lançado no rio Vltava sob as ordens de Venceslau, rei da Boêmia, e que agora era adornada por uma estátua do imperador Maximiliano em seu corcel, os ventos, que já estavam insanos, se tornaram dementes, uivantes, como se lembrava o astrônomo, sobre a superfície congelada do rio abaixo deles. Em algum lugar acima deles, escondida na nevasca, a traquitana de latão roncava. O clima, de fato, vinha piorando nas últimas semanas, o sol tinha se escondido atrás de uma nuvem no instante em que o imperador anunciou a abertura da convocatória astronômica com o soar dos sinos da catedral de São Vito e desde então não tinha voltado a aparecer, mas somente agora, naquele instante, quando o astrônomo e seu pai alcançavam o início da longa, íngreme e sinuosa escadaria de pedras que levava ao castelo, a tempestade tinha se transformado em uma nevasca. Naquele tempo era sabido que as condições meteorológicas de Praga estavam diretamente conectadas às condições da mente do imperador, um fenômeno que religiosos e populares atribuíam à ação de demônios entrando e saindo da cabeça do imperador, onde eles evidentemente podiam, segundo essa teoria, entrar à vontade — "é claro que qualquer coisa pode ser explicada com o recurso de um demônio atravessa-cabeças!" —, ainda que o astrônomo, empregando um precursor do barômetro de Torricelli, tenha conseguido determinar que a cabeça do imperador de fato influenciava a cidade de Praga por meio do ar. De modo que aquilo que eles observavam nos céus supostamente observariam na cabeça do imperador, se conseguissem, enfim, chegar até ele. Aquilo convinha ao astrônomo, já que significava que os virtuosos convidados ao castelo com suas traquitanas arcaicas não tinham conseguido acalmar a mente do imperador, provavelmente enfurecendo-a ainda mais, mas não convinha, ele pensou, a seu pai e ao adorno de seu pai, e pouco ajudou para aquiescer a terrível suspeita de que ele deliberadamente escoltava o velho pai à ruína. E à medida que seu pai começou a arrastar-se pela escadaria íngreme, seu ofegar audível acima do fantástico chacoalhar do vendaval, uma mão esticada à frente em busca de equilíbrio e a outra segurando o chapéu, que ameaçava voar a qualquer momento, a pena tremulando em espasmos ao vento, o astrônomo teve certeza de que o coração de seu pai não resistiria, ou que seu pai escorregaria no gelo e romperia o crânio em uma pedra, e teve até mesmo uma visão da cabeça mecânica rolando para fora da sacola, destruindo-se junto com seu frágil mecanismo interno em sucessivas batidas pelos degraus até desaparecer dentro do rio Vltava com um gorgolejo realista. Mas isso não aconteceu. Na verdade, conforme se aproximavam do castelo, seu pai, de alguma maneira, parecia ganhar mais força. Recompôs o fôlego, alinhou os ombros, pisou firme o gelo sobre as pedras, enquanto atrás dele seu filho agora ofegava e se curvava contra a nevasca, escorregava e tropeçava, quase chegando a cair para trás, dentro do abismo. No momento em que alcançaram o topo das escadas, onde um alabardeiro coberto de neve que guardava um grande portão flanqueado por duas estátuas do imperador Maximiliano bateu no chão com a base de sua alabarda (livrando-se assim da neve que o encobria) e ordenou que não prosseguissem, ele viu que a barba de seu pai, por debaixo da neve que agora a cobria, tinha até mesmo recuperado algo de sua cor anterior: o branco se manchava de cinza. E não era apenas um truque da memória. "Ele estava mesmo extraindo alguma espécie de força vital da aproximação ao centro do Império e canalizando isso para a barba." O astrônomo se deu conta de que não compreendia e nem poderia compreender o apelo que a proximidade ao poder exercia sobre seu pai, não até aquele momento em que observava o efeito na coloração da barba do pai. "Éramos criaturas muito diferentes, me dei conta, já que eu nem sequer sentia essa força vital emanando do centro do Império, ao passo que ele não apenas sentia como se aproveitava para promover o rejuvenescimento de sua barba." Não era apenas questão de gostos diferentes, de valorizar coisas diferentes, mas de diferentes aparatos sensoriais, de sentir as coisas de maneira diferente. "Ao observar sua barba se tornando grisalha, de início um pouco grisalha, e depois muito mais grisalha, é claro que tive um rompante de compaixão por meu pai, a quem eu deveria ter considerado não um homem com princípios distintos dos meus, mas um animal com sentidos diferentes, menos um cortesão desavergonhado do que um morcego", ele disse a Leibniz. (Lembramo-nos aqui da opinião de

Bertrand Russell de que as contradições da filosofia de Leibniz provêm de sua busca pelos "sorrisos dos príncipes".) Com vigor redescoberto, o pai do astrônomo endireitou o chapéu e, em uma voz firme, informou ao jovem alabardeiro que ele era o antigo escultor imperial do falecido imperador Maximiliano, rei da Hungria, rei da Boêmia e rei dos Romanos, e que ele, responsável por criar as famosas Fontes Maximilianas de Viena, ali estava para uma audiência com o imperador Rodolfo. E disse isso de tal maneira que o alabardeiro não apenas abriu imediatamente os portões, como ainda os saudou quando entraram. Em outro portão, cem metros mais próximo do castelo, a cena se repetiu com precisão. E logo um séquito de guardas, funcionários e serviçais se materializou em torno do astrônomo e seu pai, conduzindo-os por entre as entranhas do complexo casteleiro, atravessando portões, portas, barreiras de inspeção, produzindo uma névoa de reverências, saudações e junções de calcanhares, enquanto o sorriso mal disfarçado de seu pai irradiava em meio a uma barba que era agora "de um preto formidável e assustador como o de minha infância".

Por fim entraram no grande salão, uma grande câmara abobadada palco de inúmeras coroações, casamentos reais, valsas de inverno e outras cenas de euforia oficial, incluindo as ocasionais competições de valentia, "três semanas antes cavalos tinham galopado para cima e para baixo naquele salão, para êxtase do imperador", mas que agora era um cenário do máximo desespero, marcado pelo som do movimento dos ponteiros de relógios precisos e repleto de homens de ciência que em suas elaboradas capas pretas e afetadas golas brancas faziam girar seus engenhosos modelos do cosmo ou apontavam instrumentos inúteis para o céu cinza de Praga, em meio a quem, sentado em seu trono, na cabeceira de uma mesa de banquete repleta de caldeirões frios de gulache envelhecido e suja de ossos das mais diferentes bestas e aves, estava o próprio imperador, apoiando na palma de uma mão sua imensa e, ao que parecia, profundamente horrorizada cabeça habsburga. "Meu primeiro vislumbre do homem, de sua imensa cabeça imperial, e da expressão horrorizada em sua face, que eu logo considerei não apenas simpática, mas uma lembrança da expressão que eu às vezes enxergava quando, ao tentar capturar o reflexo da abóboda celeste em um espelho curvo, via, em seu lugar, ainda que brevemente, meu próprio rosto." A essa cabeça imperial horrorizada o astrônomo, é claro, pensou poder trazer "alívio intelectual", enquanto, ao lado, seu pai, "decerto, penso, porque a aparição daquele novo objeto tremeluzente não tinha levado a cabeça dele a um tormento metafísico", sonhava meramente em oferecer deleite artístico. O astrônomo acrescentou: "Somente alguém em essência não perturbado pela natureza das coisas sairá por aí oferecendo deleite no lugar de alívio, como eu com frequência dizia a meu filho, ele próprio um fornecedor de deleites artísticos e não de meios para o alívio mental. Somente alguém cuja cabeça nunca ou quase nunca se perde em tormentos filosofantes preferiria agradar à vista do que aliviar a intensa pressão filosófica que se avoluma por trás dos olhos, eu sempre dizia a ele", disse o astrônomo. Um vislumbre da cabeça do imperador foi o suficiente para que o astrônomo confirmasse que ela era não apenas imensa, mas também profundamente mergulhada em tormentos. Por que, o astrônomo lembrava de perguntar-se pela primeira vez na vida, aquela expressão de horror metafísico insondável nunca se mostrara no rosto de seu pai? Ele disse: "Só quando deixamos a casa e a oficina de nossos pais, quando observamos o rosto de outro homem, é que nos damos conta, em retrospectiva, da existência de expressões que nunca vimos no rosto de nossos pais, uma série de expressões que pareciam, enquanto crescíamos, abrangentes, i.e., definidoras de todas as possibilidades". As distinções e, portanto, o conhecimento e, por isso,

o autoconhecimento começam com este observar-o-rosto-de-
-outro-homem. "Não há conhecimento até que haja o rosto
de *outro* homem." Na casa de nosso pai, olhando para o rosto de
nosso pai, o mundo é claro, mas sem definição; então saímos
de casa e olhamos para outras paisagens, incluindo o rosto de
outros homens, e então nossos olhos começam a se deteriorar, ao passo que nossa mente começa a discernir e assim o
mundo empalidece, mas ganha em definição; por fim, nossos
olhos são arrancados, mas nossa mente se torna infinitamente
atenta e o mundo fica escuro, porém se torna fantasticamente
bem definido, "com um frescor que para mim continua sendo,
de fato, chocante". Essa é a história-padrão da conquista do conhecimento, ele disse, "e a história-padrão é *verdadeira*". Esse
processo de autoconhecimento, "que apenas com o eclipse se
realizará", começou com aquele vislumbre-do-rosto-do-ho-
mem-no-beco e se precipitou rapidamente com o vislumbre-
-do-rosto-do-imperador, e ao observar nele uma expressão (de
horror metafísico insondável) que tinha visto algumas vezes
em seu espelho curvo mas que, já que nunca a vira no rosto do
pai, nunca a percebera até agora, "devo tê-la visto sem *vê*-la",
provavelmente a descartou como se fosse trivial, corrompida,
ou um produto artificial de seu instrumento. Ver o rosto do imperador foi uma lição da arte de ver o próprio rosto. "Tive de
admitir para mim mesmo a verdade terrível, segundos depois
de vê-lo do outro lado do salão: sentia-me mais próximo do imperador do que jamais me sentira de meu pai, simplesmente
porque nós, e não meu pai, nem mesmo, depois disso, meu
filho, parecíamos sofrer do mesmo tormento." Anos depois, a
propósito, o astrônomo havia feito tudo que estava ao seu alcance para introduzir esse tormento no filho, e é claro que teve
dúvidas sobre lançar a cabeça de um jovem, sem aviso, bem no
fundo de um tormento filosófico, "tinha eu direito, devo ter
me perguntado, de lançar a cabeça desse jovem satisfeito nas

profundezas de um tormento? Apenas para ter companhia? O que fazemos, de fato, quando damos resmas de material de leitura a uma criança com o intuito declarado de prepará-la para os tormentos do envelhecer?", e mesmo assim ele decidiu que sim, tinha o direito, e mesmo que ele tenha, por fim, lançado a cabeça do filho no tormento, seu filho não era, no final das contas, atormentado. Ele insistia em "emergir das profundezas filosóficas como uma boia". Uma cabeça pode ser mais ou menos densa do que o fluido filosófico em que é mergulhada. A de seu filho era menos densa. "Quanto mais fundo eu o empurrava para as profundezas, mais alto, como uma boia, ele emergia." Um indivíduo especialmente não atormentado, para o bem ou para o mal, interessado sobretudo nos deleites e distrações da arte. Seu pai e seu filho teriam gostado um do outro, "tivessem eles chegado a se conhecer". Ele acrescentou: "Uma impossibilidade lógica, é claro, já que o nascimento de meu filho foi um efeito distante da mesma causa, esse encontro com o imperador, que em um primeiro momento promoveu o falecimento de meu pai". Nenhum dos dois teria conseguido compreender como o aparecimento no céu de um ponto de luminosidade lindamente tremeluzente poderia emprestar ao rosto imperial uma tal expressão de horror, nem, nesse sentido, como os cavalos que galoparam para cima e para baixo nesse salão, três semanas antes, poderiam dar a ele tamanha alegria, ao passo que o astrônomo, com apenas um vislumbre do imperador, pensou tê-lo compreendido, i.e., entendeu tanto o porquê de os cavalos o alegrarem quanto o porquê de o aparecimento daquela coisa tremeluzente horrizá-lo tanto.

O astrônomo acariciou seu gato, olhou ao telescópio, pegou sua pena e escreveu alguma coisa. Apenas alguém verdadeiramente horrorizado pelos céus pode obter tamanha alegria de um cavalo e, a fortiori, de um gato, ele disse. Quando vemos alguém obtendo, em alguma medida, tamanha alegria de um cavalo ou gato, trata-se de alguém sem preocupações no mundo. "Um aforismo", declarou o astrônomo. "Um homem encantado com um gato é alguém desacorçoado pela existência, um homem encantado pela existência é alguém desacorçoado por um gato." Um dono de gato é, invariavelmente, um indivíduo despossuído de quaisquer doutrinas ou artigos de fé, assim como um indivíduo sob posse de tais doutrinas, invariavelmente, *não tem gatos*. Um homem que acredite possuir tanto um gato quanto uma doutrina consoladora descobrirá, em algum terrível momento, quando sua fé for posta à prova, que sua doutrina não é verdadeiramente consoladora, ou, se assim for, que seu gato não é, na verdade, um gato. Na hora mais escura ele descobre que a doutrina sob a qual fundou sua vida é, ela mesma, sem qualquer fundamento, ou se tem porventura algum fundamento, então seu gato é um cachorro, disse o astrônomo, segundo Leibniz.

Leibniz escreveu: "Aqui fui atingido pela sensação, e não pude desalojá-la, nem sequer julgar sua veracidade, de que o gato também não tinha os olhos".

Agora, prosseguiu o astrônomo, o camareiro-mor se aproximou do imperador — que escutava entediado o matemático alemão demonstrando com gestos obsequiosos e palavras adocicadas o funcionamento interno da maior e mais sofisticada das traquitanas, aquela de latão cujos ruídos soavam até mesmo no bairro judeu — e sussurrou aos ouvidos dele enquanto apontava para seu pai, o antigo escultor imperial, parado de pé, de peito aberto, na medida do possível, na outra ponta do grande salão. O imperador ergueu a cabeça um centímetro e disse, alto o bastante para que o astrônomo o ouvisse em meio ao barulho de "zênites" e "azimutes" e o assobio do vento frio passando pelas janelas abertas e lançando neve sobre o piso, "Meu pai o quê?", em um tom — era melancólico? de desgosto? — que o astrônomo não conseguiu decifrar, "nem, é claro, dada a estranha acústica daquele salão abobadado, era o tom daquelas palavras que chegavam aos meus ouvidos necessariamente o mesmo tom em que ressoaram dentro da cabeça do imperador". O camareiro-mor sussurrou novamente em seu ouvido e o imperador, com os olhos gravemente centrados no pai do astrônomo, disse algo como resposta, e então deixou sua cabeça cair novamente sobre a palma da mão. O camareiro-mor atravessou o salão na direção deles. "Pensei que seríamos retirados de lá, ou presos, ou algo pior." Tudo dependia agora da exata natureza da atitude do imperador para com o pai do astrônomo e, por extensão, para com os representantes de seu pai, muitas décadas após a morte de seu pai, e isso, para seus súditos, era notoriamente inescrutável. Por um lado, como você sabe, disse o astrônomo, o imperador tinha trocado o palácio de seu pai em Viena por seu próprio castelo em Praga, mas, por outro lado, e isso eu talvez ainda não tenha mencionado, ele espalhou centenas de estátuas de seu pai em Praga. Centenas de estátuas! No entanto, o astrônomo acrescentou, cada estátua retratava seu pai com apenas três quartos de seu tamanho real. Em outras palavras, ele espalhou por Praga inúmeras representações reduzidas de seu pai. O que poderíamos entender disso? "O que isso significa? Era apenas uma paródia?", o astrônomo se perguntou enquanto o camareiro-mor se aproximava deles. Mas se era apenas uma paródia de seu pai, por que o imperador escolhera, como momento para preservar a memória de seu pai, seu grande triunfo, quando cavalgou para a Transilvânia em seu corcel após a conquista dos turcos? Incontáveis pais, ligeiramente reduzidos, cavalgando vitoriosos rumo à Transilvânia, o astrônomo pensou enquanto o camareiro-mor se esgueirava pelo salão em direção a eles, uma herança territorial que, como aconteceu, o imperador Rodolfo mais tarde cederia de volta aos turcos em uma série de conflitos que mal contestou. Qual o sentido? As estátuas são muito pequenas, sim, ele pensou, mas são triunfantes, tão indisputavelmente triunfantes quanto eram obviamente muito pequenas. E uma paródia, de qualquer maneira, nem precisaria dizer, é sempre uma reverência implícita daquilo que parodia, sempre leva mais a sério especificamente aquilo que ridiculariza mais cruelmente, um paradoxo bem conhecido, de modo que, mesmo que essas estátuas tivessem sido erigidas, não como tributo, mas como paródia, talvez especialmente se tivessem sido construídas como paródias, elas ainda assim revelavam a grande estima que o imperador mantinha por seu pai, pensou o astrônomo, com o camareiro-mor agora a não mais do que doze passos deles. No entanto, quão elevada podia ser aquela estima, ele pensou, uma vez que o corcel das estátuas tinha o tamanho natural, e não de três quartos, de modo que o pai na verdade parecia ainda menor comparado a seu cavalo? "Como, Herr Leibniz, você descreveria esse relacionamento? Ele mandou construir centenas de estátuas do pai, sempre menor do que o natural, embora de porte majestoso, e em um momento de triunfo militar, e ainda assim ofuscado pelo cavalo? Que tipo de relacionamento é esse? De que natureza ele é? Quais sentimentos o compõem?" O *número* de estátuas indica uma coisa; o *tamanho*, outra; o *ar* delas, de novo, uma coisa; e o tamanho do *cavalo*, ainda outra diferente, "e claro que esses são apenas quatro dos infinitos atributos dessas estátuas!". Não podemos deixar de concluir que os sentimentos filiais do imperador eram, de modo similar, infinitamente complexos. Por outro lado, o imperador ou receberia o escultor de seu pai, ou não o receberia. Os fenômenos mais multifacetados são sempre reduzidos aos mais ridículos dualismos, disse o astrônomo — "assim como, amanhã, você lembrará apenas que o Sol foi eclipsado pela Lua, ou que não o foi".

O camareiro-mor os alcançou.

O imperador Rodolfo, ele declarou, com um sorriso que para o astrônomo pareceu afetado e desconfiado, ficaria honrado em receber um presente do antigo e ilustre escultor da corte do imperador Maximiliano. O pai do astrônomo inclinou a cabeça, endireitou com o dedo molhado em saliva a pena refratária de seu chapéu, apertou contra o peito a bolsa contendo a cabeça humana mecânica, lançou para o filho um alegre olhar de orgulho travesso — sobrancelhas arqueadas, lábio inferior mordiscado — e então seguiu o camareiro-mor ao longo do grande salão, passando por um velho e enfraquecido paduano que declamava energicamente trechos da obra *Da geração e da corrupção*, de Aristóteles, por três jesuítas rabiscando figuras e fórmulas em suas placas, rodeou um rotundo bispo e oculista de Oxford que examinava à luz bruxuleante de um candelabro de cera um globo ocular humano aparentemente surpreso com o próprio estado (e, como se revelou, do mesmo jovem ladrão cujos grossos fios de cabelo agora adornavam a Cabeça de Fálaris), e, enfim, chegou aos pés do trono do imperador. E o imperador, a quem o monólogo do matemático alemão sobre seu grande, infinitamente sofisticado e infinitamente inútil instrumento aparentemente tinha induzido a um estado próximo à morte, uma vez que seu queixo caíra até o peito e seus olhos tinham se fechado, agora então os abriu de novo, endireitou-se no trono, bateu palmas e murmurou algo para o camareiro-mor, que exclamou para a multidão, de um modo que encheu o astrônomo de temor filial, "Um interlúdio artístico!".

As conversas do salão cessaram imediatamente.

O vento também se interrompeu.

Até mesmo a lenha na lareira parou de estalar.

O salão estava agora em silêncio, exceto pelas lamentações dos instrumentos.

E o camareiro-mor, tanto quanto o astrônomo conseguia lembrar, segundo Leibniz, declamou: "Este cavalheiro, que serviu ao pai de vossa majestade em Viena, e decorou aquela esplendorosa cidade, assim como nela o palácio de Hofburg, tão precisamente de acordo com os desejos e caprichos do pai de vossa majestade, e de tal modo que, sempre que no Hofburg de Viena, vossa majestade sente estar, como sempre revelou a mim, de pé dentro da cabeça de seu pai, dentro da cabeça de seu pai, isto é, dentro da cabeça de seu pai duplamente" — dentro da cabeça de *seu* pai, o astrônomo disse a Leibniz, não do meu! —, "ele construiu para sua majestade, é o que supomos, uma maravilhosa cabeça artística que se movimenta sozinha". E as palavras "maravilhosa cabeça artística que se movimenta sozinha", com o toque farsesco, fizeram o astrônomo tremer. Ele contou a Leibniz: "Talvez para justamente se vingar de seu pai por meio de meu pai, talvez para se distrair do que parecia ser o problema insolúvel da natureza do novo objeto no escuro do céu, o imperador, percebi, estava prestes a transformar meu pai e sua obra de arte em motivo de zombaria".

O camareiro-mor disse: "Por favor, senhor, a cabeça artística que se movimenta!".

O astrônomo olhou no telescópio.

Houve risinhos — "risinhos verdadeiros!" — enquanto seu pai removia com delicadeza a cabeça de chumbo de dentro da bolsa e a entregava ao camareiro-mor.

"E, no entanto, *havia* mesmo risinhos?", o astrônomo disse. "Veja, sempre que penso novamente naquele momento, sempre penso, Havia mesmo risinhos? E quase sempre eu penso, Havia *sim* risinhos, e quase sempre penso que havia risinhos verdadeiros! E quase sempre consigo ainda ouvir esses risinhos, essas risadinhas, todas voltadas diretamente para meu pai. Sempre que me pergunto se, ao fazer o que fiz na sequência, acabei por fazer algo imoral, sempre me lembro desses risinhos, repasso esses risinhos em minha cabeça e ao ouvir esses risinhos em minha cabeça sei que fiz algo para o bem, porque meu pai, eu sei, preferiria estar morto a servir de chacota na corte do imperador. A cabeça tinha sido planejada para provocar, entre outras paixões, também o riso — mas não esse tipo de risada. Talvez naqueles risinhos o deleite estivesse implícito, mas não o tipo certo de deleite, diversão, talvez, mas não o tipo certo de diversão. Parecia que todos estavam muito entretidos com a cabeça, mas não estavam entretidos com a cabeça pelos motivos certos. Mas não basta saber que estavam entretidos com a cabeça, precisamos nos perguntar o porquê de estarem entretidos com a cabeça — *por que eles estavam entretidos com a cabeça?* Consigo escutar o imperador rindo da ideia de que aquela cabeça de metal feita pela mão humana pudesse trazer algum consolo a seu tormento mental, que sequer pudesse tocá-lo em meio a seu tormento, e consigo ouvir aquele obsequioso jovem alemão, que eu mais tarde descobri ser ninguém outro do que o famoso Kepler, rindo ao comparar sua criação com a de meu pai, muito embora sua traquitana de lata, ainda que grande e sofisticada, não conseguisse tocar mais o atormentado imperador do que a cabeça mecânica — e, em suma, consigo ouvir todo mundo dando risinhos! Centenas de homens de ciência rindo de meu pai e de sua arte! Aqueles homens, que em poucas décadas estariam usando sua cabeça sobre os ombros! Mas, em outros momentos, ao lembrar do instante em que meu pai tirou sua cabeça daquela sacola, *não consigo* me lembrar daqueles risinhos, e às vezes penso que na verdade não ouço riso nenhum, nem um sequer, nada. E, em vez disso, penso que ouço o silêncio, que ouço um perfeito, atento e até mesmo reverente silêncio, e nesses momentos me pergunto se não adicionei os risinhos em retrospecto, se aqueles não eram risinhos de verdade, se é possível que eu tenha marcado essa memória com risinhos póstumos só para justificar o que fiz na sequência."

Porque quando seu pai colocou a Cabeça de Fálaris na mesa de banquete em frente ao imperador, o astrônomo percebeu que as nuvens tinham se afastado apenas o bastante para permitir uma breve visão, pela primeira vez em dezesseis dias, daquela coisa nova tremeluzente. Ela cintilava e queimava nos céus atrás da cabeça do imperador. Seu pai pôs a mão na manivela, o riso, ou talvez o silêncio, chegou ao ápice, o salão todo agitado em risos ou silêncio e, naquele momento, antes que seu pai pudesse dar vida à cabeça, o astrônomo gritou do fundo do grande salão: "Meu senhor, eu inventei um instrumento que aproxima as coisas distantes e com ele posso arrancar do firmamento aquela coisa tremeluzente e trazê-la para este salão, agora mesmo!".

E ele cruzou o grande salão, pegou a cabeça mecânica de seu pai e enfiou os dedos nas cavidades oculares e arrancou as duas lentes convexas.

E ele segurou uma lente em frente ao olho do imperador e a outra a uma distância de um braço, na direção do objeto luminoso.

E o imperador olhou por entre as duas lentes e resmungou, "Meu Deus". E depois: "É uma nova estrela".

Com isso, o astrônomo contou a Leibniz, o grande salão virou, digamos, um pandemônio. Matemáticos e teólogos se amontoaram a sua volta para examinar a Nova Estrela através de seu instrumento, e ele agradeceu assim terem se ocultado a visão de seu pai, e em particular do rosto de seu pai. "Que fosse eternamente ocultada" — que seu pai fosse, no caminho de volta, atirar a agora mutilada Cabeça de Fálaris no congelado Vltava, bem no centro da antiga Ponte de Pedra, e depois se atirar no buraco aberto pela cabeça —, "é claro que eu não sabia."

Apenas na manhã seguinte ele soube o que seu pai fizera, quando já tinha sido nomeado astrônomo imperial do imperador.

O astrônomo ficou em silêncio por muitos minutos.

Então disse: "Às vezes, tento descrever o tubo astral como um aparato que permite dar vazão à pressão interna de nossa cabeça, esse pequeno espaço onde um mundo inteiro foi sumariamente enfiado". Ele acrescentou: "Ainda que, estritamente falando, é claro que isso é um absurdo".

O astrônomo pressionou uma de suas cavidades oculares contra o telescópio, pegou sua pena e escreveu uma longa sequência de números. Por uma fração de segundos, escreve Leibniz, aconteceu de um raio de sol se alinhar precisamente com a fresta aberta na janela fechada e inundar o interior do observatório com uma luz brilhante, "excruciante depois daquele prolongado tempo de contínua quase escuridão". Leibniz protegeu os olhos. No colo do astrônomo o gato abriu os olhos, que brilhavam loucamente na luz do sol, "e, logo, existiam". Então a Terra girou um pouco e a luz desapareceu. Eram dez horas "em ponto", declarou Leibniz ao *Philosophical Transactions*, em tradução minha. Uma hora tinha se passado, e se o astrônomo estivesse correto a respeito do eclipse, ainda restavam outras duas.

Três

Suas obrigações como astrônomo imperial, o camareiro-mor lhe informou, dividiam-se em três, contou o astrônomo a Leibniz. Primeiro, "e, nem seria preciso dizer, a única obrigação que tinha alguma importância para mim", ele deveria utilizar seu tubo astral para mapear os céus estrelados com mais precisão e correção do que jamais tinha sido antes para compor, digamos, um catálogo estelar de correção e precisão sem precedentes, "e também, eu acrescentei, de prodigalidade sem precedentes", já que ele tinha confiança de que, conforme informou ao camareiro-mor, com seu maravilhoso equipamento conseguiria não apenas ver todas as estrelas conhecidas com mais clareza do que jamais houvera sido feito, como também veria estrelas desconhecidas que até então eram muito fracas ou estavam muito distantes para ser vistas. Segundo, ele deveria preparar horóscopos para o imperador, cujas ações, e em especial pensamentos, eram — de acordo com o camareiro-mor, que alegou falar em nome do imperador, i.e., transmitir os pensamentos do imperador a respeito disso, assim como sobre qualquer outro assunto, embora o astrônomo fosse mais tarde descobrir que havia outros no castelo desconfiando do camareiro-mor, o único oficial com acesso irrestrito à ala norte, onde o imperador passava o dia inteiro em meio às maravilhas e monstruosidades e onde cada vez mais também passava a noite, que ele estava de maneira sistemática representando erroneamente os pensamentos e desejos do imperador para encher-se ele mesmo de poder, "Nada do que ele disser a você deve ser levado ao pé da letra!", o antiquário imperial sussurrou uma vez, de passagem, ao ver o astrônomo saindo do escritório do camareiro-mor —, ainda que não exatamente determinados pelas estrelas, "e nesse sentido os pensamentos de sua majestade são perfeitamente livres", de certo modo afetados pelas estrelas, i.e., sujeitos à influência delas, "e, nesse sentido, os pensamentos de sua majestade são, se não substancialmente coagidos, ao menos levados em certas direções, ou assim pensa sua majestade, não constringidos, mas ainda assim desviados de um lado a outro". É claro que, como o numismático da corte muito antes concluíra — e ele, o astrônomo, considerou convincente o argumento —, era do interesse do camareiro-mor fornecer uma imagem de um soberano não totalmente no controle de suas faculdades, já que quanto menos poder o imperador parecesse ter sobre a própria cabeça, mais poder o camareiro-mor parecia, talvez somente para si mesmo, mas isso já era meia vitória, ou mais do que meia, ter sobre ela. O numismático da corte dissera: "Às vezes, parece que a aparente loucura do imperador foi filtrada, ou talvez forjada, por uma excepcional mente racional, uma mente calculista e conivente, e que ela é na verdade a loucura de um homem são e manipulador, um louco cuja loucura aparente está na verdade a serviço das intenções de uma pessoa sã e altamente ambiciosa". Era possível, claro, admitiu o numismático da corte, que o camareiro-mor fosse um servo genuinamente leal a um monarca genuinamente louco; e essa era a opinião do cartógrafo da corte. Uma terceira teoria, aventada apenas pelo destilador real, e ainda assim apenas hipoteticamente, como uma espécie de experimento divertido, dizia que o camareiro-mor era ele mesmo bastante louco e que, desse modo, nós sabíamos muito pouco, ou mesmo nada, talvez, sobre o verdadeiro estado mental do imperador. "E assim", o camareiro-mor prosseguiu, "se você pudesse, todas as manhãs e nos dias santos também às tardes, determinar, com o uso de seu tubo, as influências sobre a mente de sua majestade exercidas por Mercúrio, Marte e Saturno e assim por diante, o imperador ficaria muitíssimo agradecido." A terceira e última tarefa do astrônomo imperial era ser o tutor do filho bastardo do imperador, assim como de suas três filhas ilegítimas, nos assuntos do quadrivium — "pois é do mais ardoroso desejo do imperador" (de acordo com o camareiro-mor) "que cada uma de suas crianças, e especialmente seu filho, seja fluente nas artes matemáticas, isto é, em aritmética, geometria, música e astronomia".

Ele repetiu: "Especialmente seu filho".

Como recompensa, o astrônomo receberia, primeiro, um salário anual de muitos táleres; segundo, a administração do observatório imperial, incluindo o acesso à oficina do castelo, à biblioteca do castelo e ao laboratório do castelo, além de carta branca para utilizar, "com racionalidade", recursos do tesouro na construção de seus tubos, uma "carta branca" e um "com racionalidade" que obviamente — como o astrônomo depois entenderia — se anulavam um ao outro, pois que se "carta branca" significa qualquer coisa, "com racionalidade" obviamente significava coisa alguma, e vice-versa, "com racionalidade" significando coisa alguma significava "carta branca" querendo dizer nada, sem falar que, se ele de fato era obrigado à racionalidade, quem sabe o que significava a racionalidade, se significava sua própria racionalidade, a racionalidade do camareiro-mor ou alguma espécie de racionalidade compartilhada, se é que isso existia, isto é, talvez seu acesso ao tesouro se estendesse tão somente no limite definido pelo senso comum, uma ambiguidade provavelmente proposital que intensificaria o poder do camareiro-mor sobre ele, com terríveis consequências; e, terceiro, ele receberia para moradia uma imponente residência não menos impressionante do que a mansão vienense em que tinha nascido. Havia sido construída no alto da colina Hradčany, não muito distante do castelo, bem ao lado de um antigo monastério beneditino cujos sinos de bronze repicavam alegremente quando o astrônomo ali chegou com sua carruagem.

Naquele dia, no dia seguinte, e no outro depois disso, o astrônomo supervisionou a construção do primeiro telescópio, um tubo de latão de trinta e três centímetros de comprimento moldado para ele por uma equipe de experientes metalúrgicos da forja imperial e equipado nas duas pontas com lentes de finos vidros de Murano, compradas com fundos imperiais e modeladas, segundo as estritas especificações do astrônomo, por um mestre oculista de Nuremberg e seu ajudante de Augsburgo, e que aumentavam em duas vezes os objetos. "Em outras palavras", disse o astrônomo, "um fator de aumento de *dois*. É melhor você anotar isso, Herr Leibniz, porque os números serão muitíssimo importantes para o restante da história. Dois, um fator de aumento de dois, e um comprimento de trinta e três centímetros."

Na noite de seu terceiro dia como astrônomo imperial, ele começou a catalogar as estrelas. Naquela noite, na noite seguinte e na outra depois disso, ele apontou seu tubo astral para o meridiano celeste. Quando uma estrela o cruzou, ele gritou, um assistente com um quadrante informou a altitude, outro, olhando para um relógio, anotou o tempo, um terceiro escreveu em um livro as duas coordenadas espaçotemporais, que um quarto comparou com a informação correspondente, quando existia, nos famosos catálogos de Piccolomini, Tycho e Bayer. Próximo da aurora naquela primeira noite, quando os monges do monastério mantinham os sinos repicando continuamente como se em antecipação a seu feito, o astrônomo tinha ultrapassado a marca das novecentas e dezenove estrelas enumeradas por Piccolomini.

E ele alegremente pensou: vi mais estrelas do que Piccolomini, embora não mais do que Tycho e Bayer.

Na manhã seguinte, depois de informar seus metalúrgicos e oculistas de que desejava um tubo de trinta e oito centímetros, moldado não em latão, mas em bronze, e com o poder de aumentar três vezes as coisas, o astrônomo, atento para não negligenciar suas outras obrigações, escreveu e enviou por um mensageiro o horóscopo do imperador "consistindo, é claro, no mais puro nonsense, mas no mais rigoroso puro nonsense, levando boas notícias a sua majestade". É quando lidamos com o sem sentido, ele ressaltou, que devemos ser mais rigorosos, pois o sentido em si é sempre, por definição, bastante rigoroso, o rigor requerido tendo sido já providenciado pela razão trabalhando em conjunto com a realidade, e é precisamente por sua rigidez e estrutura que o identificamos *como* um sentido, pois se é muito rígido e muito estruturado costumamos dizer: Isto tem, ou faz, sentido, ao passo que o nonsense precisa ser estruturado e endurecido, i.e., precisa ganhar forma, motivo pelo qual escrever o horóscopo do imperador, na medida em que implicava escrever um documento absolutamente sem sentido, não era tarefa simples, e na verdade até mais difícil do que seu trabalho científico da noite anterior, um fato que, acrescentou o astrônomo, pode ter sugerido o que ele só percebeu muito tempo depois — precisamente que havia algo de errado com sua ciência. Então, com uma edição latina dos *Algorismus vulgaris* de Sacrobosco em uma mão e uma versão vernácula alemã na outra, ele partiu para a torreta em que, conforme foi informado, estava o príncipe bastardo, no canto mais ao sul do complexo casteleiro, antipodal à ala norte, com vistas para o jardim zoológico imperial, onde bestas importadas com listras excêntricas tremiam na neve; mas depois de bater três vezes na pesada porta de madeira, sem resposta, e enxergando apenas escuridão entre as barras da pequena abertura de ferro, e conseguindo dos quatro guardas do palácio que jogavam cartas no chão do corredor nada senão desdém, sorrisos maliciosos, insinuações sexuais e tiradas sarcásticas, o astrônomo, "sem, como me dei conta depois, me perguntar *por que* o príncipe Heinrich, se de fato vivia ali, vivia naquela torreta, atrás de uma porta tão pesada de madeira, com uma abertura de ferro tão pequena, guardada por tantos guardas armados", partiu à procura de alguma das princesas.

Por fim encontrou a mais jovem delas, Katharina, uma menina de talvez oito ou nove anos, no mínimo sete e no máximo onze, cantando suavemente uma música, sozinha, no então chamado salão de composição musical, em meio a uma bagunça de velhos instrumentos, muitos dos quais, ele viu, eram *glockenspiels*, a maioria deles, de fato, ele percebeu, era de *glockenspiels*, e, na verdade, todos eles eram *glockenspiels*, sem exceção, "Basicamente era apenas uma sala repleta de *glockenspiels*", de vários formatos, tamanhos e estados de ruína, todos eles amontoados, jogados uns sobre os outros, e havia alguma coisa horrível naquela pilha de *glockenspiels*, o grande monte de centenas, se não milhares, de *glockenspiels*, milhões de barras de metal de onde espocavam estilhaços de reflexo da trança loira e desleixada da pequena Katharina que balançava de cá para lá em sua cabeça. Ela estava sentada com as pernas cruzadas, no chão. Parado à porta, ele a escutou cantar. A voz dela, embora destreinada, era agradável, a melodia cadenciada, mas a história que contava, de uma "porquinha rosa" tentando escapar ao abate nas mãos de um "açougueiro grandalhão e de barba preta", começou a incomodar o astrônomo. De início, quando a porquinha rosa "escapava" das mãos do açougueiro grandalhão e "escapulia" por um buraco na cerca, ele pensou: Ela está cantando uma daquelas músicas de ardilosos animais do celeiro, adoradas por crianças do mundo todo; e esperava, nem precisaria dizer, que a porca saísse vitoriosa do encontro; mas logo depois o açougueiro "agarra aquela porquinha rosa pela perninha rosa" e "a arranca com seu machadão reluzente". O refrão, "para meu espanto", falava da sobrevivência da porca: "Mas será que ela morreu? Não, ela não morreu, não, ela não morreu, não, ela não morreu!". O astrônomo ficou impressionado: "A música desejava ser ouvida como uma mensagem de *resiliência*". A porca escapa mais uma vez, e é imediatamente capturada. Nos segundo, terceiro e quarto versos, enquanto o astrônomo bisbilhotava e a trança de Katharina balançava para cá e para lá, o açougueiro corta a segunda, a terceira e a quarta pernas da porca. "Mas será que ela morreu? Não, ela não morreu, não, ela não morreu, não, ela não morreu!" A essa altura, o astrônomo relatou, já estávamos torcendo para que a porca enfim morresse. Em vez disso, ela escapa novamente, o açougueiro a captura mais uma vez e corta sua cabeça, depois a corta ao meio, "Mas será que ela morreu? Não, ela não morreu, não, ela não morreu, não, ela não morreu!". O açougueiro corta a porca em quatro, em oito, em dezesseis pedaços, em trinta e dois, e ainda assim a porca não morre, tornando-se na verdade — à medida que a música prosseguia — bem menos chocante e muito mais abstrata, e sua repulsa diminuía, "A canção", ele se deu conta, "tinha assumido uma perspectiva *matemática*", parecendo não mais sobre a brutalidade do açougueiro e sim sobre as perplexidades do infinito, a porca sobrevivendo em sessenta e quatro pedaços, em cento e vinte e oito pedaços, "os personagens desaparecendo, os números saltando à frente", duzentos e cinquenta e quatro, quinhentos e doze, a tal ponto que o astrônomo percebeu que se não interviesse a canção não terminaria, jamais, não até que ela perdesse interesse em seu canto, "e as crianças pequenas, como eu tive a oportunidade de comprovar de tempos em tempos, Herr Leibniz, *naturalmente* não perdem o interesse no cantar", um fato empírico, ele disse, que crianças são instintivamente atraídas às canções infinitamente longas, infinitamente iterativas, todos nós cantamos essas canções ao longo da infância e é só em um certo estágio de nosso amadurecimento, um estágio evidentemente ainda não atingido por Katharina, que paramos de repente de cantar tais canções e passamos a cantar apenas canções com duração específica. Podemos, claro, postular que os poderes de computação da princesa Katharina imporiam o próprio limite à duração da música, que exigia do seu cantante que multiplicasse por dois números cada vez maiores, mas o astrônomo já podia intuir, e logo confirmaria, que as habilidades mentais daquela garotinha não eram do tipo comum. Assim, entrou na sala sem fazer barulho, pegou do chão uma das muitas baquetas empilhadas e, no momento em que ela chegou mais uma vez ao refrão, fez soar em um *glockenspiel* a nota correspondente.

Ela se voltou assustada, "branca, ao modo do ditado, como um fantasma", Leibniz citou como se o astrônomo o dissesse.

E então gritou: "Você não pode encostar nisso!".

E então ele, embora suspeitasse, corretamente, que de antemão conhecia a resposta, disse: "Que linda canção! Onde foi que você aprendeu uma canção tão linda assim?".

E então ela, embora desejasse, claramente, continuar enfezada, não conseguiu reprimir um pequeno sorriso: "Aprendi com Heinrich".

E então ele disse: "Com Heinrich, sim, imaginei que fosse! Imaginei que tivesse sido com Heinrich! E onde está o príncipe Heinrich agora?".

O sorriso dela desapareceu. "Heinrich está no céu agora. Você não sabe disso?"

Quando ele não respondeu nada, e provavelmente apenas se sentou com a boca escancarada, ela assumiu uma expressão de compaixão impressionante para alguém tão jovem, impulsionada, é possível, pela graça de saber algo que um adulto desconhecia, sobre uma questão tão séria, e tocou seu braço, dizendo: "Tudo bem, tudo bem". E então: "É um choque, eu sei, foi um choque para todo mundo, é o que o Pai diz, um choque terrível, terrível! Ficamos tão tristes, o Pai e eu choramos muito, choramos mais até do que qualquer pessoa, especialmente mais do que Margaretha, que na verdade acho que não chorou nem um pouco, Wilhelmina chorou bastante também, mas não tanto quanto eu e o Pai, o Pai porque Heinrich era seu único filho, e eu porque era a irmã predileta de Heinrich, todo mundo sabia que Heinrich me amava mais do que a Wilhelmina e Margaretha, ele me *atormentava* mais, sim, ele me fazia cócegas daquele jeito que mais dói do que faz cócegas, você sabe, quando em vez de tocar na pele as pessoas às vezes cutucam os ossos? Ele achava que eu fazia cócegas muito *leves*, mas o que ele chamava de cócegas de verdade eu chamava de cutucar os ossos! Ele costumava me fazer cócegas para além do ponto em que estava rindo e começava a gritar, e até mesmo Margaretha reconhece que ele obviamente me atormentava mais porque me amava mais. Heinrich costumava dizer, Wilhelmina e Margaretha preferem as pessoas, você e eu preferimos os animais, aquelas duas são gente de pessoas, nós somos gente de animais, elas preferem ir a bailes e interagir com as pessoas, nós preferimos ir ao jardim zoológico e interagir com os animais, elas ficam muito contentes de ter as mesmas conversas sempre com o mesmo grupo de pessoas, nós ficamos muito contentes de ter as mesmas conversas sempre com o mesmo grupo de animais, elas sempre prefeririam dançar com um duque a alimentar um jumento, nós sempre preferiríamos alimentar um jumento a dançar com um duque, não é verdade, Ina?, e eu diria, Muito mais, muito muito *muito* mais!", exclamou Katharina, lembrou o astrônomo. "Ele diria, Preferimos as vacas aos condes palatinos, e eu diria, *Muito* mais!" Então ela disse: "Mas não precisamos ficar tão tristes, ao menos não tão *tão* tristes, diz o Pai, porque Heinrich está mais feliz no céu, muito mais feliz, ele não era sempre tão feliz assim aqui, quero dizer, aqui na Terra, Margaretha diz que ele estava sempre suspirando e mesmo que ela não diga isso de um jeito agradável, é verdade, ele *estava* sempre suspirando, mesmo quando acariciava os animais ele suspirava, mesmo quando acariciava seu animal *predileto*, aquele porco velho e gordo dele, ele suspirava. O pai mandou trazer muitos outros animais exóticos para tentar alegrá-lo, primeiro uma zebra, depois um camelo, depois um leão, então um orangotango, mas Heinrich não preferiu esses animais exóticos, ele sempre preferiu aquele porco, e mesmo depois de cuidar daquele porco dele, na verdade especialmente enquanto ele cuidava daquele porco, ele suspirava. Ele sempre alimentava aquele porco com pedaços de melão que carregava em um balde, atirando-os por sobre a cabeçona dele, e suspirando. Eu suspirei, ele me disse uma vez, só *porque* ele é minha criatura predileta, sempre ficamos tristes quando estamos juntos, e não separados, de nossas criaturas favoritas, ele disse que todos os poetas desde Homero até hoje entenderam isso completamente errado, nossa solidão mais solitária na verdade acontece quando estamos *do lado* de quem mais amamos, queremos *fazer* mais do que cuidar de nossas criaturas favoritas, e isso de alguma maneira sentimos não ser o bastante, para algumas espécies de mente pode ser o suficiente, mas para outros tipos de mente, não é, ainda que, qualquer que seja o tipo de mente que temos, nada podemos fazer além de cuidar dessas criaturas amadas, não podemos fazer mais do que isso, isso é tudo o que podemos fazer, ele disse que a mente quer mais dos outros do que jamais consegue obter deles, e aqui falo especialmente mas não exclusivamente de bestas, em outras palavras, do relacionamento entre humanos e bestas, é isso o que Heinrich disse, eu me lembro direitinho", disse Katharina, segundo o astrônomo, escreveu Leibniz ao *Philosophical Transactions*. "E eu disse: mas você *faz* mais do que cuidar dele, você também dá melões para que ele coma, e ele me disse: eu quero mais do que *isso*, também, mais do que melões — quero fazer mais do que apenas alimentá-lo com fatias de melão! Quero mais do que essa troca de melão por afeto, essa transação miserável de melão-afeto! Mas quando perguntei o *que* ele gostaria de fazer com aquele porco que *não* podia fazê-lo, ele ficou chateado e disse: Se pudesse pôr em palavras, Ina, daí então eu poderia fazê-lo. Podemos fazer aos outros tudo aquilo que conseguimos pôr em palavras. Mas e aquilo que não conseguimos dizer?, ele disse. Margaretha diz que no fundo ele era uma pessoa infeliz, ou uma pessoa infeliz lá no fundo, não me lembro se uma coisa ou outra, ela está sempre dizendo coisas desse tipo, mesmo agora que ele se foi, acho que ela diz isso para me chatear, ela parece gostar de quando eu choro, e ela diz, Heinrich nunca foi feliz, e eu então digo, Bem, ele *às vezes* era, e então ela diz, Não, ele nunca foi, nunca! E eu tento fugir antes que ela me veja chorar, mas é claro que nessas horas eu já estou chorando um *pouquinho*, e ela então grita, Ah, sério, então é isso, vá lá chorar na sala de composição musical *só porque você não consegue aceitar que Heinrich no fundo era uma pessoa infeliz, incapaz de ter alegria!* Wilhelmina diz que ela diz essas coisas não para me chatear, mas só porque Margaretha *também* é no fundo uma pessoa infeliz, ou uma pessoa infeliz lá no fundo, e o assunto favorito dos no fundo infelizes é a infelicidade lá do fundo, porque dá uma certa alegria falar da infelicidade das outras pessoas, que essa é a única felicidade na vida deles e que eles são na verdade muito muito bons nisso, é o que Wilhelmina diz. Ela diz que gente como Margaretha não consegue sentir a própria infelicidade, mas é excepcional para sentir a infelicidade dos outros, o infeliz, ela diz, é como um cão de caça da infelicidade, sempre a farejando, rastreando, dilacerando com suas enormes mandíbulas, latindo o tempo todo com prazer, parece alguém que a gente conhece? É a única alegriazinha deles e, quer saber, tudo bem, deixe-os se divertirem! É o que Wilhelmina diz, de qualquer maneira", disse Katharina. Ela falou em voz baixa: "Ela diz que, se Margaretha não estivesse tão chateada com o casamento, ela se sentiria *nos céus* ali, todo mundo é infeliz em um casamento, até mesmo o alegre casal!".

"Que casamento?", perguntou o astrônomo.

"O *casamento*!", ela sibilou. "Wilhelmina vai se casar com o conde palatino de Zweibrücken no mês que vem, você não sabia? Mas não é para falarmos disso na frente da Margaretha, se possível." Ela sussurrou: "Estou me fazendo de boazinha aqui!".

E o astrônomo disse: "Quando, se me permite perguntar, o príncipe Heinrich passou desta para melhor? Foi tudo muito recente?".

E Katharina disse: "Ah, não, foi meses atrás, meses e meses e meses e meses atrás!".

E ele então disse: "E *como*, se puder perguntar, o príncipe Heinrich passou desta para melhor?".

Mas ela não respondeu à pergunta. Tudo bem, ele disse, você não precisa me contar, se não quiser. E a isso ela também não respondeu. E logo começou a balançar o corpo de um lado para outro. Ele achou que ela começaria a cantar, como antes, mas não, dessa vez ela balançava para cá e para lá sem soltar uma palavra, sua trança desengonçada se refletindo pelo quarto em um milhão de pedaços brilhantes. Dançar assim enquanto cantava era uma coisa, mas dançar assim em silêncio completo era outra, muito diferente. Diga alguma coisa, por favor, o astrônomo disse, mas ela não disse nada, nem uma palavra, e nem mesmo prestava atenção nele, não, agora ela só dançava, dançava em silêncio! O que, ele pensou, eu fiz? Devia ser o tutor dela nas artes matemáticas, mas, em vez disso, ao perguntar a causa da morte do irmão, uma pessoa que, a propósito, de acordo com o possivelmente louco e provavelmente manipulador camareiro-mor, estava bem viva, fiz com que ela começasse a dançar em silêncio e agora não consigo fazê-la parar! Enquanto isso, pela janela o sol se punha grande e vermelho por trás das torres pretas da cidade. Em alguma janela distante — ele imaginou, por que não, sua mãe enviuvada —, uma lamparina já estaria acesa. Em poucos minutos a estrela Vésper apareceria. Logo ele precisaria conseguir seu novo tubo com os metalúrgicos e oculistas, e ir para o observatório imperial. "Mas não poderia, de maneira alguma, deixar a princesa naquele estado, naquele estranho, silencioso e dançante estado." Para o bem dela, e também para o seu próprio. "Lá fora, no corredor, o perpétuo tamborilar de passos burocráticos. A qualquer momento, pensei, um burocrata aparecerá aqui, verá essa cena, interpretará o que vê, primeiro para si mesmo, e depois para o camareiro-mor, da maneira menos caridosa que se possa imaginar." Como, porém, tirá-la do transe, por assim dizer? Que pensamentos, se algum, ele considerou, passavam pela cabeça dela? Que situação indica essa situação exterior? Ou será que esse comportamento não era atípico em crianças pequenas? Como, o astrônomo se pegou considerando, e ao fazê-lo sentiu como se sua incipiente carreira astronômica tivesse se malogrado, as crianças se comportam, tipicamente? O que *é* uma criança pequena, ela *pensa*, e se o faz, *o que* pensa? O absurdo da situação era evidente, disse o astrônomo, porque ele tinha sido nomeado para sondar os mistérios dos céus e, no entanto, eram os mistérios da cabeça de uma menina de oito ou nove anos de idade que ele agora se via sondando. "Os ricos, pensei comigo, podem contratá-lo com a desculpa de fazê-lo sondar os mistérios da natureza, mas é quase sempre a cabeça de seus filhos, quando não a própria cabeça, que eles no final das contas desejam que sejam sondadas", ele disse a Leibniz. O lampejo de uma nova intuição: ele tinha se libertado de uma família apenas para se ver enroscado em outra, na verdade uma família ainda maior e, por isso, emocionalmente mais complicada, quando só o que ele queria era olhar, em perfeita solidão, para o firmamento. De modo que, em vez de ponderar sobre questões do tipo, Que força, oculta ou não, dita o movimento dos orbes?, ele se viu ponderando sobre questões do tipo, Como faço para fazer essa criança parar de fazer o que quer que esteja fazendo?

Agora, a solução para *isso*, por sorte, estava literalmente à mão, já que ele, durante todo esse tempo, não tinha largado a baqueta e, depois que se deu conta disso, ele a martelou com força contra um dos *glockenspiels*. Katharina se sentou no mesmo instante, em silêncio, e cobriu a boca com as mãos. "Você não deve fazer isso, eu já disse!" E por que eu não deveria? "Porque esses são os *glockenspiels do Pai*, não podemos mexer neles!" *Todos* esses *glockenspiels* são de seu Pai? "Todos eles! Todos os *glockenspiels* são do Pai! Todos! Todos! Todos!" Não parece que ele os usa, ele disse, e fez soar outra nota. "Ele pode! A qualquer momento! Só dá azar tocar os *glockenspiels* do Pai, é o que diz Wilhelmina!" No entanto, o grito que ela soltou quando ele tocou uma terceira nota parecia conter não apenas terror, mas também um prazer travesso. Claro, disse o astrônomo, que não havia nada no mundo que a princesa Katharina quisesse mais do que fazer música com aqueles *glockenspiels* enferrujados do seu pai; por que outro motivo ela ficava naquela sala? "Sua vez", ele disse, e entregou-lhe a baqueta. Ela olhou intensamente para a baqueta, as superfícies dos olhos pareciam atraídas naquela direção, mas a menina não fez nenhum esforço para pegá-la. "Pode pegar, eu deixo!", disse o astrônomo, balançando a baqueta. "Na verdade, seu pai me *pediu* que eu ensinasse música a você. Por que você acha que eu estou aqui?" Ele balançou novamente a baqueta. Hesitante, ela a pegou. "E ele disse que a gente podia tocar os *glockenspiels*?" "Foi o que ele disse", ele disse, e dentro da cabeça ele se ouviu murmurando as palavras "com racionalidade". "Jura?" "Juro." E então Katharina fez soar com a baqueta uma nota do *glockenspiel*.

A nota ecoou.

"Não consigo descrever a expressão no rosto dela", o astrônomo disse a Leibniz, olhando no telescópio, "só posso dizer que foi naquele instante que eu percebi que um dia gostaria de ter um filho meu." Ele acrescentou: "Um erro de cálculo colossal, é claro, como você verá, Herr Leibniz; quantas pessoas existem apenas porque seus pais tiveram a chance de observar os filhos dos outros em um momento estranhamente sublime? Tais momentos de sublimidade anormal ocorridos com as crianças dos outros são provavelmente os responsáveis pela existência de milhões. Mesmo assim, se eu visse de novo aquela expressão no rosto dela, talvez eu quisesse ter mais um filho".

Isso, ele disse, é um ré bemol.

Ele ensinou a ela as notas, depois as escalas, e então algumas técnicas básicas, depois algumas técnicas avançadas, depois técnicas muito avançadas, e por fim até mesmo as mais sofisticadas técnicas, todas aprendidas por ela com impressionante facilidade e rapidez miraculosa, era evidente que ela era um prodígio, e quando o sol se escondeu atrás do horizonte ela já tinha aprendido com maestria a *Toccata del decimo tono* de Gabrieli, assim como quatro das mais difíceis fugas de Sweelinck. "Desculpe, mas agora eu tenho de ir", o astrônomo disse enfim, "continuamos então nossas lições amanhã de manhã, primeira coisa?" Katharina respondeu animada, "Sim, senhor, obrigada, senhor, obrigada!", e se curvou em reverência, e ainda mais uma vez, mais enfática ainda, e saiu correndo da sala. Um instante depois, ela voltou correndo para a sala, juntou suas duas mãozinhas quentes em torno de seu ouvido, e sussurrou: "O Pai diz que ele morreu de coração partido, mas *eu* sei que na verdade ele caiu do alto de uma torre e quebrou a cabeça. Eu *ouvi* o baque. Vejo você amanhã!".

Ela se curvou em reverência uma terceira vez e saiu correndo.

Quando ele, no entanto, voltou na manhã seguinte, a princesa Katharina não estava lá, e tampouco estavam os *glockenspiels*.

"Ouça", o astrônomo contou a Leibniz, observando em seu telescópio.

No ínterim daquela noite, ao último soar da meia-noite, quando os dois romanos autômatos parados no topo do relógio astronômico lentamente desferiram seus flagelos contra o Cristo autômato e no fundo os sinos do monastério beneditino continuavam a soar loucamente, sem parar, a ponto de ele começar a considerar se o calendário litúrgico deles continha festas e solenidades desconhecidas em outras correntes de fé, o astrônomo ultrapassou a marca das mil e cinco estrelas registradas por Tycho Brahe.

E ele alegremente pensou: Já vi mais estrelas do que Piccolomini e Tycho, embora não mais do que Bayer.

E então ele pensou: O que significará para mim ter visto mais do que Bayer?

Ou seja, compor um catálogo de estrelas maior do que o *Uranometria* de Bayer?

O telescópio é apenas um instrumento, um meio para um fim — nada em si mesmo.

A importância de ver mais do que Bayer. A necessidade, disse o astrônomo, de ver mais do que Bayer.

"De repente: o medo de que eu *morreria* antes de ter visto mais do que Bayer."

Ao amanhecer, quando o sol nascia, depois de solicitar a seus oculistas e metalúrgicos um tubo não de trinta e oito centímetros, mas de quarenta e oito, moldado não em bronze, mas em prata, e com o poder de aumentar as coisas não em três, mas em quatro vezes e, depois de despachar à sua majestade imperial um horóscopo que profetizava, sem qualquer sentido, mas com muito rigor, i.e., com base nos mais precisos preceitos astronômicos, ao mesmo tempo obstáculos imensos e a imensa firmeza necessária para ultrapassá-los, apressou-se saltitante, mesmo sem ter dormido sequer um segundo, para a sala de composição musical. Sua empolgação, ele se surpreendeu ao perceber, derivava não apenas do orgulho pelo próprio progresso ("Sim, acho que pensei estar tendo *progresso*, progresso científico verdadeiro!"), mas da antecipação de prazer de mais uma aula de música.

Mas a sala estava vazia exceto por um único cravo, localizado bem no lugar onde no dia anterior Katharina tinha se sentado e cantado.

Depois de algum tempo, o astrônomo percebeu que havia alguém ajoelhado atrás do cravo. Era o camareiro-mor que, por meio dos ajustes mais infinitesimais, para a direita e esquerda, tentava alinhar o banco do cravo com o centro do teclado. "Simetria, senhor, simetria!", ele exclamou com um largo sorriso. A princesa, ele explicou como resposta à pergunta do astrônomo, tinha partido para Madri ao amanhecer, para visitar os amados primos da corte de Filipe, o Piedoso. Ela implorou para ir, ficou cutucando o gibão de sua majestade durante todo o jantar, implorando para ver os primos espanhóis, até que o pai, de bom coração, consentiu. É uma pena encerrar-lhe as lições, disse o camareiro-mor com expressão dolorida, mas será que essas horas não seriam, de qualquer maneira — e aqui ele olhou fixamente para o astrônomo —, mais bem gastas, talvez, no ensino de matemática para o príncipe?

Parecia uma pergunta, mas não era. O astrônomo voltou imediatamente para a torreta, correndo, agarrou as barras de ferro, enfiou a cabeça entre elas, para dentro daquela esquálida escuridão, e berrou o nome de Heinrich, não uma ou duas vezes, não três ou quatro, ou mesmo cinco, mas no total seis vezes, a plenos pulmões, pensando enquanto isso se o nome que berrava ainda se referia a um ser vivo, e no porquê das risadas dos guardas às suas costas, e se tinha posto Katharina em risco, e se ela estava mesmo a caminho da Espanha, às vésperas de nada menos do que o casamento de sua irmã, ou se em vez disso tinha sido levada para algum canto esquecido do castelo, e em qual era a intenção do camareiro-mor, e se era também a intenção do imperador, e em que aquilo tudo tinha a ver com ele, e com os céus.

Ele disse: "O pensamento que não me saía da cabeça era: não devíamos ter tocado nos *glockenspiels* do pai dela".

Das entranhas pretas da torreta não vinha, mais uma vez, nenhuma resposta.

Ele apontou até mesmo seu telescópio de trinta e oito centímetros para a torreta, na esperança de que pudesse concentrar e revelar aos seus olhos as poucas partículas de luz espalhadas ali, mas ainda assim nada viu.

Ele ajeitou uma cavidade ocular contra o telescópio, pegou a pena e escreveu no caderno uma longa sequência de números.

"Nada", ele disse. "Nada."

Num torpor, acossado pela culpa e tomado de mau pressentimento, ele cambaleou para cima e para baixo nos corredores do castelo chamando pelo nome da princesa Katharina até que, de dentro da pequena saleta de jantar, uma voz respondeu e o convidou a entrar. Ali ele encontrou uma mulher, com uma grande saia rodada, sentada à frente de um elaborado conjunto de jantar de prata. E ela, que não era velha, ele disse, mas tampouco era jovem, com um sorriso malicioso, disse: "Então quer dizer que você está procurando Katharina, não é?". E olhando por sobre o ombro para um velho sério e barbudo parado duro como uma vara bem atrás da cadeira, acrescentou: "Todo mundo está sempre procurando Katharina, não está, Gottfried? E, se não é Katharina, Wilhelmina! Sim, há um interesse mundial no paradeiro *dessas* duas, e de outros, nem tanto — sobre o paradeiro de *algumas* pessoas o mundo não dá mesmo a mínima, não é assim, Gottfried?". O homem barbudo pigarreou. "À mesa", ele disse, "é preciso ter um guardanapo, uma faca, um garfo, uma colher e um prato. Seria inteiramente contrário à razão estar sem qualquer desses objetos enquanto se come." Margaretha prosseguiu: "É claro, antes era do paradeiro de Heinrich que estávamos atrás, o Pai estava sempre perguntando, Onde está Heinrich? Como está Heinrich? Mas *agora* é claro que o Pai sabe muito bem *onde* está Heinrich, sabe muito bem *como* está Heinrich...". O astrônomo se deu conta de que não deveria perguntar, naquele momento, onde estava o irmão dela, como ele estava. Se estava. "Nossa conduta à mesa é a expressão exterior de nossa essência interior. Comer apropriadamente não é nada mais do que uma manifestação da ética", disse Gottfried, a quem, escreveu Leibniz, o astrônomo reconhecia agora como o aclamado autor do tratado de mil páginas — composto com uma série de conversas imaginárias entre Epiteto, Epicuro, Platão e Sêneca, o Velho — sobre a educação das donzelas, um terço do qual tratava da teoria e prática da dança, outro terço da teoria e prática dos jantares, e o último terço da arte da conversa refinada. No corredor, uma jovem muito bonita passava apressada e delicada pela porta da pequena saleta de jantar, segurando em cada uma das mãos uma ponta de seu longo vestido branco. Margaretha sorriu com malícia. O astrônomo se lembrava de ter insistido: "Estou, devo confessar", ele disse, "um pouco preocupado por sua irmã mais nova não ter aparecido para a aula hoje, na verdade ela parece ter desaparecido no meio da noite, junto com os *glockenspiels* de seu pai, e o camareiro-mor informou que ela partiu para a Espanha, mas sou levado a duvidar disso". Margaretha caiu na risada. "Os *glockenspiels* de meu *pai*? É isso o que Katharina disse? Que aqueles *glockenspiels* pertencem a nosso *pai*? Ah, que maravilhoso. Maravilhoso! Os *glockenspiels* do pai. Ah, *adorei* isso!" Ela batia palmas enquanto caía na risada. "Os *glockenspiels* do pai! Os *glockenspiels* do pai! É muito engraçado." Um serviçal colocou à frente dela uma tigela fumegante de sopa. "A colher é destinada aos líquidos, o garfo, aos sólidos", disse Gottfried. "Em partes do sul da Itália e da Sardenha, sopas muito grossas às vezes são consumidas com o garfo, mas isso é completamente contrário à razão." Margaretha prosseguiu: "Você descobrirá, senhor, que minha querida irmãzinha, que Deus a tenha, não é a autoridade mais confiável nas particularidades de nossa vida em família, nas leis que governam nosso pequeno cosmo familiar. Ela é, na verdade, um membro relativamente novo! Tanta coisa aconteceu antes mesmo de ela ter nascido, tanta coisa, que chega a ser injusto esperar dela que compreenda… Ela foi aparecer, você compreende, em um mundo que já estava bastante *avançado*, o destino que cabe às irmãs mais novas, especialmente às irmãs *muito* mais novas… As injustiças do passado são, aos olhos de uma irmã mais nova, especialmente aos olhos de uma irmã muito mais nova, apenas o mobiliário de um mundo em que veio habitar, é isso, um mobiliário que sempre esteve ali… A injustiça de um decênio, que para a irmã mais velha continua fresca, ainda crua, tem para a irmã mais nova a inevitabilidade de uma mesinha de cabeceira, a atemporalidade e inocência de um armário, a pura inexorabilidade de um sofá… Ninguém interroga o mobiliário do *primeiro* quarto que habita… Assim, mesmo a mais bem-intencionada das irmãs mais novas — o que sem dúvida

Katharina é! — vai se irritar com as tentativas das irmãs mais velhas de mostrar a ela como o mundo inteiro, a família toda, lateja com injustiças antigas e obscuras, como consiste justamente nessas injustiças antigas e obscuras, sedimentadas em camadas, umas sobre as outras. Os jovens como Katharina, compreendi, não têm interesse em aprender sobre a sedimentação gradual de injustiças muito antigas, muito obscuras, que constituem o mundo em que vivem, sua família... Têm grande interesse em pensar o mundo como projetado por algum outro mecanismo, mas é como eu sempre pergunto a ela: *Que* outro mecanismo?! Talvez você tenha algum outro mecanismo na cabeça! Inútil dizer, não, ela não tem outro mecanismo na cabeça... Eu explico: perceba como até mesmo as palavras mais inofensivas, como quando o Pai diz 'Bom dia', não são nem um pouco inofensivas, já que são, no fundo, dirigidas *a Heinrich*, e não para a gente, e então pense sobre o que isso significa — mas minha sensível irmãzinha, em vez de pensar nesse traço fascinante de nossa vida em família, começa então a chorar e foge para a sala de composição musical. Eu explico: perceba como os olhos do Pai o traem, perceba *sobre quem* (que criança) eles recaem quando ele pronuncia esse cumprimento matinal tão aparentemente inclusivo. Não sobre Wilhelmina. Não sobre você. Certamente não sobre mim! Sobre Heinrich, eu explico, e ela então sai correndo para a sala de composição musical. Quando chega a noite, eu explico: perceba como o 'Boa noite' do Pai é direcionado, sobretudo, para Heinrich, não para a gente, seus olhos o traem, pense no que *isso* significa — e ela sai correndo para a sala de composição musical... Às vezes acho que ela *escolheu* não ver a verdade das coisas, às vezes ver a verdade, especialmente sobre Heinrich, eu digo a ela, e sobre o Pai, é uma questão de escolher fazê-lo... Ademais, Wilhelmina está sempre se alimentando dessas besteiras típicas dela, essas besteiras apaziguadoras de filha do meio, preparadas com aquelas técnicas de cozinhar-tudo-em-banho-maria de Wilhelmina, *o que*, obviamente, não ajuda Katharina a ver o mundo como ele realmente é… A-há, lá vai ela de novo!". A jovem muito bonita no longo vestido branco passou delicadamente pela porta da pequena saleta de jantar, segurando em cada uma das mãos uma ponta de seu longo vestido branco, mudando de direção dessa vez, aparecendo rapidamente ao fundo enquanto saía. "Sem dizer que nossa querida noivinha nunca percebeu a estranheza da relação Katharina/Heinrich, que eu *sim* percebi, porque é difícil não notar quando você presta atenção nisso… Sim, temo que a verdadeira natureza de nossa família escape completamente à compreensão de ambas as minhas queridas irmãs… Especialmente, claro, no que concerne ao Pai e ao nosso infeliz Heinrich…" "Qual", perguntou Gottfried, "é a colher para comer sopa? Qual, em outras palavras, é a tal colher de sopa? A ética da sopa é a ética do respingar. Comer", segundo Gottfried, segundo o astrônomo, "é um impulso inato escondido no corpo mortal após a Queda."

   O astrônomo olhou em seu telescópio, pegou sua pena e escreveu uma longa sequência de números.

   "Assim", ele lembrou ter dito, "quando Katharina diz que Heinrich caiu do topo de uma alta torre…", e Margaretha levantou a colher, sorriu com infinita tolerância para sua sopa fumegante, e disse: "Deixe-me apresentar as coisas assim: se você não compreende que aqueles são na verdade os *glockenspiels* de *Heinrich*, se você não compreende as circunstâncias que o levaram a juntar uma coleção tão grande e cara de *glockenspiels* — nenhum deles foi tocado por ele mais do que uma vez, você precisa pensar nisso, que ele nunca tocou em um único daqueles exorbitantes *glockenspiels* mais do que uma única vez! —, então você não pode nem começar a compreender como funciona nossa família. Como ela *funciona*…". Ela começou a comer a sopa com a colher. "Nem pode compreender o que aconteceu com Heinrich nos últimos meses — ou, talvez, o que Heinrich *fez*..." "Mas", disse Gottfried, "é possível reavivar esse bruto impulso inato seguindo, à mesa, uma série de regras, uma série finita de regras totalmente racionais." Entre colheradas de sopa, Margaretha prosseguiu: "E você não pode sequer começar a compreender os *glockenspiels* dele sem primeiro entender minhas dores de cabeça, as terríveis dores de cabeça que sofri quase continuamente por anos e anos, a respeito das quais meu pai quase sempre se mostrou extraordinariamente cético". Desde o momento em que a primeira de suas dores de cabeça se manifestou — na metade de um minueto em seu décimo quarto ano de vida —, seu pai nunca acreditou nelas. É claro que ele dizia acreditar nas dores de cabeça dela, Você, minha querida, ele dizia, ela disse, é a autoridade sobre o que aconteceu em sua própria cabeça, mas é claro que ele duvidava delas. "E também de meus sofrimentos corporais ele desacreditava." Se a sopa dela estivesse muito quente, Gottfried avisou, ela deveria soprar a tigela, nunca a colher — "a razão dita que a sopa quente, se tiver mesmo de ser assoprada, deve sê-la na tigela". Na Espanha eles assopram a sopa quente na colher, "mas isso é contrário à razão". Essas regras não se mantêm, nem precisaríamos dizer, quando comemos sozinhos, ele acrescentou: "Somente à mesa o comer se eleva de uma questão de mera eficiência para uma questão de ética". A questão ética da sopa, *à mesa*, ele disse, é a questão ética do respingar. "Boas maneiras pressupõem os outros." Leibniz: o astrônomo movimentou Linus em seu colo, olhou no telescópio, pegou sua pena e escreveu uma sequência de números. O astrônomo: A princesa tinha sorvido quase metade de sua sopa. Ela disse: suas terríveis dores corporais começaram logo após o surgimento da primeira grande dor de cabeça, e também (coincidentemente) quando ela estava no grande salão aprendendo os passos de um minueto. "Um minueto diferente, mas ainda assim um minueto." Ambas as vezes ela desabou no chão do salão, e em ambas as vezes foi carregada para seu quarto. Ambas as vezes o médico imperial foi chamado e em ambas as vezes ele declarou — "após o exame mais rápido possível, em primeiro lugar de minha cabeça, e em segundo, de meu corpo, na primeira vez apenas tocando minha própria testa com a palma das mãos, e na segunda mal apalpando meus rins" — que Margaretha estava em perfeitas condições de saúde. Isso apesar do fato de que ela pudesse descrever com precisão onde sentia dores, sua dor de cabeça "próxima ao centro exato de meu cérebro, no meio do caminho entre os dois hemisférios e equidistante entre a frente e a parte de trás", e sua dor corporal "mais intensa em cada um de meus ossos, mas também em todas as juntas e sob a pele, cerca de três milímetros abaixo da pele, ao longo do corpo todo, concentrada especialmente na região entre meus joelhos e meu pescoço, *incluindo* meus joelhos e meu pescoço, mas também em torno de minhas canelas, panturrilhas, pés e rosto". A dor corporal era melhor descrita como uma coceira incessante, bem funda, nos ossos. Ela também estava sempre cansada, ela explicou, e os gânglios em seu pescoço estavam constantemente inchados. "De repente ela segurou minha mão", disse o astrônomo, "e a fez tocar um gânglio em seu pescoço, que talvez estivesse um pouco inchado." "Consegue sentir, não é?", ela disse. "E olhe que isso não é nada, na verdade eles ficam *muito* maiores."

Ela também estava sempre com frio, acrescentou.

Leibniz escreveu: "Muito embora pudéssemos conceber a existência de dor no centro da cabeça da princesa Margaretha, é interessante notar em que medida sua descrição da localização da dor corresponde àquela da famosa glândula pineal de Monsieur Descartes".

E, de vez em quando, ela acrescentou, seu cabelo caía aos chumaços.

Gottfried: "É da natureza do pão ser partido pelas mãos, e não cortado com uma faca".

Uma vez, ela chegou a levar na mão um chumaço de cabelo para o pai, mas não lhe causou nenhuma impressão. "Talvez ele tivesse pensado que eu mesmo o arrancara."

Você precisa entender, disse Margaretha quando a tigela de sopa estava limpa, que o pai dela não é uma espécie de cético convicto, nenhuma reencarnação de Sócrates — "Ele não é, meu senhor, um Montaigne da Boêmia! Ele acredita, pelo contrário, em qualquer coisa". Nos ditados que o dr. Dee recebeu dos anjos, seu pai tinha fé integral, assim como na transmutação dos metais do sr. Kelley, Herr Thurneysser, o curandeiro boticário, ele o considerava um milagreiro, e quando nas noites quentes as janelas da ala norte se escancaravam não era incomum ouvi-lo entoar encantamentos cabalísticos em uníssono com o judeu Judá Loew. Ele não duvida de nada disso. "Mas da *minha* dor ele duvida." Um velho louco caminhou descalço desde a Cracóvia, disse que tinha aperfeiçoado a antiga arte perdida da adivinhação do futuro pelo exame dos intestinos de animais, especialmente das aves domésticas, e exigiu do imperador uma extraordinária quantia de dinheiro para ler seu destino; o pai dela pagou de antemão e por meses falou com estupefação da patacoada admiravelmente precisa daquele mago polonês. "Mas da *minha* dor ele duvida. No que um demente cracoviano alega enxergar no fígado de um pato, meu pai acredita, daquilo que sua filha mais velha diz sentir, ele duvida. A coceira enlouquecedora que ela sente nos ossos e debaixo da pele, a dor agonizante bem no centro de sua cabeça: *Esses* fenômenos sua majestade imperial considera como assunto destinado ao mais fulminante ceticismo! *Neste* caso, a evidência, quer dizer, a palavra de sua própria filha, sem mencionar o chumaço de cabelo na mão dela, é insuficiente!" E ela caiu na risada. Um prato de língua de vitela foi colocado à sua frente. Por que, Margaretha perguntou — e parecia, segundo o astrônomo, genuinamente desnorteada —, ela inventaria essa dor? Com que propósito? "Uma princesa em posse de suas faculdades mentais naturalmente se servirá de língua utilizando pinças", disse Gottfried. "Compare os dedos de uma princesa insensata, que durante a refeição terão tocado todo tipo de molho, calda e outras substâncias gordurosas, com os dedos de uma princesa sensata que, tendo se servido de língua com as pinças fornecidas, manteve limpos seus dedos." Por que inventar essa dor? Seu pai pensou mesmo que ela *queria* passar a vida tentando convencê-lo da realidade da coceira em seus ossos e da dor em sua cabeça? Uma filha não deveria ter de convencer o próprio pai que seus ossos coçam, "não é o que *esperamos* do relacionamento pai-filha!", ela disse, e caiu na risada, e espetou um pedaço de língua com o garfo. "Vou dizer para ele, todo santo dia, que meus ossos coçam e que minha cabeça dói, mesmo que não doa ou coce, mas só para atormentar meu pai e fazê-lo se sentir mal: é isso que meu pai deve achar que estou querendo! Vou forjar uma dor para fazê-lo se sentir mal, e o sofrimento dele (sua preocupação) me dará prazer: ele deve achar que é nesses termos que estou pensando. E achar que estou pensando *nesses* termos", ela disse, rindo, "é o mesmo que dizer que ele acha que estou louca." Gottfried: "A insensatez manifesta de uma princesa cujas pontas dos dedos estão cobertas de molhos e caldas". As dores de cabeça dela ficaram cada vez piores. O médico imperial seguiu insistindo que não eram reais, não eram reais *de verdade*. Para o pai dela, ele dizia coisas como: acho que *ela* acredita serem reais, e: a dor na cabeça dela existe no mundo *dela*, meu senhor, mas não existe no nosso. Ele falou sobre o muco e a bile dela e disse: nós mesmos somos sempre as piores testemunhas daquilo que nos aflige. Ela implorou ao pai para que enviasse outro médico, um paracelsista, ou talvez um demonólogo, "alguém menos afeito aos dogmas galênicos!'". No entanto, ele se recusou. Disse que não queria minar a autoridade do médico imperial ("ainda que a manutenção da autoridade dele sobre minha cabeça significasse minar a minha própria"), mas a verdade da questão, disse Margaretha ao astrônomo, e este contou a Leibniz, é esta: que ele não queria desperdiçar um tostão sequer com a dor de cabeça ilusória de sua filha iludida. Por fim, um dia, ela não conseguiu mais sair da cama. No dia seguinte, por acaso, era o aniversário de sua mãe. Por ela, sua amada amante, visivelmente grávida de seu quarto filho, cujo parto, poucos meses depois, acabaria por matá-la — "não podemos acusar Katharina do fato de ser um feto fatalmente enorme — a ironia disso, é claro, consistindo no fato de que ela era agora excepcionalmente *pequena* para sua idade" —, o imperador tinha organizado uma série de festejos. Margaretha mandou um recado: não conseguia levantar da cama, suas dores de cabeça eram agora excruciantes demais, desejava então a sua mãe o mais feliz dos aniversários e, para seu infortúnio, não teria condições de festejar com eles. Seu pai mandou um recado de volta: Você *vai* festejar conosco. Os guardas palacianos que transmitiram a mensagem a arrastaram pelos braços até o grande salão. Primeiro, houve um banquete, ao longo do qual sua cabeça pulsou. Na sequência, houve um concerto, durante o qual sua cabeça latejou. Para concluir, houve uma demonstração da — "duvidosamente enobrecedora" — máquina de movimento perpétuo de Balthasar von Ulm, uma roda de madeira coberta por um tecido de cerca de três metros e meio de diâmetro, capaz de rodar em vinte revoluções por minuto enquanto levantava um peso de cerca de quinze quilos e, executando o movimento, declarou o empresário-inventor, indefinidamente, completamente sozinha, sem nenhuma fonte externa de energia. A roda começou a girar. O imperador estava impressionado. "Veja só isso!", ele disse, olhando primeiro para Heinrich, depois para Wilhelmina, e somente então (e apenas porque a Mãe o cutucou com o joelho) para mim, disse Margaretha, e então para Heinrich de novo, depois Wilhelmina de novo, e somente então (e apenas porque a Mãe o cutucou com o joelho de novo) para mim mais uma vez. Ao longo da infância, sua mãe estava sempre, na verdade, cutucando seu pai para lembrá-lo de também prestar atenção *nela*, de também compartilhar com sua filha mais velha esta ou aquela maravilha, esta ou aquela admiração, este ou aquele espetáculo, como o espetáculo daquela roda, "não compartilhe seu entusiasmo apenas com Heinrich, mas com Margaretha também!", sua mãe sempre o lembrava por meio de cutucões com os joelhos, "que eram muito menos discretos do que ela parecia pensar", disse Margaretha. Provavelmente sua mãe pensava que ela não via nada desses cutucões, mas a verdade é que ela viu todos eles. (Ela acrescentou: "Assim que a Mãe morreu e, portanto, deixou de cutucar o Pai, ele nunca mais prestou a menor atenção em mim".) "Impressionante!", seu pai exclamou no grande salão assim que a roda se pôs a girar. "E completamente sozinha! Não é impressionante, Margaretha?" E Margaretha respondeu, "Impressionantemente impressionante, Pai", mas em um tom que não deixava dúvidas de seu sentimento verdadeiro sobre a roda. "Naquele tempo eu não queria fazer nada além de bocejar para as maravilhas e monstruosidades de meu pai." Ele mostrava-lhe uma besta de três cabeças conservada em um vaso de vidro, ela bocejava, e "aquilo, na minha infância, foi o mais próximo que cheguei da felicidade". E, no entanto, ela *estava*, ao menos de início, impressionada com aquela roda. A verdade é que ela compartilhava do interesse de seu pai por mecanismos, quase o mesmo tanto que Heinrich, mas sempre o escondeu em favor do prazer mais imediato de demonstrar desprezo pelas coisas que interessavam a eles. Na presença deles, ela fingia interesse em alta-costura e jantares

requintados, em bailes de gala e possíveis pretendentes, "portanto", ela disse, caindo na risada, "aqui está Gottfried, um *presente* do meu pai, que na verdade imagina que ainda estou interessada em um casamento proveitoso!", quando, de fato, "em outra vida eu devo ter sido uma relojoeira". Naquele momento a princesa Wilhelmina, em seu longo vestido branco, passou delicadamente pela porta, fazendo o mesmo caminho que tinha percorrido da primeira vez. Margaretha: era para ser, coincidentemente, alguma espécie de enorme tragédia que sua irmã mais nova estivesse se casando antes dela, e para piorar com um membro da intimidante Casa de Wittelsbach, motivo pelo qual se falava do casamento apenas por cochichos, mas "quando você vir o afetado com quem ela noivou, você vai ver que é uma tremenda comédia!". Um fato que o astrônomo depois conheceria como verdadeiro. Levantando-se um pouco da cadeira, Margaretha olhou para a cidade por uma janela. "Com frequência o vemos banhando-se completamente nu no Vltava, à vista de todos os plebeus e potentados de Praga." Ela viu, permaneceu com os olhos na janela por mais um instante, disse, "Não agora, mas com frequência", e se sentou novamente. "Ela vem experimentando esse vestido de noiva por meses, para você saber. Meses! Ela tem dois provadores de roupas para isso, cada um com uma centena de espelhos de corpo inteiro, e ela vai de um para outro mil vezes por dia. Os quartos são, na verdade, idênticos, mas ela diz que cada um dá a ela uma perspectiva ligeiramente diferente. O que *eu* acho curioso é que o caminho entre um provador e o outro parece sempre passar *exatamente* pelo quarto em que eu por acaso estou... Curioso, não?... Falamos sempre na Willa pacificadora, na Willa sensível, na Willa-que-é-atenta-aos-sentimentos — nunca na Wilhelmina pessoa totalmente capaz de infringir dor de propósito, tanto mais porque é tão atenta aos sentimentos."
Sem dizer que o vestido já servia nela perfeitamente, tudo

sempre cai perfeitamente bem em Willa, "ela tem o corpo da Mãe, eu tenho o corpo do Pai", Heinrich e Katharina também têm o corpo da Mãe, "eu sou a única que saiu com o corpo do Pai!". Wilhelmina atravessou a porta delicadamente, seguindo pelo outro caminho mais uma vez. "Para resumir", Margaretha sussurrou, "todo mundo acha que ela está se saindo muito bem ao não esfregar seu iminente casamento na minha cara, não insistindo naquilo que eles consideram como questão delicada para mim, quando na realidade isso é *exatamente* o que ela vem fazendo: esfregando seu iminente casamento na minha cara e insistindo no que ela considera uma questão delicada! O que ela não percebe é que não sou sensível para *isso*. O que ela não se dá conta é de que eu *quero* que ela se case com esse sujeito, pelo tanto que ele é ridículo." Ela se ergueu um pouco da cadeira, olhou pela janela, então se sentou novamente e sussurrou: "*Adoraria* vê-la se casar com esse sujeito ridículo, mal posso *esperar* para ver Wilhelmina, que é tão boa para julgar o caráter dos outros, unida em santo matrimônio com um bobo, estou louca para ver que espécie de cria ridícula eles produzem! Queria poder mostrar a você como ele se banha. É impossível pensar nela amando esse sujeito, até mesmo ela deve saber que não o ama, o que ela ama é a ideia de se casar com alguém, *qualquer um*, antes de mim… Finjo estar incomodada com isso, mas é só para reforçar nela a decisão de ir em frente com isso… Já eu, não, não quero me casar com ninguém, nunca, tenho zero interesse em me tornar a esposa de um conde palatino. Sim", ela disse, "em outra vida devo ter sido muito feliz como relojoeira, prefiro os objetos mecânicos, ninguém sabe disso a meu respeito…" E assim, ela prosseguiu, atrás de sua expressão de encantamento com a milagrosa roda movente de Balthasar von Ulm havia um tom de desprezo, mas atrás do desprezo havia encantamento. A princípio. Pois após doze revoluções da roda, doze elevações do peso, ela começou a sentir um cheiro saindo da engenhoca, o cheiro peculiar do suor humano. E ela então perguntou a Von Ulm: "Não tem ninguém ali dentro?". E Von Ulm respondeu: "Ninguém dentro! A roda move-se sozinha". E o pai exclamou: "Move-se sozinha!". Então ela começou a ouvir sons partindo da roda: respiração, suspiro, arquejo, e até o que soava como alguém resmungando *Mein Gott, mein Gott*... E ela disse: "Tem alguém ali, Herr Von Ulm", mas ele respondeu: "Não tem ninguém", e seu pai disse: "A roda é um *perpetuum mobile*". Parecia que aquela colossal roda ruidosa se revolvia dentro de sua cabeça, fatiando e picando seus frágeis tecidos mentais à medida que girava. Os sinais indicavam a presença de uma pequena pessoa dentro da roda, assim como todos os sinais indicavam a presença de uma dor insuportável dentro de sua cabeça, mas em ambos os casos seu pai indeferiu o testemunho de seus sentidos, *a favor* de Ulm, *contra* ela. Ela pensou: Por que ele concede a Von Ulm, um descarado charlatão, o benefício da dúvida, ao passo que a mim, desde o momento em que me concebeu, jamais estendeu o benefício da dúvida? Por que me conceber, se apenas para recusar estender-me o benefício da dúvida? "Conceba-me ou não, mas não me traga à vida apenas para recusar estender-me o benefício da dúvida!, exclamou Margaretha, mastigando um pedaço de língua", disse o astrônomo, que acrescentou: "Estou parafraseando". Gottfried disse: "Contradizemos a razão quando seguramos nosso garfo com a mão, como se fosse um bastão". Margaretha disse: "Por fim eu vi, por entre uma fenda no tecido, uma pessoa pequena pedalando freneticamente um equipamento mecânico instalado no centro da roda oca. Herr Von Ulm já estava se esgueirando porta afora. A presença daquela pessoa pequena dentro da roda era agora inegável. O que mais meu pai poderia dizer? Ali está ela, a pessoa pequena, pedalando como louca! Eu pensei: Afinal tenho meu pai encurralado, porque essa pessoa pequena é indubitável! No entanto, quando a presença dessa pessoa pequena foi apontada para ele, o que meu pai disse foi: Essa pessoa é na verdade pequena *demais* para fazer girar a roda sozinha. Qualquer que tenha sido a contribuição dela, deve ser em *adição* às deslumbrantes propriedades autopropulsoras dessa maravilhosa roda…". Nesse momento, disse Margaretha, sua dor de cabeça chegou a um nível inimaginável de dor, nunca antes nem depois doeu tanto, e ela resmungou, Minha cabeça, cambaleou e desmaiou, batendo a cabeça contra o chão do grande salão. E porque ela sangrou ali, na frente de todos, não apenas de sua família, mas também de uma horda de cortesãos, porque todos podiam *ver* o sangue jorrando de sua cabeça, seu pai, embora provavelmente tivesse pensado que ela desmaiara de propósito, cedeu, por fim, e prometeu enviar um novo médico, um médico com conhecimentos químicos, como ela pedira.

Infelizmente, acabou sendo o curandeiro Thurneysser, que obteve uma amostra de sua urina, aqueceu-a e concluiu, a partir dessa amostra de urina aquecida, que suas dores de cabeça não eram reais, assim como sua coceira nos ossos.

Nunca mais foi permitido à princesa Margaretha que pronunciasse a expressão "dor de cabeça" na presença do imperador, tampouco a frase "a incessante coceira em meus ossos", muito menos referir-se aos "nódulos aumentados em meu pescoço".

"Não tinha mais nada que eu quisesse tratar com ele e, assim, no decorrer da década, nos falamos cada vez menos. Hoje em dia nem sequer conversamos", a princesa contou ao astrônomo enquanto a sobremesa lhe era servida.

"O que é duvidoso", comenta Leibniz, citando Descartes, em uma referência que é tentador ler como irônica, isto é, simpática à princesa Margaretha, ainda que haja evidências, em seu *Hypothesis physica nova* (1671) e em outros lugares, de que

Leibniz foi um cartesiano fanático em sua juventude, "deve ser considerado falso."

Apenas pela graça de Deus sua cabeça começou gradualmente a doer menos, seus ossos começaram a coçar menos...

"É claro que ainda coça, que ainda dói, mas eu fico calada, não reclamo. Se você perguntar para as minhas irmãs, elas provavelmente dirão que sou uma pessoa feliz e saudável, mas é evidente que elas não fazem absolutamente a menor ideia da quantidade de estoicismo necessária para que essa impressão seja dada." Ela acrescentou: "A vontade interior".

Gottfried disse: "Não é razoável cuspir o caroço de uma fruta na palma da mão".

"Mas o que, você deve se perguntar", disse Margaretha, "tem tudo isso a ver com os *glockenspiels*?"

"E o que", acrescentou o astrônomo, olhando pelo telescópio, "*isso* tudo tem a ver com meus olhos?"

Não muito depois de Margaretha cair no chão do grande salão, seu irmão começou a reclamar de um som específico que ecoava de leve em sua cabeça. Era, como ele descreveu, muito, muito fraco, tão fraco que de fato parecia nem estar ali, e não lhe causava nenhuma dor, ao contrário era até melodioso, não era o trítono do diabo ou qualquer outra coisa dissonante, apenas uma nota agradável, e no entanto, o mero fato de escutar uma nota que ninguém mais podia escutar e que ainda por cima ele não conseguia reproduzir para ninguém, seus esforços de assobiar ou cantarolar produzindo, quando muito, algo ligeiramente diferente do que ele ouviu dentro de sua cabeça, era, ele insistia, indescritivelmente frustrante. Margaretha disse: "Dá para ver onde isso vai dar". Ela se lembrava de deitar na cama — a cabeça coberta por bandagens, os ossos coçando, os nódulos do pescoço enormemente aumentados — e escutar o irmão, na sala do trono do pai, cantarolando e assobiando nota após nota com intervalos de interjeição: "*Mais ou menos* assim, mas *não* é assim. *Mais ou menos* assim, mas também *não* é assim".

Gottfried disse: "Ao contrário, como se estivéssemos no jardim, nós o retiramos da boca com dois dedos".

"Então", disse Margaretha, "nosso pai mandou chamar o médico imperial, o médico imperial examinou Heinrich, concluiu que a nota que ele ouvia na verdade não existia, não de verdade verdadeira, o Pai acreditou na palavra dele, e assim foi, certo?" Ela mordeu um pêssego. "Ha! Hilário! Não." Não, nem sequer passou pela cabeça de seu pai duvidar da suposta dor do filho, e ele revirou o reino de cima a baixo em um esforço para amenizá-la, essa dor tão sutil, delicada e etérea que Heinrich tinha muita dificuldade até para descrevê-la, "já que o som em si, ele queria que soubéssemos, *precisava* que soubéssemos, não era desagradável, não era mesmo esse o problema, ele sempre gritava com a gente dizendo que não entendíamos a real natureza do problema". (Uma vez, Margaretha lembrou, Heinrich tentou lhe explicar — a cabeça dela ainda coberta em bandagens, exceto pelos dois olhos — que sua inabilidade em articular o *porquê* de sua inabilidade em compartilhar com os outros que aquele som *era* uma dor era em si uma *segunda* espécie de dor, uma espécie de metador, ou metadesconforto: "Eu me aflijo não só pelas dificuldades descritivas, mas também pela dificuldade de descrever essas dificuldades descritivas, e assim por diante. Contra minha vontade, vejo-me em uma perfeita solidão".) "Talvez", ela disse, mordendo o pêssego, "o Pai respeitasse a natureza confusa de sua reclamação, talvez minhas dores fossem *óbvias* demais para ele, dores demasiadamente de gente comum, não de reis, isso sem falar, é claro" — ela riu — "nas demasiadas dores de uma mulher." O que quer que fosse: quando se tratava da leve nota ecoando desconfortavelmente na cabeça de seu irmão, sua majestade não fazia economias. Primeiro ele mandou chamar de volta a Praga o conjunto orquestral que tinha tocado na festa de aniversário de sua mãe e que, na sequência, havia cruzado os Alpes; eles tocaram a mesma peça musical que executaram naquela oportunidade, mas o som em questão, segundo Heinrich, não estava nela, de modo que evidentemente o concerto não era a causa.

Margaretha disse: "Só isso custou oito mil e oitocentos táleres".

Um caderno de anotações surrado, onde aparentemente se registrara nos mínimos detalhes os muitos gastos autorizados por seu pai em nome do irmão, materializou-se de repente, ele não soube dizer de onde, talvez de dentro das camadas da saia volumosa que ela vestia, o astrônomo contou a Leibniz.

Gottfried disse: "As drupas que Adão e Eva comeram sem pensar e em completa inocência, embora tenham retirado apropriadamente os caroços da boca, já não podem ser comidas corretamente, ter seus caroços descartados corretamente (tal é nosso estado de depravação) sem que pensemos nisso".

Depois o imperador editou uma proclamação: aquele que conseguir produzir, para que todos ouçam, a nota que o príncipe Heinrich ouviu em sua cabeça será recompensado com riquezas sem tamanho. Peregrinos invadiram Praga, milhares deles, dezenas de milhares! Chegaram tocando cítaras, alaúdes, flautas, violinos e cornetas. Do Leste vieram homens estranhos carregando em carros de boi tambores colossais cobertos com a pele de criaturas desconhecidas, castrati famosos arriscaram a fúria do maestro do coral da Capela Sistina para viajar desde Roma, judeus vieram de todos os cantos da Europa com chofares nas mãos, e das estepes da Sibéria três homens e três mulheres transportaram, sobre uma tábua de madeira, um homem velho de excepcional fragilidade, talvez o pai deles que, para todos os efeitos, estava moribundo quando chegaram à Boêmia e não mais pertencia ao mundo dos vivos quando foi levado ao grande salão, mas ainda assim produziu, sem abrir os olhos, do fundo da garganta, um som incomensurável.

E Heinrich disse: Não é isso.

Eruditos da Universidade de Leiden conduziram um amplo estudo da cabeça de Heinrich, o mais abrangente estudo de cabeça jamais realizado que, se acreditarmos no relato de Leibniz sobre o relato do astrônomo sobre o relato de Margaretha, poderia até ser chamado, sob risco de anacronismo, de um estudo *psicológico*, e teorizaram a respeito do tipo de som que teria maiores chances de se alojar em uma cabeça como aquela e produziram um instrumento modernoso, algo entre o órgão de igreja, um realejo bastante modificado e um oboé primário que, quando uma tecla era pressionada e uma manivela girada e um tubo assoprado, produzia um barulho jamais ouvido na Terra.

E o imperador olhou para Heinrich e Heinrich disse: Não é isso.

O imperador olhou ansiosamente para Heinrich, repetidas vezes, e muitas vezes Heinrich repetiu: Não é isso. Não é isso. Não é isso.

E os bateristas carregaram seus bois para o Leste, e os castrati voltaram para Roma, e os judeus voltaram para casa com seus chofares, e o velho tártaro foi enterrado por seus filhos na periferia de Praga, e os eruditos de Leiden voltaram a dar suas aulas tradicionais.

Gottfried: "Após a Queda, ninguém mais ceia corretamente, exceto com o auxílio do pensamento".

"Imagine", disse Margaretha, folheando seu caderno de anotações, "só o custo de administrar tudo isso! Não estou nem falando das recompensas, apenas dos custos administrativos — só os custos administrativos!"

Você pode pensar na preocupação expressa nos olhos de seu pai, ou podemos examinar os registros de seus gastos, "eles contam a mesma história", ela disse.

Wilhelmina passou delicada e rapidamente pela porta, segurando em cada mão um pedaço de seu vestido, "que de fato a vestia muito bem", Leibniz citou a fala do astrônomo, e em tal tom, pontuou Leibniz, que um homem com pálpebras talvez tivesse piscado.

Gottfried: "Não podemos mais comer uma drupa corretamente sem o *conceito* de uma drupa".

Um dia, enquanto vagabundeava pela cidade aterrorizando as moças locais — "Porque, como o senhor pode ver, meu irmão, mesmo no pico de sua suposta doença mental, muito embora desejasse que sua doença parecesse esotérica e refinada, bastante profunda, nunca estava doente o bastante, nem de maneira tão profunda assim, para explorar os poderes de seu posto na obtenção egoísta dos prazeres da carne" —, sem mais nem menos o príncipe gritou: É isso! É isso! É esse o som! E ele apontou para um pequeno sino preso no pescoço de uma cabra esquálida sendo levada ao açougueiro por seu igualmente esquálido pastor e seus três esqueléticos filhos que, desconcertados e aflitos, seguiram o séquito real pelas escadas íngremes até o castelo, implorando ao homem que havia confiscado o animal para que o devolvesse a eles. Imagine como a desolação se transformou em alegria quando o pastor soube que o som do sino de sua cabra era idêntico ao som da cabeça do príncipe, e que isso lhe daria direito a uma riqueza inimaginável! Sacos de ouro foram trazidos, um após o outro; o velho pastor tremia e chorava; seus filhos sorriam e dançavam. Margaretha percebeu, contudo, que seu irmão, que muito felizmente vinha balançando o sino da cabra contra um de seus ouvidos, tinha então levantado a cabeça. E ele então disse: "Espere — na verdade é ligeiramente diferente. É *como se fosse*, mas *não* é assim". E os sacos de ouro foram levados de volta, e a esquálida cabra foi devolvida para o velho, e antes que ele e seus filhos compreendessem o que acontecera, o portão já tinha sido fechado na cara deles. Margaretha disse: "E eu me lembro de dizer a Heinrich: Não deveríamos pelo menos dar alguma coisa a eles? E Heinrich disse: Para quem? E eu disse: O pastor e seus filhos. E Heinrich perguntou, na mais honesta sinceridade, e eu jamais vou me esquecer disso, porque é tão típico de Heinrich: Por que deveríamos dar qualquer coisa a eles? Não era o som correto mesmo". Ela acrescentou: "Não era o som correto mesmo, por que dar qualquer coisa a eles: essa também é a filosofia que nosso pai usa comigo, eu explico para Katharina, e ela sai correndo para a sala de composição musical". Quando Margaretha se esquivou para depositar alguns táleres nas mãos do pobre pastor, ela ouviu Heinrich exclamar: "Ao menos agora sabemos que o som é da família dos *sinos*".

Eles então apareceram com coisas que badalavam, com sinos de igrejas e de vacas, com sinos de mão e de trenó, com sinos de vento e triângulos e címbalos e *glockenspiels*, e Heinrich reduziu as opções a este último: o que ele ouviu em sua cabeça era o som de um *glockenspiel*. "No momento em que disse isso, o Pai passou a comprar todos os *glockenspiels* da Europa." E cada um deles Heinrich faria soar com sua baqueta somente uma, ou duas, ou no máximo três vezes e então o descartaria. A cada dia um novo *glockenspiel*, um novo e *caríssimo glockenspiel*, e já que os "fabricantes de instrumentos musicais não são idiotas", disse Margaretha, os preços começaram a subir loucamente, "no dia 3 de maio", ela leu, "duzentos e trinta táleres; no dia 4 de maio, *quatrocentos* táleres; 5 de maio, *onze mil* táleres", as quantias que seu pai gastava por *glockenspiel* a teriam curado, mais de uma centena de vezes, "corpo e alma". Ele esgotava rapidamente o tesouro imperial... Enquanto isso, protestantes e palatinos corriam livremente... Havia rumores, ela lembrava, de que seu tio Matias, arquiduque da Áustria, juntava em seu castelo na Estíria um exército com o qual planejava marchar para Praga e tomar a coroa de seu irmão mais velho... Além disso, a propósito, Heinrich recebia todos os dias — e do prato de frutas e doces ela desdenhosamente pegou e deixou cair uma pequena laranja enrugada — um caixote dessas laranjas-de-sevilha, o tipo mais caro de laranja, ela disse ... "Prefiro as laranjas doces, assim como minha mãe, ela odiava laranjas-azedas, eu odeio também. Costumávamos ter muitas laranjas doces por aqui, mas desde que ela morreu o Pai *só* tem comprado laranjas-azedas, laranjas-de-sevilha"... Quer dizer, laranjas de Heinrich... "Eu adoro laranjas, mais do que qualquer outra coisa, mas desde que a Mãe morreu nunca mais comi uma laranja sequer, muito azedas!" Os turcos, enquanto isso, estavam, se podemos acreditar nos variados relatos, se concentrando ao longo da fronteira com a Transilvânia... Os protestantes de Hesse-Kassel estavam descontrolados... Os protestantes de Baden-Durlach estavam descontrolados... Os protestantes de Brandemburgo estavam descontrolados... Os protestantes da Hungria também estavam descontrolados... Os anabatistas radicais tinham tomado o controle da cidade imperial livre de Schweinfurt... Sobre o papa, ela disse, havia rumores de que estava muito descontente... Dizia-se que o núncio papal para o reino de Portugal teria dito que seria uma boa coisa, tanto para Heinrich quanto para a cristandade, se alguém estrangulasse o bastardo enquanto dormia... "Até mesmo Willa resmungava, embora, me ocorre agora, ela talvez já estivesse pensando em seu futuro casamento"... O Império estava na verdade à beira do colapso por causa da campainha na cabeça de Heinrich... Ainda assim, todos os dias, um *glockenspiel* novo e caro... E mais um caixote de laranjas-de-sevilha... "Ah, a beleza da devoção cega de um pai!", exclamou Margaretha, e depois caiu no riso e arrancou da boca, com dois dedos, o caroço de um pêssego. Gottfried: "Assim, da mesma maneira como o caroço está dentro da drupa, em seu centro, também o conceito do caroço está dentro do conceito da drupa, em seu centro. Embora estejamos abandonados à mercê de nossa razão nos jantares, danças e conversas refinadas, Deus, em sua benevolência, construiu o mundo de tal maneira que nossa razão é suficiente — suficiente na medida exata! Sim, nossa razão não passa de uma luz fraca, mas o mundo é feito assim para que nele nossa razão brilhe luminosa!". Margaretha: "Quem sabe o que poderia ter acontecido com o Império Habsburgo se Heinrich não tivesse declarado, em uma manhã, sem um pingo de vergonha, que aquela campainha em sua cabeça tinha desaparecido ao longo da noite".

Gottfried: "Isso, minha senhora, é um presente do Pai celestial. Não pode ser outra coisa".

Leibniz: "Referindo-se, acredito, à harmonia entre as palavras e as coisas, e não ao término repentino do mal que acometia Heinrich".

"Talvez", disse Margaretha, "você agora possa entender por que, alguns meses atrás, quando meu irmão, em um rompante de ciúmes, esquartejou uma jovem e atirou os pedaços de seu corpo mutilado aos porcos, nosso pai, além de poupar a pequena Katharina da verdade a respeito do que seu adorado irmão mais velho tinha feito, também o livrou das autoridades judiciais, trancando-o, assim, na torreta do castelo. O Pai ainda tem esperança de que ele vai ficar bom de novo. Que ele vai, digo, ficar *são* de novo. O Pai ainda tem esperança na sanidade de Heinrich! É por isso que você está aqui, sabe: não para calcular as estrelas, mas para recuperar a sanidade de Heinrich. O antigo astrônomo imperial não foi capaz de recuperar a sanidade de Heinrich, mas talvez você, com seu tubo mágico, consiga devolver os sentidos a ele, é o que meu pai deve estar pensando!" E ela caiu na risada.

"Não houve justiça", ela acrescentou.

E disse: "Sua única punição pelo assassinato daquela pobre garota foi a suspensão de seu suprimento de laranjas-de-sevilha... Um descompasso impressionante entre crime e castigo... Citrus... Assassinato... Tirar a vida... As coisas que ele fez com o corpo... De uma garota que ele dizia amar... Mutilação... vs. ser privado de laranjas... E isso porque ele continua recebendo toranjas todos os dias... E tangerinas todos os dias... Você vai ver que o chão da torreta dele está coberto de cascas de frutas cítricas... Ainda assim", ela disse, "a suspensão das laranjas-de-sevilha, provavelmente porque é a primeira vez que o Pai, ou talvez o camareiro, que mantém o Pai sob influência, impôs *qualquer* restrição a ele, deixou meu irmão bastante perturbado...".

"E ela pegou de novo aquela laranja enrugada e a entregou para mim", o astrônomo disse a Leibniz.

"O mais impressionante", ela disse, "é que o Pai ainda pensa ser *sucedido* por Heinrich."

Quando o astrônomo tentou ensinar a ela um pouco de álgebra, utilizando os números no caderno em que anotou os gastos com Heinrich, Margaretha riu e disse que não se preocupasse. "O Pai na verdade não está interessado que eu aprenda matemática, apenas que Heinrich o faça. Se lhe disseram que também ensinasse matemática *a mim*, bem, é só minha mãe cutucando-o com o joelho de dentro do túmulo." E, sem mais, ela deixou escapar um soluço. "Tenho tantas saudades da mamãe! Ela me amava!" Por um instante, segundo o astrônomo, lágrimas escorreram por sua face. Então a princesa Margaretha riu do próprio ataque, limpou uma lágrima, ajeitou a saia e disse: "Quero que você saiba, a propósito, que na verdade eu sou feliz, apesar de tudo. Lá no fundo, nada disso me incomoda".

Wilhelmina, em seu vestido de noiva, atravessou delicadamente a porta aberta.

"É bastante impróprio", Gottfried dizia quando o astrônomo deixou a pequena saleta de jantar, "comer um doce com as próprias mãos."

Ele deu aula para a princesa Wilhelmina em um de seus dois provadores de roupas até a hora em que a estrela Vésper tremeluziu no céu.

Depois, a caminho do observatório imperial, o astrônomo, agora armado com uma laranjas-de-sevilha e consciente daqueles antigos contos de fadas que sua mãe costumava contar, nos quais as coisas sempre aconteciam aos trios, parou pela terceira vez na torreta sul onde, não se sentindo nem um pouco tolo, pronunciou para a escuridão que havia trazido um presente, "um certo presente *azedo*, eu disse", o astrônomo contou a Leibniz, e então passou a laranja por entre as barras de ferro. A página seguinte tinha um rascunho da cena como Leibniz a imaginara, acima da legenda: "O astrônomo passou a laranja-de-sevilha para dentro da torreta sul". O astrônomo disse: "Ela rolou para a escuridão como uma cabeça decepada em um cepo". Ele então pôs a orelha entre as barras. Talvez (disse o astrônomo) esperasse escutar um movimento animalesco seguido da devoração depravada da fruta, com casca e tudo. Mas não ouviu nada semelhante, nada além do som seco da laranja caindo ao chão e indo parar, supostamente, contra a parede ao fundo da torreta, e então o silêncio. O astrônomo pensou: desse modo, então, não estou em um dos contos de fadas de minha mãe. E deu meia-volta e se pôs a caminhar pelo corredor por onde havia chegado, seguro de que os guardas os quais teve de pular, porque não interromperiam o jogo de cartas, não guardavam, soubessem eles ou não, absolutamente nada, preocupado de que ele mesmo pudesse estar perdendo o senso de realidade, já que estava jogando laranjas dentro de torretas e esperando algo com isso, quando ouviu o que pareceu o som de um fósforo se acendendo e viu, quando deu novamente meia-volta, um luz fraca e bruxuleante emanando da abertura da porta.

Ele correu de volta, agarrou as barras de ferro com as mãos e olhou para dentro.

O astrônomo pôs uma das cavidades oculares contra o telescópio.

E disse: "Convido-o a imaginar meu estado mental — e já a essa distância também eu terei de imaginar — quando vi, sobre uma bandeja de prata, no solo, com suas rodas dentadas retiradas e substituídas por uma única vela, de onde partia a luz que brilhava através dos buracos onde antes havia as lentes, a cabeça mecânica de meu pai, apenas um pouco corroída após sua queda no rio".

Ele pegou a pena e escreveu alguma coisa.

Evidentemente, ele disse, a cabeça tinha sido resgatada do fundo do Vltava — mas a mando de quem, do imperador Rodolfo ou do príncipe Heinrich, e com que finalidade? Tinha sido um presente do pai para o filho ou um empreendimento de iniciativa do próprio filho? Por que, para resumir, resgatar aquela cabeça? O astrônomo percebeu a volta de uma pergunta familiar: teria ele subestimado a cabeça de seu pai? Ou a incompreendido? Mas, se valia a pena recuperá-la, por que esvaziá-la de seu conteúdo, mantendo apenas o crânio inerte de chumbo? E tinha, quem quer que houvesse ordenado o resgate dela, também recuperado o corpo de seu construtor, que supostamente repousava ao lado dela no leito do rio?

Estaria, em outras palavras, também o cadáver de seu pai ali naquela torreta?

Então ele se deu conta:

Obviamente, o príncipe Heinrich tentava, por algum motivo, assustá-lo. E dado o que sabia do príncipe, e o que viria a conhecer na sequência, ele *deveria*, na verdade, ter ficado assustado. A verdade é que eu *deveria* ter me horrorizado, o astrônomo disse a Leibniz: "O que vi por aquela pequena abertura de ferro *deveria* ter me horrorizado". Mas não. Pelo contrário: aquilo o divertiu. Ele começou a rir; e não apenas a rir discretamente como os virtuosos no grande salão ou o riso escarnecedor de Margaretha, mas de fato rir às gargalhadas, rir com o estômago, a produzir, isto é, um riso estomacal. ("Já reparou, Herr Leibniz, como nossos mais célebres cientistas do sentimento possuem a mais tosca compreensão do riso? Tenho visto taxonomias da risada que juntam o riso, a gargalhada e a risadinha, ou a gargalhada, a risadinha e a risota. Mesmo em Delft, onde se encontra uma magnífica compreensão das lágrimas, não se distingue entre a farra, o cacarejo, a gargalhada, a risota e o relincho. É claro que o relincho não tem nada a ver com a risota, e a farra nem sequer é um tipo de risada! Um homem que confunde gemer com chorar está rigorosamente excluído do círculo dos homens letrados, pois exigimos distinções muito finas do lado trágico da vida, e, no entanto, alguém que considere o relincho uma espécie de risota pode ainda assim ser considerado uma eminente autoridade na natureza do mundo.") Naquele momento, e por um longo tempo depois daquilo, o astrônomo não conseguiu entender por que a visão da cabeça mecânica estripada de seu pai, parada e resplandecente ali, sobre uma bandeja de prata, provocava nele esse ataque incontrolável de risos estomacais. Talvez esteja, finalmente, aceitando o luto, ele pensou, e o pensamento o agradou, pois na verdade estava aliviado de se ver atormentado pelo luto, um luto que até então tinha sido por demais controlado, muito lúcido, "sempre dentro da própria cabeça", e acolheu esse espasmo de luto, mesmo que acontecesse de se expressar com uma risada estomacal. Mas, na verdade, sua risada tinha pouco a ver com luto. E isso ele só foi compreender recentemente. Sua risada, ele afinal percebeu, décadas depois do ocorrido, era apenas "a risada que a arte excepcionalmente ruim sempre provoca". A teatralidade da cena arranjada pelo príncipe Heinrich, a grande artificialidade da cena, a iluminação melodramática, a (provável e completamente sem sentido) alusão, por meio da bandeja de prata, da cabeça de João Batista, tudo aquilo com o intuito de aterrorizar o astrônomo, por motivos que em breve ele começaria a vislumbrar, provocou nele, ao contrário, o riso. "Penso que ele queria *parecer* louco, mas cada um desses aspectos, e em específico o João Batista, sugeriu, na verdade, um excedente de sanidade, de controle, de *intenção*, como se vê. Havia algo indiscutivelmente equilibrado naquilo que eu via. O pensamento: estou vendo algo tão equilibrado, bem ali! É o que eu pensava enquanto olhava através das grades de ferro, mesmo que não soubesse, então, que era isso o que eu pensava. Ele quer que eu veja algo desequilibrado, mas estou vendo algo tão equilibrado! Equilibrado, equilibrado, pensei. Os que são verdadeiramente loucos estão sempre tentando produzir arte, mas só conseguem produzir loucura, os que são ardilosos sempre querem produzir a loucura, mas fazem apenas arte. Ele quer parecer desequilibrado, mas ao construir, nessa torreta assombreada, uma cena em torno da cabeça de chumbo, resgatada e readaptada, de meu finado pai, iluminada por dentro, provavelmente emulando as técnicas histriônicas de iluminação de Caravaggio, se não, de fato, uma imitação direta do *Salomé com a cabeça de João Batista*, de Caravaggio, que está, como eu sabia, à mostra na ala norte, ele se revela equilibrado, pensei, embora só muitos anos depois disso tenha me dado conta de que esse era o pensamento que eu pensava", ele disse a Leibniz. "Ele deseja parecer desequilibrado, quer que eu o veja como louco, mas esse mesmo desejo, essa mesma intenção, e mais do que isso, a habilidade de executar sua intenção por meio de um arranjo coerente de técnicas artísticas, ainda que copiadas, ainda que completamente caravaggescas, até chegar à referência absurda e provavelmente sem sentido do João Batista, o expõe como alguém equilibrado, completamente são! *Intenção*, Herr Leibniz, chamo a sua atenção para a presença, aqui, da intenção, da intencionalidade, do pensar sobre meios e fins, da razão, portanto, e nada mais. Ele queria que sua obra de arte *fizesse* algo comigo! Olhando através daquelas barras de ferro, ou melhor, olhando entre aquelas barras de ferro, eu provavelmente pensei: por pretender fazer algo horripilante, ele acabou construindo algo ridículo. Ele mira o horror do louco, mas, ao mirá-lo, alcança apenas o ridículo do artista", disse o astrônomo. "O ridículo do artista visual."

Ele acrescentou: "Por isso, eu ri".

Sua risada, é claro, incomodou o príncipe, já que um corpo ágil saiu das sombras...

Para demonstrar a ação seguinte, o astrônomo teve que tirar Linus de seu colo. O gato miou. "Nada disso", disse o astrônomo. Para Leibniz: "Veja, ele agora vai sair desfilando em um tom de indiferença e depois vai começar a lamber-se com zelo embaixo da esfera armilar". Leibniz: "Uma pequena profecia, talvez, mas uma profecia precisa".

Então, com dificuldade, o astrônomo levantou-se de sua banqueta.

"Um corpo, veja você, veio ágil em minha direção, saindo das sombras", disse o astrônomo, e mostrou o que descrevia com o próprio corpo curvado e encolhido. "Sim, um corpo surgiu das sombras: do nada, de repente, um corpo! Obviamente o corpo do príncipe. De alguma maneira, tinha um jeito principesco muito evidente, apesar de estar completamente nu e coberto, aqui e ali, com algum tipo de substância escura repugnante, tamanho é o poder de uma boa criação. De início pensei, Ele está coberto de lama do fundo do rio, mas, observando a textura e sentindo o fedor, me dei conta de que provavelmente tratava-se de sangue e fezes, isto é, substâncias que ele mesmo produzira. E provavelmente concluí: é simples demais dizer tratar-se de uma pessoa sã. E durante todo esse tempo ele vinha ágil em minha direção, vindo tão rápido que a porta que nos separava, embora fosse espessa, não parecia que daria conta de segurá-lo, e eu pensei: ele vai destruir essa porta espessa em milhões de pedacinhos e eu vou acabar me juntando a meu pai em esquecimento."

Em vez disso, o príncipe parou do outro lado da porta. "Assim." E o príncipe pôs as mãos sobre as mãos do astrônomo e as apertou com a mesma firmeza com que apertavam as barras de ferro. "Assim", disse o astrônomo, que alcançou as mãos de Leibniz, fechou-as em punhos e as apertou com o que Leibniz diz ter sido uma força impressionante. Então o príncipe cuspiu no rosto do astrônomo. "Assim, *tchú*!", disse o astrônomo, e embora tenha dito, "não vou cuspir de verdade na sua cara, é claro", Leibniz percebeu que o astrônomo tinha, de fato, cuspido em seu rosto, quando disse *"tchú"* ele tinha cuspido em seu rosto. O astrônomo tentou escapar, mas não conseguia, tentou ao menos limpar o rosto, mas tampouco conseguia: a força das mãos do príncipe era prodigiosamente grande. Assim como, escreveu Leibniz, para sua idade, era a do astrônomo.

Então, com muita calma, enquanto sua saliva escorria pelo rosto do astrônomo, o príncipe Heinrich disse:

"Eu não posso aprender matemática, meu senhor. Não posso aprender. Meu pai quer que eu aprenda matemática, mas eu não consigo e não posso aprender. Não tenho interesse em matemática e não tenho aptidão para ela, meu senhor. Nenhuma aptidão matemática, você compreende? Meu pai põe muita fé na matemática, muita fé e muita ênfase nela, meu pai tem no geral muita fé matemática, meu senhor, e se ele espera que um dia venhamos a nos comunicar matematicamente, está enganado. Não posso aprender matemática. Talvez em algum momento eu pudesse ter aprendido, já fui esperto, costumava ser uma pessoa esperta, mas agora não consigo aprender, agora sou um estúpido, agora sou um louco, minha mente não funciona mais como deveria. Minhas irmãs têm muito mais aptidão matemática do que eu, elas deveriam ter sido eu, e eu deveria ter sido elas, sim, *deveria ter sido minhas irmãs*! Isso de que eu deveria ter sido minhas irmãs e minhas irmãs deveriam ter sido eu é um pensamento recorrente. O Pai não deve me forçar a aprender matemática, o Pai deve deixar que eu seja louco. Por favor, informe isso a meu pai, que se um tutor de matemática, em sua função *como* tutor, pisasse nesta torreta, esse tutor, nesta torreta, mesmo antes de tentar me explicar o teorema mais elementar, o axioma mais intuitivo, seria imediatamente destroçado, uma mensagem para meu pai. Eu arrancaria os olhos do rosto do tutor, cortaria as orelhas do tutor, rasgaria a língua desse tutor. Agradeço ao senhor pela laranja, mas não devo aprender matemática. Não, não, não devo aprender."

E assim o príncipe Heinrich sumiu novamente para o canto mais distante e escuro de sua torreta.

O astrônomo olhou em seu telescópio.

"Os corpos estão alinhados exatamente como deveriam", ele disse, segundo Leibniz. Ainda restavam oitenta minutos até o eclipse previsto. Por entre a brecha na janela, um rasgo de céu ainda estava brilhante e azul. O astrônomo disse: "A escuridão será muito breve, mas *muito* escura, tão escura que, dentre nós três, somente Linus será capaz de enxergar. O gato doméstico consegue ver em condições consideráveis de escuridão".

E ele pegou sua pena e escreveu algo.

Ele não tinha, naturalmente, nenhuma intenção de voltar àquela torreta, muito menos de entrar ali.

Nada, ele pensou, o faria mudar de ideia, nem mesmo uma ordem proferida pela boca do próprio imperador.

No entanto, o dia seguinte o encontraria de joelhos, naquela porta, implorando para entrar.

Leibniz: e o que poderia tê-lo obrigado a tal coisa?

"As estrelas me obrigaram", disse o astrônomo, olhando pelo telescópio. "Ouça."

Naquela noite, a terceira noite de suas observações estelares, poucos minutos antes de o sol absorver, com seus raios, todas as demais entidades dos céus, o astrônomo, com os ouvidos tapados com cera para bloquear os sons dos sinos enlouquecedores dos beneditinos, com os olhos fixos em seu telescópio de prata de quarenta e oito centímetros, capaz de aumentar as imagens em quatro vezes, tinha ultrapassado a marca das mil cento e sessenta e quatro estrelas enumeradas no *Uranometria* de Bayer.

E ele euforicamente pensou: Agora já vi mais estrelas do que Johann Bayer, que viu mais do que Tycho, que viu mais do que Piccolomini, que viu mais do que Ptolomeu e os gregos.

Ele pensou: Até agora, já vi mais do que *qualquer um*.

Então, contudo, ele pensou: *Até* agora já vi mais do que qualquer um.

No instante seguinte, outra pessoa qualquer veria mais do que ele.

O que Piccolomini foi para os gregos, e Tycho para Piccolomini, e Bayer para Tycho, e este para Bayer, alguma outra pessoa seria para ele. Vir depois de alguém, vir antes de alguém: ridículo!, disse o astrônomo. "A inutilidade", ele disse, "de ver mais do que Bayer. O vazio de ver mais do que Bayer." Como tinha sido importante ver mais do que Bayer e como parecia tão pouco agora!

Até que se vissem *todas* as estrelas, o que é um absurdo, não havia por que ver *qualquer uma* delas.

Ele morreria, as estrelas estariam catalogadas, e outra pessoa veria ainda outras mais.

Ele seria enterrado naquela série de sobrenomes científicos, ao lado de Bayer, dois abaixo de Tycho, três além de Piccolomini.

Será que tudo, ele pensou, se resumiria a tão pouco assim?

Ele arrancou a cera dos ouvidos, não tinham mesmo bloqueado o som dos sinos, correu ao monastério beneditino, chutou o muro de pedras, esmurrou a parede até que suas mãos sangrassem e, com a língua, vilipendiou aqueles que ali moravam, de onde partia o repicar perpétuo de sinos que eram contrários ao pensamento racional. O repicar dos sinos penetra a cabeça pensante, segue diretamente até a parte da mente responsável pelo pensamento racional, localiza ali dentro aquele pensamento incipiente e o destrói: "Seus sinos destruíram meus pensamentos!". O repicar dos sinos e as cabeças pensantes não podem coexistir (ele gritou) e, uma vez que o monastério era recheado de uma enorme quantidade de sinos, ele só podia concluir que não havia ali uma única cabeça pensante. Àquela altura, uma dezena de monges de cabelos brancos tinha se materializado no alto da parede de pedras onde, lado a lado, olhavam para baixo, para ele, com curiosidade e compaixão, aquela compaixão espiritual que se mistura com espanto devido ao nosso interesse pelas coisas deste mundo. Isso, nem é preciso dizer, só deixou o astrônomo ainda mais enraivecido, o que o levou a dizer aos monges beneditinos o que faria com eles, e o que eles deveriam fazer a si mesmos, e o que eles, os monges beneditinos, poderiam fazer com suas mães, cada monge com a própria mãe e cada um com a mãe dos outros, e, por fim, o que todos os monges beneditinos poderiam fazer com uma única mãe de um monge beneditino. Um por um os enrugados velhinhos balançaram a cabeça em pena e desapareceram do alto do muro. Apenas o último deles falou: "Pense, meu filho", murmurou enquanto deixava o parapeito, "na eternidade".

Leibniz: Naquele momento, bem abaixo, no pé do muro, o astrônomo pensou: "Por que, então, é um absurdo pensar na ideia de ver todas as estrelas?".

Leibniz escreve: Aquilo que lhe parecia uma questão de lógica adentrava agora o reino do empírico.

Sem dúvida ele precisaria de um tubo maior, talvez um tubo muito comprido, possivelmente um tubo absurdamente grande, mas entre um tubo absurdamente longo e um tubo impossivelmente longo havia, "contra Descartes, que teria visto dois tubos igualmente duvidosos", comenta Leibniz, toda a diferença do mundo, pensou o astrônomo, ainda parado junto ao muro do monastério.

E havia toda diferença do mundo entre um prodigioso catálogo de estrelas e um catálogo completo de estrelas.

Ao astrônomo, parecia que um catálogo completo de estrelas, um catálogo exaustivo de estrelas, o catálogo de estrelas que o próprio Deus comporia caso vistoriasse sua criação, um registro escrito de *tudo* nos céus — "Neste mesmo livro!", ele disse, levantando o livro em que vinha escrevendo durante toda aquela manhã —, significaria, para além de expiar completamente sua culpa, algo de suma importância para o lugar do homem no cosmo.

O que significaria, quão significativo, sem falar, ele acrescentou, em quem pensou se referir por homem: isso tudo ele ainda não sabia.

O sol já tinha aparecido. Do monastério, o astrônomo seguiu direto para a oficina do castelo e encomendou aos artesãos um tubo de não menos do que noventa centímetros, feito em ouro puro, com um poder de aumentar em nove vezes as imagens. Mas, pela primeira vez, os metalúrgicos disseram: Não podemos fazer isso. Ao que o astrônomo respondeu: Muito bem, então façam-no de prata, como antes, já que as qualidades táteis dos tubos, embora significativas, ainda são secundárias se comparadas às ópticas. Mas os metalúrgicos disseram: Também não podemos fazê-lo de prata. Ao que o astrônomo exclamou: Então de bronze, ou de latão, de ferro, ou chumbo, mas longo o bastante para que aumente os objetos em nove vezes! E os metalúrgicos disseram: Nem de bronze ou de latão, nem de ferro ou de chumbo. E o mestre óptico de Nuremberg se adiantou e disse: O imperador nos ordenou que não fizéssemos mais tubos para você. E seu aprendiz de Augsburgo disse: Receio que você não tenha calculado o custo real de suas observações celestiais. Se você tem algum lugar aonde possa ir, vá, senhor, eu imploro, esqueça as estrelas, abandone Praga.

Ele voltou imediatamente para o observatório imperial, mas o encontrou trancado com cadeados. Sua própria casa estava também com cadeados. Um recado pregado à porta e selado com o carimbo real, com a águia de duas cabeças dos Habsburgo, cobrava sua presença na ala norte "para discutir seu futuro aqui, e o futuro de seus tubos".

O astrônomo olhou no telescópio, pegou sua pena e escreveu algo no caderno.

E se ele não tivesse ido? E se — "e nada teria sido mais fácil!" — ele tivesse descido as escadas que singravam a colina Hradčany, tivesse cruzado a antiga Ponte de Pedra, tivesse abandonado Praga, deixado a Boêmia, deixado o Sacro Império Romano, partido da Europa? *E se não tivesse ido?* Repetidamente ele se perguntou *E se não tivesse ido?*, até que Leibniz percebeu que o velho estava na verdade esperando por uma resposta, e Leibniz propôs: "Você ainda teria seus olhos?". E o velho sorriu. "Ainda teria", ele disse, "meus olhos."

O astrônomo contou a Leibniz: em uma das mãos, o imperador segurava o chifre de um unicórnio e, na outra, uma bacia de pedra que um dia havia recebido o sangue de Cristo. O imperador sussurrou no ouvido do camareiro-mor e o camareiro disse: "Seus horóscopos falam do fim iminente do imperador". E antes que o astrônomo, em confusão e consternação, pudesse clamorosamente protestar que aquele não era o caso, que ele nada havia falado sobre morte, que ele tinha previsto, para o imperador, somente saúde e vida, o camareiro-mor disse: "E ao prever isso, você demonstrou sua perspicácia na decifração das estrelas". Em voz baixa, o imperador murmurou: "*Sei que estou morto e condenado*".

E olhou contemplativo o chifre em sua mão.

O camareiro se curvou na direção do astrônomo e sussurrou: "Ele está agora em seu quinquagésimo ano, a mesma exata idade com que morreu seu pai".

O imperador levantou os olhos do chifre, sussurrou ao ouvido do camareiro-mor e o camareiro-mor disse: "Ele morrerá, como você previu, seja como morreu seu pai, de fraqueza das paredes das câmaras do coração" — e o imperador sussurrou em seu ouvido — "ou (exatamente como você escreveu) como morreu Henrique III, o último da Casa de Valois, esfaqueado no abdômen por um católico fanático trajado com as vestes de seu confessor real". Ele acrescentou: "Como você escreveu". Em voz baixa, o imperador murmurou: "Nas entranhas! Nas entranhas! Como você escreveu".

E olhou contemplativo para a bacia.

O camareiro-mor se curvou na direção do astrônomo e sussurrou: "Ele perscrutou seus horóscopos com admiração. Os prognósticos mais brilhantes que jamais viu!, ele disse. E aqui falamos de um homem cujo nascimento foi previsto pelo próprio Nostradamus".

Leibniz: O astrônomo pensou: Terão sido minhas palavras alteradas antes que tivessem chegado aos olhos do imperador? Ou será que ele, em sua loucura, enxergou profecias que não estão lá?

O imperador olhou contemplativo para o chifre.

"E assim", disse o camareiro-mor, "mesmo antes do aparecimento da Nova Estrela, sua majestade estava preocupada com a questão da sucessão. E agora que a Nova Estrela apareceu, ele está possuído por ela." O imperador murmurou: "A Nova Estrela é Heinrich, Heinrich a Nova Estrela". O camareiro-mor: "Como seu último ato, sua majestade deseja determinar que a coroa, após sua morte, vá para seu filho. Que ela vá para o príncipe Heinrich". O imperador murmurou: "Estão a me enganar em Frankfurt!". O camareiro-mor suspirou: "Sim, é verdade, os três pérfidos irmãos do imperador, enquanto conversamos, estão em reunião em Frankfurt, tratando aparentemente da ameaça protestante, mas no fundo falam da questão da sucessão. Os eleitores também foram para Frankfurt...". O imperador contemplou a bacia. A bacia, ele murmurou, é um microcosmo da criação, cada aspecto da criação corresponde a um elemento da bacia, e cada elemento da bacia a um aspecto da criação. "O mesmo com o chifre", ele disse, girando a cabeça para o chifre. Ele acrescentou: "*Sei* que estou morto e condenado". "Nem os três irmãos de sua majestade, nem os sete eleitores do Sacro Império Romano têm Heinrich em alta estima, sinto em dizê-lo, e isso muito antes da loucura transiente que o levou a cometer seu ato lamentável", disse o camareiro. "Eles ainda, por exemplo, o chamam de bastardo, mesmo tendo o imperador o legitimado através de um édito, há muito tempo." "O Édito da Legitimação", disse o imperador. Ele largou o chifre e a bacia e bateu com os punhos contra as armas de seu trono: "Todos os meus filhos foram legitimados pelo Édito da Legitimação que assinei há muito tempo, no balneário de Karlsbad!". "Ainda que, é claro, como gesto de moderação, o senhor não o faça cumprir naquilo que concerne às suas filhas", disse o camareiro, e o imperador emendou: "Para apaziguar as forças do conservadorismo, não faço cumprir o édito naquilo que concerne às minhas filhas, é claro". Ele recolheu novamente o chifre e a bacia e olhou contemplativo para a bacia. O camareiro disse: "E na verdade uma de suas filhas nem mesmo concorda com o édito, para começo de conversa! Quantas vezes Margaretha já tentou assinar um édito que revogue o Édito de Legitimação?". O imperador murmurou: "Ela não tem a autoridade para tal". "*É claro* que ela não tem a autoridade para tal", disse o camareiro, "mas teria isso a impedido de ir a Karlsbad, de escrever suas maliciosas Revogações do Édito de Legitimação e de forçar suas damas de companhia a assiná-las?" "Eu não reconheço as Revogações de Karlsbad dela. Não têm peso legal." "Não é uma questão de legalidade ou de lei, meu senhor, é uma questão de escárnio." O imperador examinou o chifre. "Por que", ele murmurou, "ela tem tanto interesse na revogação de um édito que, de qualquer modo, eu mesmo não faço cumprir, naquilo que a concerne?" "Como disse, é uma questão de escárnio, meu senhor. Ela está zombando de sua autoridade. É vergonhoso que uma filha faça tal coisa com um pai, mesmo se ele não fosse o rei dos Romanos." Ainda olhando contemplativo para o chifre, o imperador murmurou: "Eu errei com Margaretha, não sei por quê. Ela foi uma criança linda, parecia-se muito com a mãe. Quando ela era pequena, costumava segurar minha mão e me levava até os potes de vidro com as monstruosidades conservadas, bem ali, ela adorava aqueles potes muito mais do que eu, ela amava e tinha medo deles. Havia um pote com três fetos ligados pelo crânio que ela conseguia observar por horas, mas apenas se eu permanecesse a seu lado, segurando sua mão — o que me alegrava, e muito! Ela sempre perguntava, Papai, o bebê *gosta* de ficar naquele pote? Sempre: Papai, papai, o bebê *gosta* de ficar naquele pote? Eu me lembro disso. E eu explicava, Greta, querida, o bebê está *morto*, já não pode gostar ou não das coisas. Ela pensava tratar-se de um bebê com três faces, e não de três bebês com basicamente uma cabeça enorme e bastante deformada, lembro-me disso. Ela uma vez me perguntou se o bebê tinha olhos e eu fiz meu anatomista cortar os olhos para ela, todos os seis, o que a deixou ainda mais fascinada e amedrontada. Passamos *dias* ali, juntos! Até que ela tivesse três, quatro, cinco anos, não saía de minha *wunderkammer* nem me deixava sair. Até que um dia ela perdeu completamente o interesse por aquilo…". Ele olhou para a bacia. "Ela era tão linda, eu pensava que ela se casaria e seria feliz. Nunca compreendi Margaretha, aquela lá é um enigma para mim", ele murmurou, olhando para o chifre.

"Com todo respeito, meu senhor, ela é louca, não há nada a compreender, e tampouco algum enigma", disse o camareiro. "E é justamente *porque* ela é louca que Matias se aproveitou dela como solução para seu problema com Heinrich. É isso o que ele está tramando em Frankfurt enquanto conversamos, meu senhor. Em desobediência ao senhor." O imperador atirou de repente o chifre e depois a bacia; caíram no chão com um estrondo. "Demônio!", ele exclamou. "Canalha!" E então: "Tragam-me a bacia! Tragam-me o chifre!". Os serviçais devolveram os itens em suas mãos e o imperador logo voltou a contemplá-los. O camareiro disse ao astrônomo: "Você vê, o irmão mais traiçoeiro e ambicioso de sua majestade é quem mais tem a perder se um homem com a firmeza moral e a autonomia intelectual de Heinrich subir ao trono. O arquiduque Matias sabe muito bem que o filho do imperador não é, absolutamente, influenciável, seu crânio é uma fortaleza". "Uma fortaleza para um crânio — uma espécie de fortaleza craniana", murmurou o imperador, acrescentando: "Um filho que não é *influenciável*. Contra as ideias de Matias sobre os protestantes?". "Isso mesmo, meu senhor, muito astuto", disse o camareiro. "O arquiduque Matias quer um imperador em cuja mente vulnerável possa incutir suas próprias ideias sobre os protestantes. Ele não pode ser imperador, mas pode pôr suas ideias venenosas contra os protestantes dentro da cabeça do imperador se essa cabeça for suficientemente porosa. Mas será que a cabeça de Heinrich é porosa, meu senhor? Será vulnerável?" O imperador ergueu o chifre e a bacia e exclamou: "Não!". "Não, a cabeça de Heinrich é extremamente bem fortalecida, o senhor o criou muito bem, meu senhor, uma cabeça *impregnável*, com muros de dez metros de espessura, quinze metros, vinte metros! Uma cabeça fortificada onde as sentenças de outro homem não podem penetrar, muito menos habitar. E Matias sabe disso." O imperador: "Sim, criei Heinrich para ser um pensador independente. Em essência estive sempre fortalecendo sua cabeça contra o mundo, o que é uma catástrofe para Matias, porque ele sabe que os muros da cabeça de Heinrich têm de dez a vinte metros de espessura e não podem ser penetrados, nem sua cabeça pode ser ocupada por suas sentenças contra os protestantes, Matias *sabe* disso!". O camareiro-mor: "Mas Matias também sabe que a cabeça de Margaretha é tão vulnerável quanto a de Heinrich é impenetrável, nossas fontes em Frankfurt nos informam que, para Albert e Ernst e para os sete eleitores, Matias engrandece a obstinação dela, quer dizer, sua *suposta* obstinação, mas nossas fontes em Estíria nos contam que em casa ele só fala das dores de cabeça forjadas por ela, da coceira ilusória em seus ossos, do tamanho absurdo que na cabeça dela têm os nódulos em seu pescoço, ele só fala, para resumir, dos sinais de loucura dela, do tráfego fluindo de dentro para fora de sua cabeça e, também, supostamente — o que interessa a Matias ainda mais —, de fora para dentro. No privado, ele pondera sobre a *resignação* útil de sua sobrinha, mas em público expõe sua suposta *obstinação*, sem falar, é claro, no status conveniente dela como sua cria mais velha, e por isso ele insiste na aptidão dela, nesses tempos difíceis, para o posto de sacra imperatriz romana. Ao fazê-lo, Matias não apenas desrespeita a Bula Dourada promulgada em 1356 na Assembleia de Metz em que Carlos IV, de maneira inequívoca, restringiu aos homens a dignidade eletiva de ser imperador do Sacro Império Romano, como também desobedece diretamente aos desejos expressos por vossa majestade". O chifre e a bacia caíram ruidosos no chão. O imperador exclamou: "Tragam-me o chifre! Tragam-me a bacia!". Ele então os contemplou e murmurou: "Sei que estou morto e condenado e que os demônios controlam meus músculos".

O astrônomo pôs uma das cavidades oculares contra o telescópio. E disse a Leibniz: "A afinidade imediata que eu sentira pelo imperador, logo no primeiro instante em que o vi, e que eu pensei ser muito mais profunda do que qualquer afinidade que eu jamais sentira por meu próprio pai, tinha agora, retrospectivamente, de ser revisada, pensei". Ele pegou sua pena. "Começamos a ver as virtudes de nossos pais biológicos somente depois que os pais que pensamos poderem substituí-los começam a nos desapontar. Mas então já é tarde demais, nossos pais biológicos estão mortos, as pequenas peças de arrependimento, perdão e reconciliação que encenamos com eles em nossa cabeça servem apenas para nosso próprio benefício." E ele escreveu uma longa sequência de números.

O imperador, apontando para um dos olhos: "Por dois meses, o próprio Diabo tem cutucado minha pálpebra esquerda. Dois meses de espasmos na pálpebra, infligidos pelo próprio Diabo, sob comando de meu irmão Matias".

O camareiro voltou-se para o astrônomo e disse: "Mas o que têm a ver todas essas intrigas palacianas com você, é o que deve estar se perguntando".

E o astrônomo respondeu: "De fato, eu me perguntava isso".

"Você, que não é diplomata, mas antes um caçador dos segredos da natureza. Um daqueles valorosos perseguidores da verdade que pretendem instalar a natureza no cavalete até que ela revele aos gritos o que tem astuciosamente escondido de vocês, certo? Alguém cuja cabeça pertence não às salas de visitas, mas entre as estrelas, certo? Você, o astrônomo imperial — o que tudo isso tem a ver com *você*?"

"Isso mesmo", disse o astrônomo, que contou a Leibniz. "E com meus tubos."

O camareiro-mor disse: "Isso é o que você está se perguntando. A pergunta que *nós* estamos *nos* fazendo é: Por que nosso novo tutor de matemática nem sequer pôs os pés na torreta do príncipe Heinrich? Apesar de nossas explícitas diretrizes de que a edificação matemática do príncipe estava dentre suas obrigações mais importantes? Por que em vez disso esse suposto tutor de matemática gastou horas na privacidade da pequena saleta de jantar conferenciando em sussurros exatamente com a senhora que o arquiduque Matias conspira para instalar no trono? Se um agente de Matias tivesse se infiltrado em nosso castelo, armado com um equipamento roubado das páginas de um sábio napolitano" — e ele atirou aos pés do astrônomo uma cópia do *Magia naturalis* de Giambattista della Porta, que com um estalo caiu aberto no diagrama de um tubo — "e com a desculpa de criar um catálogo de estrelas procurou informar a princesa a respeito do plano de seu tio, teria esse agente agido diferentemente de você, com alguma diferença sequer? É essa a pergunta que *nós* estamos *nos* fazendo".

"Uma alegação absurda", gaguejou o astrônomo, tão perplexo que não chegava ainda a alarmar-se, e o camareiro-mor disse, "Absurdo, não impossível", e o astrônomo deu um passo à frente, com a intenção de recolher o livro de Della Porta para que pudesse mostrar as muitas formas com que seu tubo era diferente daquele ali retratado, mas os guardas imperiais evidentemente interpretaram seu movimento de outra maneira, de modo que ele se viu, no mesmo instante, contido por três deles.

O imperador contemplou o chifre. "O chifre", ele resmungou baixinho, "é *tudo*, tudo é o chifre, e tudo é também a bacia." E então o camareiro-mor foi calmamente até o astrônomo, que era mantido preso pelos guardas, e falou: "Eu disse à sua majestade: Seu irmão nos enviou esse matemático, vamos cortar seu falso órgão matemático, isto é, sua cabeça, e mandá-la de volta a seu irmão dentro de uma caixa. E sua majestade, que é muito mais sensível do que eu para as sutilezas das distinções entre as disciplinas, respondeu: Não é um matemático, é um astrônomo". O imperador, estudando a bacia, resmungou: "A astronomia lida com as aparências, não com o que pode ser pensado, mas com aquilo que pode ser observado". O astrônomo para Leibniz: "Verdade". O camareiro-mor disse: "Então eu disse: Pois vamos arrancar seus falsos órgãos astronômicos, seus olhos, e enviá-los de volta a seu irmão dentro de uma caixa. Basicamente o que eu queria era enviar ao irmão do imperador algum órgão irônico seu, em uma caixa. E você sabe o que sua majestade disse? Ele disse: Nenhum falso astrônomo conseguiria perceber nas estrelas o que esse homem viu nelas". O imperador resmungou: "Nas entranhas, como você escreveu. Disfarçado com o manto negro do meu padre confessor". O camareiro-mor: "Para resumir, prezado senhor" — e com o mais suave toque de suas mãos libertou o astrônomo das garras dos guardas e com muito desinteresse alisou as marcas deixadas em suas mangas —, "você deve agradecer à fé de sua majestade no senhor. E este não é um homem que acredita em qualquer um! Não, o imperador é uma alma cética, um verdadeiro filho de Pirro". "No quinquagésimo ano, a decadência das paredes das câmaras do coração", murmurou o imperador. "Todas as coisas emanam do Um — o chifre, a bacia, tudo mais, os potes, e assim por diante." Ao *Philosophical*

Transactions, Leibniz parenteticamente observa: "Um eco, não de Pirro, mas de Plotino".

O camareiro-mor disse ao astrônomo: "Talvez você queira demonstrar sua gratidão...".

E o astrônomo, que a essa altura provavelmente já estava pálido, curvou-se de imediato e disse: "Obrigado, vossa majestade".

Erguendo os olhos por um instante da bacia, o imperador acenou com a cabeça, solenemente.

E o camareiro-mor disse: "Mas talvez você sinta, e não o culpo por isso, que essa mera expressão verbal de gratidão seja uma recompensa insuficiente por tudo aquilo que o imperador lhe deu: não apenas sua vida, mas sua casa, seu salário, o comando do observatório imperial...". E o camareiro-mor disse que sugeriria então como eu deveria quitar meu aparente débito de gratidão, como eu poderia, como ele disse, "pagar integralmente", lembrou-se o astrônomo. E o camareiro-mor curvou-se em sua direção e sussurrou: "Ouça bem, pois ainda que você julgue haver um elemento teatral nisso tudo, o teatro, ele também, pode assustar, você sabe", e o imperador evidentemente escutou o que ele dizia, já que murmurou: "Quando os atores falam, sempre receio que de repente vou parar de compreender *a respeito do que* eles falam...", e o astrônomo contou a Leibniz: "Embora tudo aquilo *tivesse* parecido teatral, ainda assim *tinha* me deixado assustado, de maneira que *ouvi* com muita atenção. E à medida que o fazia, começou a surgir em mim a ideia de como eu poderia transformar o que ele me contava em algo a meu favor".

Agora, me parece, de acordo com o camareiro-mor, que repetiu inúmeras vezes que ele somente repassava o que tinha escutado de suas fontes em Frankfurt, que o estratagema principal do arquiduque Matias para convencer os sete eleitores de que após a morte de sua majestade a coroa deveria ser passada para Margaretha, dentre os filhos a mais velha, em vez de a Heinrich, o primeiro filho homem, tinha pouco a ver com sua suposta ilegitimidade ao trono, uma vez que essa linha de argumentação, mesmo que vencesse a questão do Édito de Legitimação de sua majestade, o que é duvidoso, desqualificaria, é evidente, não apenas Heinrich, mas também Margaretha. "Matias é mais esperto do que isso!" Não, seu caso se baseia não na suposta ilegitimidade do príncipe Heinrich, mas em sua suposta insanidade, uma vez que a principal evidência do arquiduque, e na verdade sua única evidência, é o ato lamentável ocorrido na torreta de Heinrich em meados de novembro, dois domingos antes do começo do Advento. As fontes do camareiro-mor em Frankfurt disseram que o arquiduque Matias não falava duas frases sem citar "as coisas que Heinrich fez com a filha do barbeiro-cirurgião". Político demoníaco e inteligente, o arquiduque Matias usava as frases "as coisas que Heinrich fez com a filha do barbeiro-cirurgião" ou "as atrocidades impronunciáveis cometidas por Heinrich na noite do décimo quarto dia de novembro" para insinuar, sem dizê-lo explicitamente, que o príncipe Heinrich não estava em seu melhor juízo. Por meio de hábeis repetições, Matias recobriu as palavras "o comportamento de Heinrich na décima quarta noite de novembro" com o sentido das palavras não ditas "a loucura de Heinrich", ou mesmo — e pareceu ao astrônomo que o camareiro lançava um olhar inquisidor — "a loucura hereditária de Heinrich". "Desde nossa tenra juventude", murmurou o imperador, contemplando o chifre, "Matias sempre me chamou de louco. Minha moderação ele interpretou como loucura. Minha introspecção — loucura. Que eu seja afável faz de mim, para Matias, um louco... Meu interesse em joias, loucura, meu interesse em trompe l'oeil, em tapeçarias estampando elementos trompe l'oeil, loucura, meu interesse em mecânica, loucura, em emblemas, loucura." O camareiro: "Mas sempre foi uma manobra *política* chamá-lo de louco, desde o tempo em que eram meninos", e o imperador, com, assim disse o astrônomo para Leibniz, súbita e surpreendente lucidez, berrou: "Não, meu caro camareiro, nem sempre é sobre política! Ele me acha louco *mesmo*, acha mesmo que sou louco *mesmo*, imagine ouvir de seu irmão mais novo que você fala muito perto do rosto de outras pessoas e então se dar conta de que ele está *certo*! O que ele e todo mundo sabiam naturalmente fazer eu tive de aprender. Por quê? Conversas que ele podia escutar, eu não podia. E por que ele as podia escutar? Por que eu não podia? Nosso pai costumava trazer farsas para Hofburg, farsas francesas em produções privadas, ele e meus irmãos adoravam aquelas farsas francesas, mas para mim eram pesadelos privados. Eles costumavam rir e rir, nosso pai ria, assim como Matias, assim como Albert, assim como Ernst, e eu mesmo ria, ria e ria, eu digo, mas durante todo o tempo em que ria eu pensava: Será que eles percebem que eu não sei *por que* estou rindo? Olhando o rosto do Pai para saber quando começar a rir e quando parar... Às vezes, eu tinha um palpite do motivo de estar rindo, mas logo ele se mostrava errado, na verdade o engraçado era outra coisa e aquilo que eu pensava ser engraçado geralmente era muito *sério*. Uma coisa horrível, meu caro camareiro, rir e rir e no entanto não saber por que se está rindo... quando todos da sua família parecem saber o motivo... Não ter herdado o senso de humor da família: horrível... É horrível e não se trata de política quando Matias exclama: O louco Rodolfo não sabe do que está rindo! Aconteceu uma vez, esqueci de ficar de olho no rosto de meu pai e continuei rindo por um bom tempo depois que todos tinham parado de rir. E Matias se levantou, no meio da apresentação, apontou para mim e gritou: Vejam, o louco Rodolfo não sabe por que está rindo, está rindo e não sabe por quê!". O imperador olhou para a bacia. "E eu sou o mais velho, lembra, por isso deveria saber por que estou rindo. Então eu disse: Sei exatamente por que estou rindo. E nosso pai disse: Deixe-o em paz, Matias. E eu disse: Não, tudo bem, eu *sei* por que estou rindo! E Matias disse: Bem, então conte para a gente o que é tão engraçado, Louco Rodolfo. E eu disse alguma coisa e obviamente o que quer que eu tenha dito *não era* a coisa engraçada, porque de repente todas as *outras* pessoas estavam rindo, estrondosamente, toda a minha família e até mesmo os atores. E Albert, sentindo-se obviamente culpado, ou talvez tenha sido Ernst, na verdade, disse, Você precisa melhorar seu francês, Rodolfo! E Matias exclamou: Ele entende perfeitamente o francês, não é o *francês* que ele não entende! Querendo dizer, suponho, que o problema eram as relações humanas. Nada disso, em minha compreensão, meu caro camareiro, é sobre política imperial, mas sim simples e direta crueldade de irmãos, exceto talvez, até onde eu sei, pelo fato de que o Pai sempre lamentou que o filho que havia herdado sua melancolia era o primeiro na linha de sucessão, enquanto o filho que herdou seu senso de humor, além de sua destreza equestre, não era... Nunca me senti bem sobre um cavalo, diga-se, Matias sempre ficou à vontade com cavalos, é o lugar dele, não o meu, e não vejo o que isso tem a ver com política..." O camareiro-mor implorou pelo perdão de sua majestade. "Só quis dizer que desde que o conheço sempre o compreendi melhor quando considerei o arquiduque como alguém totalmente racional, inteiramente um ser político, com a razão política encarnada." O imperador, satisfeito, olhou intensamente para o chifre, o astrônomo contou a Leibniz. O camareiro-mor prosseguiu: "E é parte de seu gênio político referir-se em Frankfurt apenas ao comportamento de Heinrich e jamais a sua alma ou estado de espírito. Nisso Matias está um passo à frente de nós. Enquanto suspeitamos, corretamente, que ele construirá a história da loucura de Heinrich, supomos, erradamente, que ele o faria *nesses termos*...

E supomos que no momento em que transformou o conclave de Frankfurt em um referendo sobre o estado mental de Heinrich, ou de sua alma, que isso descambaria — como todos os simpósios que procuram determinar uma questão impossível de ser determinada, pois é bem conhecido que o estado de uma alma é opaco aos demais, turvo até mesmo para o eu, visto com clareza somente por Deus — em uma anarquia de opiniões e interpretações, uma anarquia sem fim. E se, como costuma sempre acontecer, os arguidores decidissem truncar suas, de outro modo, infinitas deliberações e resolver o insolúvel apelando para o homem de ciência mais prestigioso na vizinhança, com cujo especializado juízo todos concordariam acatar... bem, nesse caso, tínhamos instruído catorze dos mais eminentes médicos de Frankfurt, cada um deles, se convocado, preparado para testemunhar, primeiramente, que a mania do príncipe Heinrich na noite em questão era consistente apenas com uma obstrução da então chamada rede pineal, uma membrana com muitos buracos que permitem, naturalmente, que o espírito suba e desça à vontade, mas que, quando bloqueada, promoverá tiques, tentações perversas e pensamentos tristes que levaram a lamentável morte e defenestração da filha do barbeiro-cirurgião na décima quarta noite de novembro; em segundo lugar, que o estado do príncipe Heinrich desde a manhã do décimo quinto dia de novembro até a presente data indica sem nenhuma dúvida que os buracos de sua rede pineal foram desobstruídos consideravelmente, talvez por completo; e em terceiro lugar, que esses buracos podem manter-se permanentemente limpos (e, portanto, Heinrich permanentemente são) apenas com a ingestão, uma vez por semana, entre sua sangria e o banho, de um eletuário composto de pérolas, âmbar, violetas, verbena, cevada, semente de alface, o pó cordial *aromaticum rosarum* e três gotas de leite humano, assim como quantidades à gosto de açafrão, mel e trevo-cheiroso".

Para resumir, explicou o camareiro, uma batalha sobre o estado mental de Heinrich, ou sua alma, era uma batalha em terreno favorável. "Assim que o arquiduque Matias pronunciasse as palavras 'mente de Heinrich' ou 'alma de Heinrich' ou 'loucura de Heinrich', ou 'loucura hereditária de Heinrich', a batalha estaria ganha."

Ele acrescentou: "E Matias devia saber disso, já que nem mesmo uma vez as pronunciou".

Em vez de plantar sua bandeira dentro da cabeça de Heinrich, Matias a plantara fora dela, apoiada no comportamento de Heinrich na décima quarta noite de novembro, no comportamento observado e mutualmente interpretado, seu comportamento indubitável e incontroverso, seu crime muito bem testemunhado, a magnitude, a iniquidade e a esquisitice que, não importa o que se passava em sua mente enquanto perpetrava o fato, deveria desqualificá-lo, assim defendia o arquiduque, do cargo de santo imperador romano. Essa era a extensão do argumento do arquiduque e, apesar da aparente simplicidade, ao parecer defender simplesmente que um príncipe que havia desmembrado e defenestrado a filha de um comerciante não deveria assumir o trono, aquilo era na verdade terrivelmente sutil. "*Um imperador não pode comportar-se dessa maneira*: foi o refrão repetido constantemente por Matias em Frankfurt", disse o camareiro-mor, e, aproximando-se do astrônomo, sussurrou: "Duvido que sua majestade tenha apreciado a destreza de seu irmão em selecionar tal verbo. Como todos os políticos de renome, o arquiduque, acima de tudo, é um literato renomado. Um imperador", ele repetiu, pronunciando cada palavra, os olhos inflamados pela artimanha do arquiduque, "não pode *comportar-se* dessa maneira".

"E por isso", continuou o camareiro-mor, "mudamos nossa estratégia."

O astrônomo pôs uma cavidade ocular contra o telescópio, pegou sua pena e escreveu uma sequência de números. Restava agora, ele declarou, retirando o relógio de bolso de dentro de seus trapos, pouco mais de uma hora até o eclipse solar.

Leibniz perguntou-lhe: O que exatamente tinha feito o príncipe com a filha do barbeiro-cirurgião? E por quê?

"Essas também eram as minhas perguntas!", exclamou o astrônomo. "Sim, o que ele tinha feito, e por que o fizera? Havia, em outras palavras, um motivo? Qual tinha sido o ataque de ciúmes que Margaretha mencionara? Também minhas perguntas. Mas suspeitei de que não chegaria à verdade com aqueles dois."

"Sim", o camareiro tinha dito, continuou o astrônomo, "mudamos nossa estratégia — e é aqui que você aparece. Uma vez que Matias tinha levado a disputa para o terreno do comportamento de Heinrich, é aí que devemos enfrentá-lo. Devemos provar aquilo que sabemos ser verdade, que a décima quarta noite de novembro foi uma aberração bizarra, que o comportamento de Heinrich agora é um comportamento que está de acordo com o do santo imperador romano. Devemos provar, com seu comportamento, que ele é são."

O astrônomo: "Por um instante pensei que espécie de minuetos Gottfried tinha sido instruído a ensinar a Margaretha... Em retrospecto, a maneira como ele a ensinava a comer parecia completamente insana. Lembrava do que ele havia dito sobre a sopa, sobre servir línguas, sobre as drupas. Gottfried estava inculcando nela, intencionalmente, os modos de uma louca, percebi. Ele não estava ali para ajudá-la a se ca...".

O camareiro-mor prosseguiu: "Agora, dentre os sete eleitores, há um que é amigo de nossa causa. Para a segurança dele, não devo mencionar seu nome, basta dizer que não é o arcebispo de Tréveris nem o arcebispo de Colônia, ambos defensores fanáticos do papa". O imperador: "Quero dizer quem é".

Ele ergueu o chifre e a bacia e exclamou: "É o duque da Saxônia!". O camareiro-mor: "É ele. E o duque está em boa posição, pois, embora seja um luterano, é moderado, e recusou firmemente se juntar à União de Auhausen, um fato que levou Matias a crer que o duque desejasse bajular os Estados católicos e até levou Matias a sonhar — loucamente, na verdade — que pudesse persuadir a Saxônia a juntar-se à Liga Católica".

Leibniz, parenteticamente: "A propósito, isso reforça minha teoria de que os eventos narrados pelo astrônomo como ocorridos ao longo de três ou quatro dias na verdade ocorreram, se é que foram verdadeiros, no espaço de três a quatro anos, já que a União Protestante não foi formada em Auhausen até 1608, quatro anos depois da supernova, e a Liga Católica não se deu até julho do ano seguinte..."

O imperador pressionou o chifre contra a bacia e assim os examinou. Então colocou o chifre dentro da bacia, segurou a bacia, elevando-a na palma da mão, e os examinou.

O camareiro-mor disse: "De modo que estávamos em uma posição vantajosa, precisamente a pessoa que queríamos que conquistasse a confiança de Matias era ao mesmo tempo aquela que Matias procurava, querendo conquistar-lhe, do duque, a confiança... Em vez de o duque procurar o arquiduque, podíamos esperar que o arquiduque se aproximasse do duque". O imperador murmurou: "Arquiduque, arquiduque, duque, duque, uma jogada muito astuta". O camareiro: "E foi isso o que aconteceu. No meio do conclave de Frankfurt, Matias se aproximou do duque da Saxônia e disse, sotto voce, Então, como resolvemos nosso problema com o pequeno Heinrich de uma vez por todas? Isso acabou de acontecer, poucos dias atrás. Como, para resumir, Matias perguntou ao duque, fazemos o bastardo sumir? E o duque da Saxônia, como tinha ensaiado, disse: Precisamos permitir que meus colegas eleitores vejam o comportamento do garoto por si sós... Se eles têm alguma suspeita do que você diz, especialmente nosso amigo do palatinado, é porque sabem que você não é imparcial, já que você tem um interesse na questão, eles temem que isso se alinhe muito facilmente com os interesses de Roma. Mas deixe meus colegas verem o pobre príncipe por si sós, deixe-os avaliar sua sanidade, ou talvez deva dizer, sua insanidade, com os próprios olhos, e suas dúvidas sumirão — e, junto às dúvidas, o próprio bastardo. Deixe que eles o *vejam*, eu digo! Dizem que ele se interessa pelas estrelas, façamos uma ou duas perguntas simples a ele, qual é a estrela Cão Maior e qual é a Nova Estrela, quão distantes ele supõe estarem as duas de nós, ele responderá ao seu modo perturbado e desorientado, e assim será. E Matias pensou que a ideia era engenhosa, uma avaliação da sanidade do garoto estava fadada ao fracasso. Quão longe está a Nova Estrela, você tem ideia?, perguntaremos a ele, disse Matias, rindo com sarcasmo, provavelmente, uma pergunta bastante inocente, e o garoto pronunciará algo impronunciavelmente louco, e assim será! Claro", o camareiro-mor disse ao astrônomo, "que o que ele não sabe é que o príncipe Heinrich, enquanto isso, terá dominado, sob sua tutela, os princípios da trigonometria...".

"*Você precisa ensinar a meu filho tudo sobre triângulos!*", exclamou o imperador, erguendo pela primeira vez os olhos da bacia e do chifre de unicórnio e encarando descontroladamente o astrônomo. "A relação entre seus lados, a relação entre seus ângulos internos, e seus ângulos externos também!"

O camareiro disse: "Matias perguntará, Quão longe está a Nova Estrela? E o príncipe seguirá calmamente para seu gabinete científico, encontrará ali um de seus tubos maravilhosos, apontará para a estrela e então executará, para os eleitores, o cálculo deslumbrante de sua distância baseado nos princípios da trigonometria que você terá ensinado a ele. E já que a razão matemática é, ou é considerada, a rainha da razão, sua sanidade será confirmada para além de qualquer dúvida". O imperador sussurrou no ouvido do camareiro e o camareiro disse: "Você deve *entrar* na torreta dele e ensinar-lhe tudo sobre triângulos!". E o imperador sussurrou novamente no ouvido dele e o camareiro disse: "*Tudo* sobre triângulos. Como os lados se relacionam com os lados, como os ângulos com os ângulos, e os lados com os ângulos e os ângulos com os lados". O imperador sussurrou no ouvido do camareiro-mor e o camareiro-mor disse: "Isso não pode ser realizado através da porta da torreta, deve ser feito *na* torreta, dentro da torreta, interação cara a cara é vital para que verdadeiramente se ensine trigonometria a alguém". O imperador, observando a bacia, murmurou: "Para Pitágoras, o triângulo está na base de todas as coisas, antes do círculo, antes do quadrado. Para Pitágoras, o quadrado não era nada além de dois triângulos equiláteros unidos. Quando vemos um quadrado, na verdade estamos vendo dois triângulos, dois deles, unidos, a linha diagonal da união apagada, pensou Pitágoras, e é por isso que ele foi morto".

O camareiro disse: "Agora, Matias e os eleitores partem de Frankfurt esta noite. Chegarão a Praga dentro de uma semana. De agora até o momento em que cruzarem a antiga Ponte de Pedra, você tem de ensinar ao príncipe o suficiente de trigonometria para produzir uma estimativa razoável da distância da Nova Estrela".

E o astrônomo, que a essa altura tinha arquitetado o próprio plano, respondeu: "É impossível fazer isso".

E ele repassou ao imperador o estado lamentável em que encontrou seu filho, como ele aparentava e como cheirava e as ameaças que ele tinha feito, e a bacia e o chifre do unicórnio caíram no chão quando o imperador cobriu o rosto com as mãos. "Então Matias está certo", ele gemeu por entre os dedos, "minha loucura alcançou seu apogeu nele, meu filho já não pode ser redimido! Ele também está morto e condenado, estamos todos mortos e condenados nesta família." E apressando-se para devolver ao imperador a bacia e o chifre, o camareiro-mor insistiu, com algum desespero, que Matias estava errado, que o príncipe estava muito menos louco do que parecia, que em sua nudez e agitação, no lambuzar o próprio corpo com a própria efluência — "um *calculado* lambuzar-se!" —, o príncipe obviamente estava encenando o papel de um louco, para assim conseguir a solidão que sempre almejara, pois nunca *quis* ser imperador e é justamente isso o que faria dele um imperador tão bom. É uma performance, ele insistiu, uma performance clichê, ainda que pouco convincente, de um príncipe louco! E o imperador continuou murmurando: "Uma família morta e condenada, cheia de familiares mortos e condenados!". E o astrônomo, para intensificar o caos que, assim ele disse a Leibniz, tinha intencionalmente instigado, repicou intermitente com: "Despreparado para o aprendizado de trigonometria". E o imperador uivou: "Morto e condenado!". E o camareiro insistiu: "Um ato! Uma pantomina! Uma performance!".

Apenas quando a confusão tinha chegado ao ápice é que o astrônomo apresentou a ideia que formulara.

Existe, ele disse, uma condição com a qual aventaria arriscar a vida e o corpo para entrar na torreta do príncipe Heinrich e ensinar a ele a matemática dos triângulos.

E olhando por entre os dedos, o imperador murmurou: "Qual é?".

E o camareiro-mor esfuziou: "Fale, homem!".

A condição, declarou o astrônomo, era esta: ele exigia uma garantia escrita de que, caso tivesse sucesso, receberia carta branca para acesso aos recursos do tesouro imperial para a produção de seus tubos — não com racionalidade, por assim dizer, mas além, não regido pelo senso comum, mas sim livre dele, recursos limitados por nada senão as demandas de seus próprios olhos. "Esta é minha condição", disse o astrônomo, e tão logo o disse, o imperador escreveu um édito com tal efeito e o assinou.

"Um documento histórico, com consequências históricas", disse o astrônomo, folheando seu caderno. "Por fim, aquilo pôs o Império Habsburgo contra as exigências do infinito. Aqui está, não estou inventando, não estou fingindo!" E ele pôs junto ao rosto de Leibniz um pedaço amassado de papel onde estava escrito, em tinta já apagada: "Recursos sem racionalidade para a construção de tubos caso Heinrich aprenda sobre triângulos, Rodolfo". Leibniz: "Não posso indicar a procedência do papel, mas essas eram as palavras escritas nele". O astrônomo: "Algumas pessoas, com razão, como você verá, Herr Leibniz, culparam o então chamado Édito dos Tubos pelas guerras que assolaram essas terras alguns anos depois. Eles atiram milhões de alemães a meus pés, milhões de alemães mortos, e meu pai junto a eles! Mas, se não fosse por esse édito, jamais teria visto o que vi, não saberia do céu noturno aquilo que hoje sei. Em ciência, enquanto eles empilham milhões e milhões de corpos aos seus pés, é preciso manter-se com os olhos fixos no firmamento, é preciso seguir como se todos já estivessem mortos, sua própria família e todos os demais. Os métodos científicos mais modernos pedem para que consideremos toda a população mundial como se já estivesse morta. Não morta de *verdade*, a ciência é um ato social, e se todos estivessem mortos de *verdade* só teríamos preguiça, muito menos vida. Devemos sempre proceder como se todos estivessem vivos e mortos, um pouco mortos, um pouco vivos, acho que no final das contas aprendi essa filosofia com Heinrich", disse o astrônomo. E ele olhou pelo telescópio, pegou sua pena e escreveu uma longa sequência de números.

"O nome dela, padre", enfim disse o príncipe Heinrich desde onde descansava no chão frio de pedras de sua torreta e, sem se mover, passou um bom tempo encarando em plácido silêncio o astrônomo vestido em uma túnica preta, "era Ludmila. Era a filha, a única filha, a única *criança*, do sangrador Zikmund, que vinha uma vez por semana para abrir minhas veias e sangrá-las dentro da bacia de ágata favorita de meu pai, um procedimento que deveria aliviar meu nervosismo, padre, porque sou uma pessoa nervosa, sou conhecido como uma pessoa nervosa, e não digo isso como desculpa. Desde o momento em que pus os olhos nela eu disse a mim mesmo, Você não deve encostar um dedo nela, Heinrich, sem encostar, sem encostar, essa daí não é para ser tocada! Mesmo que ela *queira* ser tocada, você não pode encostar nela, sem encostar, disse a mim mesmo. E por um bom tempo, padre, eu na verdade não encostei nela." O astrônomo contou a Leibniz: "Enquanto isso, eu pensava, Será que ele acha mesmo que sou um padre? Talvez sim, espero que sim, mas seria condizente com o pouco que sei do príncipe Heinrich pensar que ele está jogando comigo, chamando-me de padre, confessando a trama de uma história sórdida, até mesmo implorando por sua absolvição, sabendo o tempo todo, precisamente, quem eu sou e aguardando o momento certo para revelar isso. Não se esqueça", o astrônomo pensou, como contou a Leibniz, "que você talvez não seja o único aqui que está fingindo..." Ele, o astrônomo, inspirado pela previsão que supostamente teria feito em seu horóscopo, mas que provavelmente tinha sido inserida ali pelo camareiro-mor, voltara à torreta do príncipe disfarçado com as vestimentas de um confessor, com um capuz sobre a cabeça, e tinha se ajoelhado diante da grossa porta de madeira e batido na grade de ferro com o esplêndido bastão dourado emprestado a ele, a pedido do imperador, pelo diácono da catedral de São Vito e, com a mesma expressão de perplexa compaixão com a qual os monges beneditinos o encararam, pediu ao príncipe que abrisse a porta para que assim pudesse ouvir sua confissão e provê-lo do sacramento da reconciliação. Seus pedidos foram atendidos, mais uma vez, em silêncio. Agora, contudo, os quatro guardas do corredor puseram-se de pé, tão reverentes à sua regalia religiosa quanto foram desdenhosos com sua parafernália científica, e enquanto três deles ajoelharam-se à sua frente, o quarto pegou o molho de chaves e disse: "Podemos deixá-lo entrar se assim desejar, padre, mas devo recomendar que atenda o príncipe deste lado da porta pois o último serviçal que *entrou* na torreta foi esfaqueado com o canivete do príncipe, cinco vezes nas pernas e uma vez na cabeça, e só mesmo pela graça de Deus ele saiu dali com vida". E o astrônomo disse: "Deixe-me entrar". E enquanto os outros três guardas empunhavam suas lanças, cujas pontas, podia-se ver, tremiam, o quarto guarda destravou a porta, curvou a cabeça, pronunciou uma reza enquanto o astrônomo entrava e logo trancou a porta novamente, girando duas vezes o ferrolho.

"Levou muito tempo para que meus olhos se acostumassem com a escuridão", lembrou o astrônomo, olhando pelo telescópio, pegando sua pena e escrevendo uma longa sequência de números. Por fim ele enxergou a silhueta de uma cama, mas o príncipe não estava deitado ali. Vi um banco de três pernas, mas o príncipe não estava sentado ali. Onde, então, estaria o príncipe? Você precisa sair daqui!, pensou, e foi somente ao convocar o pensamento compensatório, O mundo, como você definiu, é completamente desprovido de sentido, exceto talvez pela criação de um catálogo de estrelas que seja genuinamente completo, que ele conseguiu conter o impulso de escapar dali. Seus olhos, enquanto isso, continuaram a se ajustar. Ele pisou em algo que se rompeu delicadamente sob seu pé como um passarinho morto, a frase "uma ave canora morta" surgiu em sua cabeça, embora obviamente fosse muito pouco provável, ele percebeu, que se *tratasse* de um passarinho morto; e ele lembrou do aviso de Margaretha, de que encontraria cascas cítricas cobrindo o chão da torreta; mas quando se agachou para inspecionar aquilo que tinha pisado viu que *era*, mesmo, um passarinho morto, uma ave canora morta, e não a casca ressecada de uma tangerina. O chão da torreta estava forrado, como ele agora via, não de cascas cítricas, mas dessas aves mortas, assim como de grandes cacos de vidro. "Muito em breve", Leibniz citou o astrônomo dizendo, "eu saberia o que as aves mortas tinham a ver com os cacos de vidro, e o que as aves e os vidros tinham a ver com os muitos fragmentos de tubos de latão que também (como eu agora via, à medida que meus olhos continuavam a se ajustar) cobriam o chão, e o que as aves e os vidros e os fragmentos de latão tinham a ver com Ludmila, a pobre jovem, única cria de Zikmund, o sangrador imperial." Conforme os olhos do astrônomo continuavam a se acostumar, desceram até a cabeça mecânica de seu pai, tombada no chão a poucos passos dali e parecendo ("com as duas pesarosas cavidades oculares") olhar de maneira esquisita para ele. E quando seus olhos se ajustaram completamente, ele viu o príncipe Heinrich deitado bem atrás da cabeça, de lado, um ouvido contra o solo, também olhando estranhamente para ele. Heinrich não piscou, e ocorreu ao astrônomo que ele estava, "e, portanto, também meu sonho de um completo catálogo de estrelas", morto. E então ele piscou, não estava morto. Vestia calças agora, e meias brancas, possivelmente um bom sinal, comparado com seu passado de nudez, ainda que "Eu soubesse que não poderia deduzir nada muito definitivo sobre o estado mental dele apenas a partir de suas calças, de suas meias". Ajeitando o capuz para melhor esconder o rosto e recuperando novamente o tom que tanto o impressionara junto ao muro do monastério, de compaixão tão infinita quanto indiferente, o astrônomo perguntou ao príncipe se ele tinha pecados que gostaria de confessar. O príncipe permaneceu em silêncio. E por muitos minutos permaneceu em silêncio, seus dois olhos vidrados, quase sem piscar, no rosto do astrônomo, que ele, o astrônomo, desejou estar suficientemente escondido pelo capuz. O que ele via quando encarava meu rosto, debaixo do capuz, nessa luz?, o astrônomo teve de se perguntar, escreveu Leibniz. Então ("Teria eu observado um leve sorriso, ou será que o inventei?") o príncipe puxou a cabeça mecânica em um abraço, estirou as pernas em um alongamento, "estranhamente como um gato", e disse: "Perdoe-me, padre, porque eu pequei. Já se passaram treze anos desde minha última confissão". E então: "O nome dela, padre, era Ludmila".

Ela vinha ao castelo todas as quartas-feiras, com seu pai, de quem era aprendiz, uma garota miúda e solene que participava das operações de sangria do príncipe com, embora fosse apenas poucos anos mais velha do que Katharina, impressionante ausência de melindres. Às terças, seu nervosismo se elevava ao máximo. Nas noites de terça, ele não conseguia pregar os olhos e se esgueirava pelo castelo observando suas irmãs dormindo ("Minhas irmãs sempre dormiram bem, soberbamente, até mesmo Greta, com todas as suas doenças, nunca teve problema algum para cair no sono e assim permanecer, e eu não conseguia dormir ou, se conseguia, nesse estado não me mantinha."), e às quartas Ludmila vinha com seu pai para sangrá-lo. "Meu pai crê que comunguemos da mesma espécie de loucura, que a minha é meramente uma versão mais intensa da sua, uma loucura quantitativamente superior, e, no entanto, *ele dorme muito bem!*, é um dorminhoco, até já o vi dormir no trono enquanto um suplicante se dirige a ele, tem sono pesado, nossas loucuras são qualitativamente diferentes. Ele e Greta são dorminhocos soberbos, pensam que nada têm em comum, mas têm isto em comum: eles dormem, eles caem no sono e realmente têm sono pesado... Wilhelmina, como talvez você mesmo saiba, também dorme muito bem... Talvez você já a tenha visto dormir... Ao passo que minha mãe tinha insônia, como eu, padre..." Katharina gostava de fingir que também tinha insônia, com frequência ficando acordada até mais tarde com Heinrich em sua torreta, reclamando que não conseguia dormir, mas ele sabia que ela estava exausta, que ela *queria* dormir, "ela só ficava acordada por minha causa", e então em algum momento ele fechava os olhos e fingia estar dormindo, e ela dormia imediatamente. Ele, contudo, não dormia. Apenas às quartas, depois de ter sido sangrado por Ludmila e seu pai, e então de tomar um banho quente, é que o príncipe conseguia dormir, às vezes por até três ou quatro ou até mesmo cinco horas ininterruptas.

"E assim, antes que soubesse qualquer coisa a respeito dela, padre", disse Heinrich, observando o astrônomo, que ajeitou o capuz, ele contou a Leibniz, olhando pelo telescópio, "Ludmila significava dormir. Você não deve encostar nela, sem encostar, ela não é para ser tocada, eu dizia a mim mesmo, mas também: Quando Ludmila chega, você enfim consegue dormir um pouco."

Quando algum procedimento dá a um insone algumas horas de sono, algum descanso, um respiro da percepção, um respiro do intelecto, não se pode resistir a sentimentalizar tal procedimento, não importa quão estritamente científico esse procedimento possa, na verdade, ser, disse Heinrich. Daí que provavelmente ele tenha, em sua mente, transfigurado Ludmila em um anjo que lhe concedia a bênção do sono.

Na verdade, tudo em Ludmila parecia o mais distante possível do mundo a que era acostumado e para o qual tinha crescido — "muito pior do que meramente hostil" — assustadoramente indiferente. Seus dias de hostilidade para com o mundo tinham ficado para trás. "Era o que me assustava.

"Mas Ludmila era diferente, padre, ela não era deste mundo", disse Heinrich ao astrônomo que, como contou a Leibniz, começava a pensar de que modo, ao final da confissão de assassinato do príncipe, ele subitamente mudaria o assunto da conversa para a matemática dos triângulos.

Sim, disse Heinrich, "Ludmila era diferente". Enquanto o pai abria suas veias, ela segurava em silêncio a bacia de pedra e observava o sangue acumulando-se lá dentro, os olhos dela à altura das bordas — possivelmente, o astrônomo conjecturou, "para evitar as ilusões de paralaxe". Príncipe Heinrich: "Eu ficava impressionado, não conseguia suportar a ideia de olhar para meu sangue naquela bacia, ficava enjoado, pura suscetibilidade principesca, mas ela não tinha nenhum melindre, mantinha os olhos fixos na bacia, em meu sangue, e quando ele atingia um certo nível ela dizia alguma coisa em tcheco, suavemente, ao pai, que então fechava a ferida". O príncipe estava fascinado pela facilidade com que ela lidava com seu sangue, pelo conforto com seu sangue. "Sua criação tinha inculcado nela uma relação inteiramente diferente com sangue do que a minha, e isso me fascinava, cativava e consolava." Àquela altura ele não conseguia compreender por que aquilo fornecia consolo. Mas agora entendia. Seu mal, naqueles dias, Heinrich explicou ao astrônomo, provinha de sua "terrível suspeita" de que "tudo era mais ou menos a mesma coisa em todos os lugares". Ele sentia isso com todas as coisas e com todas as pessoas, até mesmo com todos os animais, "uma mesmice assustadora". Tudo, para resumir, era a mesma coisa, ele sentia, Heinrich contou ao astrônomo/confessor, declarou Leibniz. Essa suspeita, forjada nas formalidades das cerimônias diplomáticas e na organização sinistra dos jantares imperiais, o atormentava desde a primeira infância, mas tinha se alastrado para além de seu âmbito inicial, primeiro partindo das câmaras públicas do castelo para as reservadas, depois para o reino animal e até mesmo para as estrelas, e agora tinha se solidificado em uma "assustadora convicção" a respeito de "todas as coisas". Da mesmice da vida no castelo ele foi inexoravelmente levado à mesmice da vida geral, e da absoluta mesmice da vida geral, do ponto de vista estritamente científico, seria levado, ele temia, a uma "conclusão ruim!". "Até mesmo minhas irmãs, aparentemente tão diferentes umas das outras, e de mim, eram na verdade mais ou menos umas iguais às outras e a mim", ele se deu conta. As distinções que o príncipe tinha estabelecido entre Wilhelmina e Margaretha, e entre os três e ele mesmo, e entre ele e sua mãe, e entre ele e seu pai, e entre seu pai e o pai de seu pai, e entre os Habsburgo austríacos e os Habsburgo espanhóis eram todas artificiais. "Essas distinções não chegavam à raiz mais profunda da natureza, padre, porque a natureza, pensei, horrorizado, não *tem* raiz, tinha a imagem terrível em minha cabeça de uma natureza sem raízes, uma gigantesca natureza sem raízes." Cada distinção e, portanto, cada pensamento era inventado: "O mundo era um pandemônio indiferenciado, uma gigantesca tapeçaria idêntica em todos os detalhes". Havia, é claro, pequenas variações aqui e ali, "variações na costura", algumas coisas eram coisas e algumas eram pessoas, algumas pessoas eram príncipes e algumas eram apenas criadores de porcos, alguns príncipes — e provavelmente a maioria dos criadores de porcos — dormiam muito bem e outros *não* dormiam bem, porém "mais ou menos tudo era a mesma coisa, eu sentia, padre", Heinrich disse ao astrônomo. O imperador enxergou evidências de mundos diferentes nas novidades que ele coletava na Asa Norte, rasgos na tapeçaria do mundo por onde, talvez, fosse possível espiar Deus, mas o príncipe via tudo como o mesmo mundo, sem rasgos, e considerava as novidades de seu pai como sendo meros detritos daquela mesmice, "elementos idênticos que meu pai deixava ainda mais indistinguíveis ao organizá-los no mesmo lugar, armazenando-os nos mesmos tipos de potes, sujeitando-os aos mesmos princípios de aquisição, restauração e exibição. O lendário gabinete de curiosidades do meu pai só contribui, pensei, padre", o astrônomo citou a fala do príncipe Heinrich, "para a catastrófica mesmice do mundo". Era catastrófico porque se tudo era mais ou menos o mesmo, então nada mais poderia surpreendê-lo, "e eu sou alguém que sempre teve muito prazer em ser surpreendido".

Heinrich acrescentou: "É apenas nesse contexto que você pode compreender por que o fato de Ludmila ser diferente, de ela obviamente ser uma espécie diferente de ser, me afetou tanto".

O astrônomo puxou o capuz e continuou no jogo. "Prossiga, meu filho."

Para Leibniz, ele disse: "Em breve preciso começar a prestar mais atenção no céu".

Leibniz escreveu: "Restavam cinquenta minutos para o eclipse que ele havia previsto. Por entre a fenda na janela, o céu parecia igual ao do restante da manhã". Ele tinha a noção (*não* científica) de que veria *algo* ao meio-dia, mas não sabia o quê. "Que deva de fato ser um eclipse do Sol: isso eu agora sinto, cada vez mais, como algo duvidoso."

Assim, tendo visto com que ausência de melindres a pequena Ludmila observava seu sangue ser coletado na bacia de pedra, Heinrich decidiu, em uma quarta-feira, não desviar o olhar da bacia, mas sim olhar diretamente para ela. Ele queria ver como era o sangue para ela, porque o sangue, obviamente, não era a mesma coisa para ela e para ele, ou para a realeza na qual ele estava perpetuamente enredado, que compartilhava com ele um melindre aristocrático pelo sangue. "O sangue, de fato, *parecia* diferente para ela. Não é que *pensasse* diferentemente o sangue, pois que se tivesse apenas pensado o sangue de outra maneira ela também teria melindres, e teria de ter disposto, como eu fiz, seus melindres contra seus pensamentos, contra sua vontade, na esperança de que seus pensamentos e sua vontade vencessem seu melindre, em vez de ter seu melindre sobrepujando seus pensamentos e vontade. Mas não havia, na cabeça de Ludmila, nenhuma batalha do tipo pensamentos-e-vontade vs. melindre, não havia, simplesmente, nenhum melindre para que seus pensamentos e vontade vencessem. Quando ela olhava para o sangue, *via* algo diferente. O que ela via? Essa pergunta me possuiu, padre." Repetidas vezes ele pensou: "Não o filho do imperador, mas a filha de um sangrador... Como é o Império para o filho do imperador, como é o sangue para a filha de um sangrador...". E ele pensou: "Qual de nós está vendo como o Império *de fato* se parece? Qual de nós está vendo como o sangue *de fato* se parece?". E ele pensou: "Você não deve tocar nela, Heinrich, sem encostar, não, não, essa não é para ser tocada!". Assim, naquela quarta-feira específica, em sua busca por ver como o sangue era para ela, ele olhou diretamente para o sangue, em vez de virar o rosto na direção contrária à bacia de pedra que ela segurava, mas desmaiou no mesmo instante. Foi acordado por Ludmila debruçada sobre ele, batendo com suavidade em suas bochechas, ele lembrou. Você não deve tocar nela, Heinrich, repetiu a si mesmo, não, ainda não. "Daquele ângulo, padre, ela se parecia um pouquinho com Katharina, como Greta gostava de dizer para me provocar." Para provocá-lo, acrescentou Heinrich, Margaretha, no momento em que viu a maneira como ele olhava para a filha do sangrador, começou a chamá-la de "a Katharina tcheca", ela dizia ver uma "semelhança notável" entre as duas, e utilizou-se dessa semelhança para atormentá-lo. Greta, é claro, já o provocara dessa maneira antes. Ele nunca tivera uma amante que Margaretha não insistisse parecer-se exatamente com Katharina, "típica rixa de irmãos!". Já existira uma Katharina italiana, uma Katharina francesa, uma Katharina portuguesa e uma grande Katharina sueca, nenhuma delas se parecia "nem um pouco" com Katharina, exceto talvez por todas terem cabelos castanhos, temperamento dócil, traços delicados e, a não ser pela grande sueca, serem pequenas, disse Heinrich. "Suponho", ele disse, e caiu na risada, "que fosse uma piada engraçada, Margaretha consegue ser bem engraçada, ela é a mais engraçada de nós, sempre dizemos que não temos ideia de onde Greta herdou seu senso de humor, certamente não foi do Pai! Ela conta piadas maravilhosas, embora a maioria delas eu admito que não entenda *completamente*, como essa de que todas as minhas amantes se parecem com Katharina, porque qualquer um que olhe para elas consegue dizer que elas não se parecem em nada com ela." A semelhança, se existe, não passava da cor dos cabelos, do temperamento, da estrutura óssea, tamanho: talvez compartilhassem algumas qualidades acidentais, "mas não tinham a essência dela". Debruçada sobre ele, gentilmente golpeando suas bochechas, Ludmila talvez se parecesse com Katharina debruçada sobre ele, gentilmente lhe fazendo cócegas, mas a semelhança era física, não metafísica, Ludmila não tinha nenhuma semelhança *meta*física com ninguém no mundo do príncipe, ela era diferente, diferente. Katharina, por exemplo, "é a pessoa mais melindrosa que eu conheço, padre".

Enquanto ela se mantinha sobre ele, Heinrich decidiu tornar Ludmila sua concubina.

Menos e menos ele se via dizendo a si mesmo: "Você não deve encostar nela, Heinrich, não, não, ela não é para ser tocada".

Persistia ali, contudo, a dificuldade da linguagem, porque ela mal falava uma palavra em alemão e ele, nenhuma em tcheco.

Na quarta-feira seguinte, depois de Zikmund ter aberto e fechado uma de suas veias, o príncipe olhou para Ludmila, apontou para o conteúdo na bacia que ela segurava e disse, com um sorriso caloroso, a palavra tcheca para "sangue". Ele havia ensaiado durante toda a semana, o astrônomo contou a Leibniz o que Heinrich havia confessado. "A pronúncia dele era perfeita." Zikmund ficou encantado; desde que o imperador tinha se mudado para Praga era um motivo de tensão que nem ele nem sua família falassem a língua dos locais; agora, o príncipe havia pronunciado a primeira palavra na nobre língua eslava deles, não apenas (como o príncipe Heinrich especulou que Zikmund teria sentido) na presença de Zikmund, e em referência à profissão dele, mas diretamente para sua filha. "Ela, por sua vez, não soube como reagir", disse o príncipe. "No branco dos olhos, que ela lançou frenética em direção ao pai, era possível ver uma ansiedade social completamente encantadora e totalmente adorável. O sangue não era nada para ela, mas nunca antes Ludmila havia sido abordada diretamente pela realeza, e não tinha a menor ideia de como responder! Não tinha medo do sangue, mas um imenso medo de responder." O pai lhe disse algumas palavras com firmeza e ela se voltou para o príncipe, fez uma reverência, e repetiu a palavra tcheca para "sangue". "Eu disse de novo, e ela disse mais uma vez, sangue, sangue, sangue, sangue, para lá e para cá, sangue e sangue, sangue e sangue, sangue e sangue, em tcheco, padre", disse Heinrich. "O que me parecia interessante era que, embora disséssemos a mesma palavra, no mesmo idioma, obviamente queríamos dizer coisas bastante diferentes. Sangue para *mim* significava uma linhagem dinástica, herança e controvérsias de sucessão, significava anomalias físicas e irregularidades físicas, guerra e perda de território, significava essa minha enorme mandíbula habsburga (o fato de que para mim é difícil até mesmo mastigar!) e essa minha loucura habsburga debilitante, o fato de que para mim é difícil até mesmo ter um pensamento simples, significava a incapacidade de dormir de minha mãe e as preocupações mecânicas de meu pai, significava o que eu compartilho com minha família e o que não compartilho, o que compartilho com meu pai e o que *não* compartilho com ele, o que compartilho com minhas irmãs e o que não compartilho, aquilo que *jamais* compartilharei com elas... Tudo isso era o que *eu* queria dizer com sangue. O que não posso compartilhar com Wilhelmina, o que jamais poderei compartilhar com Katharina. Como minhas irmãs tinham se recusado a herdar a loucura de nosso pai e também se recusaram a herdar sua mandíbula, exceto, suponho, por Margaretha, que herdou a mandíbula, sim, de verdade, *Greta ficou com a mandíbula*, ela ficou com a mandíbula do Pai, mas não sua loucura, não, não acho que ela seja louca. Ina e Willa, sem loucura e sem mandíbula, Greta, sem loucura, *mas* com mandíbula, eu, sim para a loucura e sim para a mandíbula. Quando eu digo sangue quero dizer a loucura de meu pai, quero dizer a mandíbula de meu pai, quero dizer sua coroa e sua cabeça. É o que sangue significava para mim. Para Ludmila, no entanto", o príncipe Heinrich se levantou do chão da torreta, aninhando em seus braços o autômato da cabeça oca que pertencera ao pai do astrônomo, "sangue era trabalho, sangue era dinheiro, sangue era proteção, sangue era o ganha-pão, sangue era apenas uma substância com que aquela família lidava desde que os membros saíam do útero, sangue era com o que trabalhavam, com o que lidavam, sangue era o que faziam, uma vida vivida em sangue, em torno do sangue, com sangue, uma vida banhada em sangue. Sangue talvez fosse uma presença tão ubíqua na vida dela que já não significava nada, é só o que a vida era, o que o mundo era, tudo aquilo era sangue! Perguntar a Ludmila o que significava sangue seria como lhe perguntar o que significava o mundo... O que uma cabra é para um pastor e o sal é para um salineiro, o que a água é para os peixes e o céu para os pássaros, assim é o sangue para um sangrador, um barbeiro-cirurgião. Duplamente, então, para seus filhos, padre."

Para a quarta-feira seguinte, Heinrich aprendeu a palavra tcheca para "bacia". "Eu disse bacia, ela disse bacia, eu disse bacia, ela disse bacia." Significava coisas diferentes para cada um deles.

Na outra quarta-feira, foi a palavra "dormir".

Na quarta-feira seguinte, foi "castelo".

Na quarta-feira posterior, foi "esta noite".

E na quarta-feira depois daquela Heinrich costurou titubeante sua primeira oração completa em tcheco, um convite que ele sussurrou no ouvido dela: "Ludmila dormir castelo esta noite". A reação dela não foi a que ele esperava. O que ele teria feito de errado? Remoendo aquilo depois, Heinrich se deu conta — "Como meu pai, não tenho talento para línguas!" — de que tinha dito "dormir" no imperativo, e não como uma pergunta. A sentença tinha surgido como uma ordem em vez de um convite. Na quarta-feira seguinte, Heinrich mais uma vez sussurrou no ouvido dela "Ludmila dormir castelo esta noite", mas tão ansiosamente tinha se concentrado na correta entonação de "dormir" que em vez de "castelo" ele por engano disse as palavras "bacia de sangue". A reação dela não foi a que ele esperava. Na quarta-feira seguinte, no entanto, Heinrich disse a sentença sem erros, por fim, e alta o bastante, evidentemente, para que Zikmund a escutasse, pois embora Ludmila, cuja devoção filial era sem paralelo no mundo, tenha se agarrado a uma das pernas de seu pai e dado todos os sinais de que não gostaria de ser separada dele, Zikmund, que é preciso dizer era um homem ambicioso que deve ter previsto os benefícios potenciais que receberia o pai da amante do aparente herdeiro do trono imperial, caminhou até o príncipe com os passos travados de modo abobado, a perna morosa devido ao peso de sua chorosa filha. Heinrich: "Eu pergunto, padre, um homem como esse *merece* a devoção de sua filha? Ela se prende a ele, à sua perna, e ele mesmo assim avança e a oferece a mim. Que espécie de pai é esse? Era mera autojustificação perguntar-me, enquanto eu alegremente me intrometia e livrava Ludmila da perna de seu pai, se ela na verdade não seria mais *feliz* comigo no castelo?". Aquele alegre intrometer-se e livrar Ludmila da perna do pai era a primeira vez que ele a tocava. Zikmund foi embora, o choro de Ludmila com o tempo minguou em gemidos e grunhidos, Heinrich disse que ela não precisava ter medo, de maneira alguma, que eles se divertiriam, "Vamos nos tornar uma família!". Claro que ele disse tudo isso em alemão e ela não entendia nada. Ele procurou consolá-la com uma observação reconfortante no idioma dela, mas as palavras que escaparam de maneira espontânea de seus lábios, lamentavelmente, foram "bacia de sangue".

A partir de então, Ludmila passou a viver no castelo.

O astrônomo ajeitou o capuz e continuou no jogo. "Prossiga, meu filho."

"Nos três primeiros dias, padre, ela não levantou daquela cama", disse o príncipe Heinrich, apontando através do peito do astrônomo para a cama perdida no escuro atrás dele. Até mesmo na noite do terceiro dia, quando, por intermédio de um pedreiro funcionário da oficina do castelo, que falava os dois idiomas fluentemente, o príncipe Heinrich sugeriu a Ludmila, tão doce e discreto quanto possível, que ela se dirigisse ao boudoir de Margaretha para limpar-se e vestir-se, em preparação para o ato que ele planejava para aquela noite e que não poderia — "perdoe-me, padre!" — mais ser adiado, e ela se recusou, ele então teve de chamar as damas de companhia de Greta para que a limpassem e a vestissem na própria cama. Enquanto assim o faziam, ela choramingava sem parar, chamando o homem que a abandonara, "um choramingar que começou a me deixar furioso", disse o príncipe ao astrônomo, "pois o que, além de tê-la gerado, ele tinha feito para merecer tamanha devoção incansável? Seria ela um dia tão devota a mim como era a ele? Não seria a devoção incansável de uma filha para com seu pai, diante da iniquidade do progenitor, um sinal de que se tratava de algo *menor* do que amor, mais mecanicista do que amor, mais determinista?". Naturalmente Heinrich pensou na natureza incansável dos relógios que ele desmontava, como marcavam os tiques e os taques sem parar até o momento em que arrancava a engrenagem mais escondida. Um sentimento não tinha que ser *capaz* de esfriar para que fosse amor, para de fato ser um sentimento? Assim Heinrich pensava, o astrônomo o citou, e o ato planejado, uma vez tendo sido Ludmila esfregada e escovada, foi consumado, da parte dele, com tais ruminações sobre os caprichos, esquisitices e previsibilidades do laço filial. O que não diminuiu, notou Heinrich, o prazer que tiveram.

Naquela noite o príncipe dormiu por *seis* horas. E, pela manhã, outro milagre: embora o sol, de propósito, não tivesse penetrado sua torreta durante anos, ele acordou com um raio de luz. Erguendo-se sobre o cotovelo, ele viu que Ludmila tinha não apenas levantado, por fim, como também havia arrancado as escuras tapeçarias de Flandres que ele pendurara sobre as janelas: três, quatro, ou até mesmo cinco grossas tapeçarias para bloquear a luz natural de interferir em suas "investigações sobre o mecanismo ou os mecanismos da natureza e do homem". Vestida em uma camisola forrada de pele, que as damas de companhia de Margaretha tinham emprestado do guarda-roupas de Katharina, Ludmila observava uma dessas investigações. Em um alemão primitivo, ela exigiu saber: O que é isto? E ele, eufórico, saltou da cama, mandou vir o pedreiro e, por ele, explicou que era um relógio nos primeiros estágios de desmonte. Aquilo pareceu agradá-la. Ela disse: E isto? Isso, respondeu Heinrich, por intermédio do pedreiro, é um relógio nos últimos estágios de desmonte. O que também pareceu agradá-la. Ela disse: E isto? Isso, ele respondeu, é um relógio completamente desmontado. "Por favor, diga a ela", disse ele ao pedreiro, "que eu gosto de desmontar relógios, por favor, diga a ela, desmontá-los *inteiramente*, gosto de desmontar inteiramente os relógios para saber como eles funcionam. Não é possível entender como algo funciona até que o desmontemos, diga isso. Conhecer algo, diga a ela com estas exatas palavras, é desmontá-lo, inteiramente." Isso também pareceu agradá-la. Tempos depois, ele pensou em outra explicação para o prazer que ela demonstrara, precisamente um alívio ao entender que aqueles equipamentos de aspecto assustador eram instrumentos de ciência e não, como se deu conta, a pobre garota deve ter suspeitado, como se ele fosse um agente da Inquisição, instrumentos de tortura; e depois, ainda, percebeu que o prazer provinha de outra fonte, bem diferente; mas naquela manhã ensolarada ele interpretou como um sinal do interesse dela naqueles objetos e, então, como um sinal do interesse dela em seu interesse por aqueles objetos. E entendeu como uma abertura. O primeiro sinal de que os mundos de ambos "poderiam ter sido feitos para se unir em um plano mais elevado do que o da simples matéria, padre".

Então começaram os dias mais felizes de sua vida. "Talvez", disse Heinrich, "os únicos dias verdadeiramente felizes de minha vida."

De mãos dadas, eles passearam pelo arboreto imperial e pelo jardim imperial das rosas, pelo jardim zoológico imperial e pela galeria imperial de retratos, o caminho que algumas vezes percorrera com Katharina quando procurava ensinar a ela sobre os meandros do mundo. No arboreto, ele instruiu Ludmila sobre as árvores, primeiro sua natureza, isto é, as folhas e troncos, o alcance de seus sistemas de raízes, como competiam entre si pela luz do sol, e então seus significados, os pensamentos melancólicos que as árvores inspiravam, pensamentos que começaram com suas experiências infantis com as árvores, a maneira como as árvores se apresentavam em sua adolescência e juventude, as conotações das árvores, suas associações, nós retorcidos que o faziam lembrar do punho torto e protuberante da mão de seu pai agarrado ao castão de sua bengala, a floração maravilhosa de uma árvore específica na primavera, que o lembrava da horrível, muito prolongada e bastante deprimente morte, na primavera, de sua amada avó paterna, muitos anos atrás. Heinrich disse: "Queria ser transparente com ela, padre — queria que Ludmila soubesse *exatamente* o que eu pensava quando olhava para uma árvore". Era de fato sofrível para ele a ideia de que uma árvore pudesse deixar em sua cabeça um pensamento que ela desconhecia; ele sentia a estranha sensação de que sua cabeça (que apenas poucas semanas atrás tinha estado vazia, em um contínuo e em consonância com tudo) estava repleta de associações pessoais arbóreas que, se não queria que colapsasse com a pressão, deveriam ser *imediatamente* reveladas a Ludmila. No jardim das rosas, ele lhe ensinou sobre as rosas, primeiro sua natureza, o sentido de seus espinhos e perfumes, e então seus significados, suas próprias associações com as rosas que, assim como suas associações com as árvores, Heinrich sentiu urgência de pôr para fora, de dividir com ela, para que sua cabeça não colapsasse com a pressão. No jardim zoológico imperial ele contou como viviam os animais, como vivia o porco selvagem, sua natureza, e o que os animais, especialmente o porco selvagem, significavam para ele, o que e quem ele associava aos animais. O mesmo com os retratos na galeria imperial de retratos. Ele se deu conta de que a pressão que sentia em sua cabeça, que não era incômoda, mas só possível de ser aliviada ao dizer a Ludmila com perfeita precisão o que tudo — porcos selvagens, árvores, pessoas, pinturas e todo o resto — evocava em sua cabeça, era amor. Aquilo é que era amor. A sensação de ser amado é a sensação, Heinrich se deu conta, de ter a própria cabeça não mais equilibrada com o cosmos, mas, ao contrário, perigosamente, ainda que prazerosamente, fora de equilíbrio com o cosmos, repleta de associações privadas que precisam, a qualquer custo, ser descarregadas, ou bombeadas, para dentro da cabeça da pessoa amada. Nossa mente nunca parece ser mais privada, mais enclausurada ou mais própria do que quando estamos apaixonados. O amor nos isola em nossa própria cabeça e isola àqueles que amamos em sua própria cabeça, "Todo poeta, desde Homero até agora, compreendeu isso errado, poetas acham que o amor une as mentes, funde-as em uma só coisa, quando na verdade ele as isola". Esse isolamento da mente não era, de maneira alguma, um fenômeno desagradável. O ímpeto ardente de compartilhar os pensamentos, em conversas, é o correlato mental do ímpeto material de compartilhar sementes, no ato carnal, observou Heinrich, e com que frequência, depois de compartilhar com Ludmila que, digamos, o nó da árvore lembrava-lhe o punho artrítico de sua finada avó, escurecido aqui e ali por manchas de sangue sob a pele, ele não a levara pela mão, dispensado o pedreiro que servia de intérprete, e a deitara na terra?

Vez ou outra Margaretha brincava: "Como anda a edificação de nossa pequena Katharina tcheca?".

Mas é claro que ele nunca se deitara com Katharina na terra, exceto talvez para fazer cócegas nela e, claro, para que ela fizesse cócegas nele.

Caminhando com Ludmila em torno do complexo do castelo, articulando para ela todo e qualquer pensamento mais íntimo, e copulando com ela ali na terra, sob as grandes janelas da asa norte, com os olhos de seu pai possivelmente sobre ele, ou ela, o príncipe sentiu que ninguém tinha se apresentado mais real a ele do que ela o fizera, "uma sensação maravilhosa,

maravilhosa". O príncipe Heinrich disse: "Não consigo expressar, padre, quão *real* ela me pareceu naqueles dias, quão realmente real, que pessoa realmente real Ludmila me pareceu ser! Uma pessoa real, uma *outra* pessoa real, que não eu, com a cabeça de uma outra pessoa". Ela até mesmo aprendeu a falar um alemão excelente, muito melhor, na verdade, do que revelou de início, e depois de descobrir isso ele pode dispensar por completo o pedreiro e comungar com ela diretamente em sua língua materna.

Toda noite ele caía no sono.

Durante a noite, ele permanecia dormindo.

E a cada manhã ele acordava com a luz natural.

"Nunca imaginei sonhar tamanha felicidade, padre." Heinrich acrescentou: "Mas é claro que não durou muito".

Um dia, o inventor Balthasar von Ulm se apresentou no grande salão para exibir sua última invenção, uma coisa diminuta escondida teatralmente sobre um lençol branco.

"Dez anos atrás, vossa majestade, senhores e senhoras", declarou Herr Von Ulm, contou o príncipe Heinrich ao astrônomo, "vocês viram com os próprios olhos que a lei que proíbe o deslocamento indefinido dos corpos — uma *suposta* lei, formulada para nós pelos lógicos — não tem base nos fatos, é um artefato da razão deles, um capricho de suas loucuras, os lógicos inscrevem suas prescrições do movimento perpétuo em milhares e milhares de livros, mas a Natureza não lê esses livros e não presta atenção em suas leis. Com os próprios olhos vocês viram como minha roda maravilhosa se move por vontade própria, seus próprios olhos o provaram! Eu me atrevo a dizer que os olhos de vossa majestade refutam os lógicos." Margaretha desdenhou dele. Ela, é claro, não acreditava naquela roda e então sinalizou tal descrédito ao pai deles com o ruído de desdém que a ele se apresentava (a Heinrich) como sua característica mais notável. Depois de meses confinado à sua torreta, o rosto de Greta, exceto por sua mandíbula, já começava a perder a nitidez para ele, mas o som de desdém que ela com frequência produzia em sua garganta permaneceu claro como o de um sino. O príncipe Heinrich contou ao astrônomo: "Wilhelmina e eu, também, claro, tínhamos tido dúvidas sobre a roda de Von Ulm, mas apenas Margaretha levou nosso pai suficientemente *a sério* a ponto de indicar-lhe, com seu constante som de desdém, que discordava dele, que havia uma pequena pessoa escondida girando aquela roda etc. Dentre nós três, sem contar Ina, Willa uma vez me disse, talvez com ironia, Somente Greta respeita nosso Pai de verdade, só Greta reverencia nosso Pai, e é porque ela o ama muito (até mesmo como um deus!, disse Willa) que, enquanto estiverem vivos, nenhuma palavra cordial será trocada entre eles. Ela me disse: Você e eu estávamos à vontade em deixá-lo iludir-se com aquela roda, se o deixava feliz pensar que se movia sozinha, então nós também estávamos felizes em deixá-lo pensar assim, mas não Margaretha! Greta *tinha* de fazê-lo ver aquela pessoa pedalando dentro da roda, porque para ela tudo dependia de o pai ver aquela pessoa pedalando escondida e *admitir* que ele o vira, enquanto, para você e para mim, o fato de nosso Pai ver aquela pessoa pedalando para lá e para cá era questão indiferente. Você poderia dizer: Você e eu o tomávamos como louco, ao passo que Greta nunca desistiu dele. Arriscaria dizer, disse Willa, que de nós três, sem contar Ina, Margaretha é a única boa filha, a devoção dela é a única que é eterna, só ela ama nosso Pai da maneira que uma criança deveria amar um pai... Para o que", continuou Heinrich, "eu respondi: Talvez, talvez... Estava pensando: *Talvez* ela esteja tramando alguma coisa — mas talvez esteja pensando demais, talvez Greta apenas odeie nosso Pai, talvez o ódio aparente de Greta por ele, que é tentador tomar, paradoxalmente, como amor, seja simplesmente ódio, um ódio direto e mordaz. E eu pensei: E eu amo *sim* nosso Pai, eu — de meu jeito — o respeito *sim*, eu me preocupei *sim* que nosso Pai visse o homem na roda, pingando de suor, movimentando-a por dentro, talvez não tanto quanto Margaretha se importava que ele o visse, mas certamente mais do que Wilhelmina se importava. Eu o levo a sério sim, eu levo, pensei...", contou o príncipe ao astrônomo, que então olhou em seu telescópio e murmurou: "Tudo está escurecendo agora, está ficando cada vez mais escuro, consegue ver isso, Herr Leibniz? Como as coisas estão ficando gradualmente mais escuras lá fora? E Leibniz disse que sim, que ele via, as coisas estavam ficando escuras, e o astrônomo disse, "E um tanto lúgubres, sim?", e Leibniz disse que sim, tudo estava um pouco lúgubre, e ao *Philosophical Transactions* ele declarou que o céu, por entre a fresta na janela, parecia de fato um pouco mais escuro, ligeiramente lúgubre, ainda que não pudesse dizer que aquilo era apenas uma questão de ter sido sugestionado, se ele estava apenas vendo o que o astrônomo queria que ele enxergasse. Ele escreveu: "Restava agora pouco mais de meia hora até o eclipse prometido e, no entanto, o astrônomo, em seu relato, ainda tinha seus olhos. Como, eu pensei, terá ele *tempo* para perder os olhos, para narrar, isto é, a perda de seus olhos, nos próximos pouco mais de trinta minutos quando parecemos, em seu relato, e no relato do príncipe dentro de seu relato, não estar mais perto do que quando começamos do ponto crítico em que eles serão subitamente arrancados?".

Agora, dez anos depois, Balthasar von Ulm tinha prosseguido e voltava com uma nova e mais estupenda invenção, com a qual, se sua majestade e seus senhores e senhoras lhe concedessem as atenções, refutaria mais uma suposta lei, uma lei que desde a Antiguidade era considerada ainda mais sacrossanta por aqueles pensadores livrescos que presumiam as leis naturais de olhos fechados, sem sequer olhar para além de seus textos para lançar um simples olhar ao mundo exterior: especificamente, a doutrina escolástica do *horror vacui*, a lei que proibia a possibilidade do vazio. "Sim", pronunciou Von Ulm, "o vazio existe, ele existe, vocês verão!" Então ele puxou o lençol branco para revelar um aparato peculiar consistindo em um globo de vidro do tamanho de uma cabeça humana adulta acoplada a uma moldura de madeira tendo na base um tubo de latão que se prolongava até o solo, onde se estreitava e terminava ao lado de uma espécie de pedal como aqueles encontrados em um tear ou torno mecânico. "Com essa máquina", disse Von Ulm, sentando-se em uma banqueta e movimentando o pedal, "vou esvaziar o globo de tudo o que houver dentro dele, produzindo o preciso vácuo que uma autoridade não menor do que Aristóteles nos garantiu não ser possível encontrar em canto algum do cosmo. E, no entanto, poderemos encontrá-lo bem aqui, no grande salão!" Margaretha desdenhou, o imperador curvou-se em seu trono e Herr Von Ulm pôs o pedal em movimento, abrindo e fechando uma certa válvula e alçando e baixando um pistão do comprimento do tubo, assim explicou o príncipe ao astrônomo e o astrônomo, por sua vez, esclareceu a Leibniz, que apontou parenteticamente ao *Philosophical Transactions* que se de fato existisse, o que ele duvidava, então tal máquina teria sido um primeiro antecedente, "embora é claro bastante rudimentar", do "notabilíssimo motor pneumático", criado em tempos recentes pelo "honorável sr. Boyle, especialista na exploração da natureza, que neste mesmo jornal" (do qual Robert Boyle era já um prolífico colaborador, o que tornava duplamente delicada a sugestão do jovem Leibniz de que tinha encontrado um possível precursor da famosa invenção de Boyle e assim lançava dúvida sobre a precedência deste sobre aquilo) "forneceu tão admirável clareza acerca do conceito da frieza e divulgou o interessante relato do monstruoso bezerro encontrado tardiamente no útero de sua mãe, cujas patas traseiras eram desprovidas de articulação e cuja língua era dividida em três partes...". Por algum tempo o grande salão permaneceu em silêncio exceto pelo balançar para a frente e para trás do pedal, o alçar e baixar do pistão, os boletins periódicos ("Um quarto vazio! Metade vazio!") que Herr Von Ulm anunciava com fanfarra monumental, e os sons guturais de desdém que Margaretha produzia de tempos em tempos, os quais, "embora Wilhelmina e eu estivéssemos completamente habituados a eles, ainda tinham a capacidade de perturbar nosso Pai, e ainda mais Katharina", disse Heinrich, e após cada som o camareiro-mor sussurrava algo nos ouvidos de sua majestade.

Por fim, Balthasar von Ulm saltou de sua banqueta, indicou com floreios o globo de vidro e proclamou: "Meus senhores, minhas senhoras: o vazio".

Heinrich disse: "Meu pai caiu de joelhos diante do globo de vidro. Extraordinário, ele murmurou. Milagroso. E aqui na Terra, bem aqui na Terra! Crianças, venham ver, venham ver, Heinrich, Wilhelmina, Katharina, venham ver, o vazio, venham ver. Margaretha, venha ver. O ruído de desdém que minha irmã produziu em resposta deve ter vindo do fundo de sua garganta, bem lá do fundo mesmo, padre! Para exprimir um ceticismo de tal magnitude é preciso forçar as paredes do pescoço até sangrá-lo. E ela disse: Não há vazio, não há vácuo, essa esfera está cheia de nossa atmosfera assim como antes. Diga-me, Pai, ela disse lentamente, como se estivesse cantando, como nos dirigiríamos não a um deus", disse o príncipe, "mas a uma criança, ou um parvalhão, que distinção *sensível* você vê? Como exatamente o nada naquela esfera se faz conhecer, perguntou ela, por seus órgãos do sentido?".

O pai deles, que agora levantava a cabeça e olhava mais perplexo para o globo de vidro, não disse nada.

Contudo, Herr Von Ulm não se esgueirou porta afora, como Margaretha (supôs o astrônomo) deve ter esperado que fizesse, e como de fato o fizera uma década atrás.

Não, é evidente que a dúvida da princesa Margaretha tinha sido antecipada — e não apenas isso, mas de fato *incorporada* na apresentação, já que Von Ulm começou a caminhar dramaticamente, de um lado a outro, resmungando para si mesmo *Os sentidos!, os sentidos!*, as mãos unidas às costas, no rosto uma carranca tão grotescamente acentuada como a da máscara de uma figura trágica em uma comédia italiana. Por fim, estancou. Estalou os dedos. "Um pássaro!", exclamou. E cobriu os lábios com uma mão e atrás dela, com um assobio cênico, dirigiu-se ao filho, que também era seu assistente: "Hans, traga-me um pássaro!". E voltando-se para a plateia bateu palmas diante de si e disse: "A princesa Margaretha está certa. Por que os senhores deveriam aceitar minha palavra? Isso não estaria em conformidade com o espírito de nosso tempo. Por que os senhores deveriam aceitar que o globo está vazio apenas porque assim eu lhes digo quando talvez ele esteja repleto de ar? Talvez haja um vazamento no globo, onde se conecta com o tubo, ou talvez o pistão seja uma farsa e eu um charlatão! Ah, excelente, aqui está Hans com um pássaro". Entra Hans com um lindo passarinho nas mãos, cantando (o pássaro) uma linda melodia, disse o príncipe, e desde onde ele estava, deitado sobre o piso, cantou-me "fragmentos" da canção cantada pelo pássaro, disse o astrônomo a Leibniz. "Estou bastante louco para cantar um fragmento daquela canção, padre, talvez até mesmo muitos fragmentos, mas não estou louco o bastante para cantá-la na íntegra, padre!", disse o príncipe, rindo. "Fragmentos apenas, fragmentos apenas! Em um mundo tal como o meu — pois este é o meu mundo, não o seu, embora é claro que uma sentença como essa não faça sentido algum, e quando a *pronuncio* parece estúpido —, é preciso que se invente a própria medida da verdadeira loucura (não a canção toda, Heinrich, então cante a ele apenas fragmentos! Eu de fato disse isso a mim mesmo) para assim medir-se, quero dizer, medir-me, com base nela. Tudo nonsense, é claro. Hoje, Heinrich, você deve vestir-lhe, quer dizer, a você mesmo, como um confessor e regalar-lhe, quer dizer, a você mesmo, sua história, quer dizer, sua história assassina, e quando atingir a parte do canto do pássaro você deverá cantar-lhe (a você mesmo!) apenas fragmentos, não a coisa toda, *esse* é um sinal de sua sanidade, sim, não cantar toda a canção é hoje um sinal de sua sanidade!"

Ele riu.

"Acredito que o pássaro, a propósito, fosse uma cotovia."

E embora agora lhe ocorresse que o príncipe Heinrich sabia que ele não era nenhum confessor, o astrônomo mesmo assim ajeitou o capuz, manteve-se no papel, e disse: "Prossiga, meu filho".

Para Leibniz, o astrônomo acrescentou: "Se você está se perguntando a razão disso tudo, não tenha dúvidas de que o que o príncipe me disse terá importantes desdobramentos para minha última interpretação do tubo, meu último entendimento do que é um tubo, ou telescópio — o que ele de fato é. Tudo o que estou contando a você, tudo o que já contei, e especialmente tudo o que ainda vou contar: tudo gira em torno do problema da verdadeira natureza do tubo astral".

Hans aproximou a mão da mão de Herr Von Ulm e o passarinho pulou de uma para a outra. Herr Von Ulm acariciou a cabeça do pássaro. "Se, vossa majestade", ele disse, "o globo continuar repleto de ar mesmo depois de eu tê-lo esvaziado, como sugere vossa filha, então ela não deve se opor a respeito de eu repetir a operação com esse passarinho dentro do globo. Só Deus sabe o que pode acontecer com um pássaro no vácuo, mas se ele de fato for pleno, como suspeita vossa filha, então o pássaro deverá continuar cantando alegremente dentro dele! Assim, devo então colocar o pássaro no globo, vossa majestade?"

E Katharina exclamou: "Não, pai!". E Margaretha riu, fez um sinal com a mão e disse: "Por que não, vá em frente, coloque-o". E o imperador olhou para o príncipe e disse: "O que você acha?". E Margaretha disse: "Por que você está perguntando isso a *Heinrich*?". E o imperador disse: "Estou perguntando a todos vocês, estou sondando os pensamentos de todos vocês". E Margaretha disse: "Não, Pai, você está perguntando a Heinrich, você obviamente está perguntando apenas a Heinrich e, em termos de sondar os pensamentos das pessoas, é óbvio que você está sondando apenas o pensamento *dele*, será que você realmente não vê isso? De verdade? Não é óbvio para você, Pai? Será que estou ficando louca? Obviamente que há apenas uma opinião sobre o pássaro que importa aqui, o que o resto de nós tem a dizer sobre o que fazer com o pássaro é irrelevante". Heinrich contou ao astrônomo: "No rosto de meu pai eu vi a expressão que sempre via depois que ela falava com ele, uma expressão de solenidade, perplexidade e aflição". O camareiro-mor sussurrou algo no ouvido do imperador. O astrônomo olhou em seu telescópio, pegou sua pena e escreveu algo. Ele disse que o príncipe Heinrich contou: "Minha preocupação com o pássaro foi suplantada por meu desejo de harmonia familiar, pelo medo que minha irmã mais velha podia ainda provocar em mim. Então eu disse: Eu concordo com Margaretha, coloque o pássaro no globo". Katharina correu até o imperador, ainda ajoelhado em frente ao globo, abraçou-o e chorou: "Não, Pai, por favor, não! Você não pode deixar que ele faça isso, não *importa* o que tem ali, vai machucar o passarinho!". E Margaretha caiu na risada e disse: "Importa sim, é claro que importa, a verdade sempre importa, bobinha, o fato é que nada importa, *exceto* a verdade, nada *mais* importa, você vai aprender isso mais cedo ou mais tarde — ao menos assim espero! E é claro que não vai machucar o pássaro, é um *truque*, uma ilusão, nada além, você não sabe nada a respeito desse homem, é um mágico, um ilusionista, nada além, na última vez em que ele apareceu aqui você ainda nem existia, ainda estava chapinhando na barriga da Mamãe, a Mamãe ainda estava aqui e você ainda estava na barriga dela, e mesmo assim você *fala* como se soubesse o que está acontecendo aqui! É muitíssimo engraçado, verdade que é. Você não reparou que Heinrich e eu, seus irmãos mais velhos, que de fato *sabemos* algo sobre esse mágico, dissemos: Claro, vá em frente, coloque o pássaro no globo? Francamente, Katharina, fico impressionada às vezes com a *segurança* com que você fala sobre coisas que aconteceram muito antes de você existir, uma atitude assim pode servir muito bem para quem está na política, mas em circunstâncias como essa faz você parecer um pouco ridícula. Venha cá, venha cá, venha cá, sente-se em meu colo". Katharina que, reparou Heinrich, tinha começado a esfregar os olhos, olhou de soslaio para Wilhelmina (que, talvez com medo de Margaretha, não correspondeu) e então se arrastou até Margaretha e subiu em seu colo. "É só que não quero que ele machuque o passarinho", Katharina conseguiu dizer entre soluços, e Margaretha, passando a mão em seu cabelo, disse: "Você é a criatura mais doce e tem o cabelo mais macio que eu jamais toquei em toda a minha vida e além disso um coração grande e maravilhoso, mas você não sabe nada sobre as coisas que estão acontecendo aqui, o significado disso tudo está além de seu alcance e o pássaro, eu prometo, não vai se machucar". E deu um beijo no topo da cabeça de Katharina.

Após um gesto do imperador, Von Ulm desenroscou uma parte do globo, pôs o pássaro para dentro dele apoiando-o no dedo e tornou a fechar o globo. O pássaro saltitou para a esquerda, saltitou para a direita, mexeu a cabeça e cantou uma canção. Von Ulm começou a movimentar o pedal e o pássaro, segundo o príncipe, continuava a cantar. "Viu só, bobinha!", disse Margaretha, balançando Katharina com as pernas, e Katharina riu por entre as lágrimas. Logo depois, contudo, o pássaro começou a sofrer. Primeiro parou de cantar. Depois começou a encolher e caiu, e então a convulsionar. Katharina começou a gritar. Mas não apenas ela, pois "o que me surpreendeu ainda mais, padre", contou Heinrich ao astrônomo, "é que Ludmila — que antes de nossos passeios pelo zoológico não demonstrava nenhuma afinidade com os animais, já que ela, como tantas de sua classe, para quem a privação instrumentaliza a relação com os animais, tinha visto animais como potenciais *recursos*, em vez de potenciais *amigos* — também começou a gritar e a gritar, além do mais, o mesmo grito que Katharina estava gritando. Pensei: O som que vem delas é o mesmo! Katharina me sacudia, acho que ela queria que eu interrompesse o experimento de Von Ulm, e Ludmila também me sacudia, pelo mesmo motivo, mas eu estava chocado com a impressionante semelhança entre elas, não apenas exterior — pois Ludmila estava vestindo, como o fazia desde sua terceira noite no castelo, um dos vestidos de Katharina —, mas também interior, de intervir. E então eu me dei conta: O grito que gritavam sobre o pássaro é o grito que eu também gritaria sobre o pássaro caso eu não fosse capaz de alcançar, por meio do pensamento, uma distância filosófica do pássaro. O grito que elas gritavam é o *meu* grito, as emoções que o induziam eram as minhas emoções, eu as ensinei a gritar, eu incuti nelas essas emoções, já que não *nascemos* sentindo pena de passarinhos".

Von Ulm, sorrindo, sendo esmurrado pelos pequenos punhos de Katharina: "Como pode claramente ver, vossa majestade, o passarinho, que não pode viver na ausência de ar, está carente dele. Que o globo agora contenha nada, um vazio, não restam dúvidas, tenho certeza de que até mesmo a princesa

Margaretha concordaria! Posso então abri-lo novamente e fazer rejuvenescer nosso pequeno colega ornitológico para que possamos agradecê-lo por sua contribuição à ciência?".

Margaretha respondeu com desdém. "Não é um pássaro, esse pássaro não é nenhum pássaro, é um mecanismo, um autômato, uma cópia engenhosa. Ele o tem por tolo, meu Pai".

Von Ulm, nervoso: "Vossa majestade, posso abrir o globo? Se não abri-lo, o pássaro certamente morrerá".

Margaretha: "Veja como se contorce, ele sabe que aquela coisa não vai morrer, sabe que não pode morrer, aquilo que não tem vida não pode morrer!".

"Papai", sussurrou Katharina, lembrou-se o príncipe, tendo alcançado, para além de seu delírio, uma espécie de louca paralisia, "por favor, salve o passarinho."

Porém o imperador, ajoelhado com o nariz junto ao vidro, atrás do qual o pássaro tinha espasmos e convulsionava, simplesmente disse: "Esse pássaro está morto e condenado". Morreu meio minuto depois, seu peito amarelo virado para a elaborada abóbada em cruzaria do grande salão, a cabeça estranhamente caída para o lado.

As dores de cabeça não acometiam Margaretha havia anos, disse o príncipe Heinrich, mas no momento seguinte ela aparentemente foi atingida por uma, pois ela resmungou, Minha cabeça, e caiu para a frente batendo a cabeça contra o chão. E quando, entre os cortesãos que se aproximaram para socorrer Margaretha, Ludmila e Katharina puderam vislumbrar o corte em sua cabeça e o sangue que jorrava dali, elas suspiraram exatamente do mesmo modo, ficaram pálidas de forma idêntica, e saíram correndo do salão da mesma maneira.

"Elas eram sensíveis", o príncipe Heinrich contou ao astrônomo.

Uma hipótese perturbadora começou a se formar na cabeça de Heinrich.

Seu nervosismo tornou a aparecer. Também deixou de dormir.

Agora estava empenhado em observar Katharina e Ludmila — "com tanto rigor, precisão e método quanto você, padre, quando o vejo como astrônomo em vez de confessor", disse Heinrich, "deve se empenhar na observação das estrelas, a única diferença sendo esta, de que quando você observa as estrelas não importa se as estrelas por sua vez também o observam, ao passo que ao observar Katharina e Ludmila era importante que elas não me observassem observando-as, sob o risco de perverter aquilo que eu observava nelas".

Para tal fim, ele tentou se mover na escuridão. Mais uma vez, o príncipe Heinrich cobriu as janelas com suas tapeçarias.

Ao cair da noite, em vez de dormir — "Impossível!" — e sem saber, ainda, o porquê, Heinrich voltou sua atenção para a construção de bombas de ar, não mais o desmontar de relógios, mas sim a construção de bombas de ar, de bombas de ar cada vez maiores, com consistências testadas com mais e mais aves canoras, assim como outros animais. "Acho interessante, padre", disse o príncipe, "como, ao longo de séculos, criamos cães para que nos amem, e os modelamos precisamente para que nos amem, a cada nova geração os cães nos amam, assim como foram projetados, mais e mais, uma raça canina não está pronta até que nos ame, nem sequer o chamamos de cão até que nos ame, antes disso o chamamos de *lobo* — e então, depois de tudo isso, quando um cão enfim, tautologicamente, nos ama, ainda assim nos comovemos."

Com o amanhecer, ele deixava de lado suas bombas de ar e retomava as observações. E não demorou para que essas observações validassem a teoria que ele temia, de que Katharina e Ludmila, sua irmãzinha e sua amada, antes tão diferentes, eram agora a mesma, "e a conclusão não podia ser ignorada, padre, de que eu as *tornara* iguais". No chão da sala de composição musical, ele observou Ina cantando sozinha em meio a seus velhos *glockenspiels*, cantando para si mesma músicas que ele lhe ensinara, e em meio às canções ela falava sozinha, palavras que ele havia ensinado a ela, pensamentos que ele lhe ensinara, tudo o que ela cantava ou dizia era dele, e até mesmo os movimentos de seu corpo enquanto cantava e falava "eram meus, padre, movimentos que eu mesmo lhe ensinara, mesmo que eu lhe tivesse ensinado tacitamente, sem intenção". Ele reconheceu o balançar dos ombros dela como o *próprio* balançar de seus ombros. As coisas mais sutis tinham ficado marcadas nela. O que ela havia aprendido em nossas caminhadas era muito mais profundo do que aquilo que eu deliberadamente tinha ensinado a ela. Da sala de composição musical, fui para a oficina dos pedreiros. Lá eu vi a mesma coisa, isto é, eu mesmo... Embora Ludmila não falasse sozinha, mas sim com outra pessoa, e não em alemão, mas em tcheco, disse Heinrich, ainda assim tinha capturado minha própria cadência, nada além de minha própria cadência, e meus gestos, ou meu gesticular e, supõe-se, meus próprios pensamentos, e basicamente meu próprio ser, ou ao menos meu comportamento, o que é claro era também o jeito ou comportamento de Katharina. Heinrich: "A desconcertante sensação de observar-*se*, ouvir-*se*, embora como mulher, embora em tcheco...". Antes dos passeios ela era diferente, depois dos passeios ela estava a mesma; a mente dela tinha absorvido algo diferente, evacuara-se de alguma maneira de si mesma e tornara tudo a mesma coisa. Heinrich disse: "Pensei: Ao levá-las aos mesmos lugares e sujeitá-las aos mesmos princípios, tornei Katharina e Ludmila indistinguíveis entre si".

E ainda que, na natureza, não existam duas coisas idênticas, sempre que nos deparamos com duas coisas indistinguíveis suspeitamos tratar-se de coisas não naturais, artificiais, "em outras palavras, feitas pelo homem", disse o príncipe Heinrich, "o que é o mesmo que dizer, não organismos, mas mecanismos, não contendo nem mente nem alma, mas engrenagens movendo engrenagens...".

Como, pensou Heinrich, podemos distinguir um organismo de um mecanismo?

Ludmila começou a se apresentar como profundamente irreal para ele, "tão irreal, talvez, quanto tenha parecido a você esse tempo todo em que venho contando essa história, padre. Você não estaria errado se estivesse pensando que Ludmila dificilmente parece existir de verdade (para além de minha história)". Mas a aparência irreal dela não era prova de que era irreal, de que fosse um mecanismo, já que, afinal, apontou Heinrich, *ele* pode estar louco, pode estar bem louco e ela bem real, orgânica — "algo que, de alguma maneira, *parece* ser não é prova de nada para mim".

A realidade ou irrealidade dela tinha de ser demonstrada lá *fora*, ele disse: "Fora de minha cabeça".

Como, pensou Heinrich, conforme contou ao astrônomo, podemos diferenciar um organismo de um mecanismo, objetivamente, fora de nossa cabeça, quando tal mecanismo pode ser muito requintado, muito, muito delicado, tão preciso quanto possível, e construído por um artesão genial?

Por seis dias e seis noites, Heinrich ruminou sobre o enigma em vão. Na aurora do sétimo dia, um domingo, 14 de novembro, "o que deveria ser um dia de descanso", a solução apareceu para ele, tão cegamente óbvia quanto costumam ser tais soluções: "Basta enfiá-la na bomba de ar! Basta enfiá-la na bomba de ar". Ele enfim compreendeu por que vinha construindo bombas atrás de bombas, e bombas tão grandes, ainda por cima, "o homem de ciência, assim como o artista, às vezes descobrirá que seus materiais o levam na direção aonde seus pensamentos devem ir, ainda que temam o caminho", ele vinha construindo bombas de ar cada vez maiores até que pudesse enfiar uma pessoa ali dentro — ou, melhor dizer, para não antecipar a questão, algo do tamanho de uma pessoa, e com o formato de uma.

A vida não subsiste no vazio, observou o príncipe, mas um mecanismo sim. Na ausência de atmosfera uma alma ficará paralisada, mas uma engrenagem continuará a girar.

No domingo citado, o sol tinha nascido, mas a torreta, devido às tapeçarias que cobriam as janelas, ainda estava escura, e Ludmila dormia com a camisola de Katharina. Heinrich a recolheu e a enfiou dentro da bomba de ar. Ela tinha se deitado tarde naquela noite, de modo que até mesmo esse movimento não a acordou. Mas quando ele começou a movimentar o pedal e, portanto, a remover o ar de dentro do globo onde ela se encontrava presa, Ludmila acordou e começou a gritar. Heinrich: "Seus gritos me sensibilizaram, sou humano, afinal de contas, e é difícil ouvir um grito humano assim sem associar tal grito a um ser humano. Quase encerrei o experimento ali mesmo, e o teria feito desse modo caso não tivesse lembrado dessa cabeça mecânica" — ele indicou com a própria cabeça a Cabeça de Fálaris em seus braços — "que, rudimentar como era, ainda assim conseguia imitar o som de um homem. A cabeça de seu pai me deu coragem para prosseguir, padre". É claro, disse o astrônomo a Leibniz, olhando pelo telescópio, tal afirmação não deixa dúvidas sobre a desordem da cabeça de Heinrich, uma vez que ele tinha conseguido se apossar da cabeça mecânica do pai do astrônomo fazia apenas poucos dias — embora, como temos visto, apontou Leibniz no *Philosophical Transactions*, a desordem poderia estar apenas na cabeça do astrônomo, ou nas duas, já que aqueles poucos dias foram na verdade uns poucos anos. Sentindo-se ridículo em sua fantasia e incomodado com a disposição do príncipe em seguir com a farsa, mas sem querer perturbar a narração daquela história, o astrônomo ajeitou seu capuz, manteve-se no papel e entoou: "Prossiga, meu filho". Heinrich disse: "Eu continuei pedalando, a bomba continuou a retirar o ar, Ludmila continuava se mexendo e a cor de seu rosto a dar sinais de que, assim como o pássaro, ela estava sofrendo, mas é óbvio que nenhum dos movimentos e nenhuma das cores eram efeitos que não poderiam ter sido criados por um artesão de excelsa genialidade". Então, de repente, o comportamento dela mudou: entre engasgos, ela começou a pedir desculpas. "Sim, padre", disse Heinrich. "*Ela* pediu desculpas para *mim*!" Aquilo o desconcertou. Ele pensou: Do que, em nome de Deus, ela precisa pedir desculpas quando na verdade sou *eu* quem deveria estar pedindo desculpas a *ela*, por ter permitido criar dúvidas sobre a existência dela e então enfiá-la na bomba de ar! Aconteceu que ela, contudo, *tinha* sim do que pedir desculpas. Ela confessou — "e esse, ela deve ter pensado, era o motivo daquilo que eu fazia com ela!", gritou o príncipe — ter um caso com seu compatriota pedreiro, ela o amava e ele também, e o amor dos dois tinha sido consumado havia muito tempo, ela pedia desculpas por ter machucado Heinrich, mas ele, afinal, a machucara muito mais e a verdade é que — ela mal podia respirar agora — ela odiava Heinrich, detestava-o, sentia repulsa por ele, e tinha certeza de que ele iria direto para o inferno, o pedreiro era tudo o que Heinrich não era, mentalmente, é claro, "mentalmente, ela disse, e isso era obviamente um absurdo, ele era um milhão de vezes meu superior", lembrou o príncipe, e ele contou ao astrônomo que aquilo era tão ridículo que não o machucou, mas fisicamente, também, sim, e de alguma maneira ela recolheu energias para rir, um riso de escárnio que ele nunca a vira dar, fisicamente, também, meu senhor, ela disse, não há comparação entre você e o pedreiro, nenhuma comparação possível — nem sobre como você *pensa*, nem sobre como você *fode*. E naquele globo de vidro gigantesco ela colapsou e perdeu a consciência. "Agora, é verdade", disse o príncipe Heinrich ao astrônomo, "que o caso era uma novidade para mim. E é verdade, como você deve ter escutado de Greta, pois eu sei que ela gosta de atribuir a morte de Ludmila a *isso*, a algo muito baixo, em vez de a algo bastante filosófico, que eu tive um ataque de ciúmes. Sim, padre, fiquei louco de ciúmes — verdade. Mas *não* é verdade que meu ataque de ciúmes a matou. Muito pelo contrário, salvou a vida dela!" Em seu ataque ele a desprezou, ele disse, e ao desprezá-la ela se tornava novamente real para ele, novamente um ser, um ser diferente dele, um ser *desprezível*, é claro, mas um ser ainda assim, um mecanismo nunca provoca tamanho fervor, pró ou contra. O príncipe estilhaçou o globo de vidro com o cotovelo e, de joelhos sobre os cacos, abraçou o corpo inerte de Ludmila e chorou sobre ela e rezou sobre ela e soprou em sua boca. O que quer que tenha feito surtiu efeito; ela voltou à vida, resfolegando com o ar que ele a oferecia. "Nós subestimamos a pneumática", disse o astrônomo a Leibniz. Heinrich contou ao astrônomo: "Durante todo aquele dia ficamos atracados, conversando e copulando, copulando e conversando, e em nossas conversas e cópulas ambos sentimos pela primeira vez que chegávamos ao fundo do outro, eu contei a ela sobre meu pai e minhas irmãs, como eu *realmente* me sentia em relação a eles, contei a ela coisas sobre eles que não contei nem mesmo a você, padre, coisas íntimas e complicadas, a verdade, a verdade! E ela me contou sobre o pai dela, i.e., sobre Zikmund, que ela amava mais do que todos no mundo e que, no entanto, a entregara a mim, e todos os sentimentos complexos implicados naquilo, compartilhou pensamentos e sentimentos de intimidade extraordinária e complexidade impressionante, e me contou até mesmo, a pedido meu, sobre o pedreiro, tudo sobre ele, até, a pedido meu, sobre como faziam amor, a pedido meu me contou como ele era, em todos os lugares, e o que tinham feito, em detalhes, e em contrapartida eu contei a ela sobre meus demônios e dúvidas, como chegara a duvidar de sua vida interior, e ela aprendeu rápido com aquilo e logo usou a mesma lógica de pensamento contra mim, como sei que *você* pensa, como sei que *você* tem uma mente, como sei que *você não é* uma máquina, ela gritou muito inteligentemente etc., e dessa maneira olhamos lá no fundo das profundezas de cada um, nunca antes em minha vida tinha olhado tão fundo ou tinha permitido que se olhasse tão fundo, tão fundo, fundo, *inacreditavelmente* fundo! Então, no final havia entre nós um substrato de mútuo ódio que salvaguardava, para cada um de nós, a autonomia e a existência do outro. O prazer perverso de um ataque de ciúmes... A *salubridade* do ciúme", ele disse, segundo o astrônomo, "que nada mais é do que resistência... E é bom para um príncipe sentir tal resistência, tão raro o mundo resiste a ele, as coisas só são reais quando nos oferecem resistência e nos enfurecem". (Seria fantasioso reconhecer em tais sentimentos a semente da futura afirmação de Leibniz de que "a natureza do corpo não consiste apenas em sua extensão", como os cartesianos gostavam de insistir, mas também na solidez dos corpos, em sua impenetrabilidade, na exclusão de outros corpos, na habilidade, em resumo, para resistir às coisas?) Heinrich: "Naquele dia ela parecia tão real para mim, tão real, mais real do que nunca". Naquela noite, contudo, enquanto dormia, e ele permanecia acordado e a observava dormir, o corpo dela subindo e descendo a cada respiração, Ludmila mergulhou em uma irrealidade profunda e, como ele claramente podia ver, irreversível, que fez com que ele fosse atacado mais uma vez por suas antigas suspeitas de que a cabeça dela era oca e vazia, ou talvez ocupada por um relógio com engrenagens e mais engrenagens, e foi então ("Eu confesso!") que ele infligiu tais injúrias à cabeça dela na tentativa de abri-la e observar seu interior, cortando-lhe as orelhas, arrancando-lhe os olhos, estilhaçando-lhe os dentes e finalmente lhe abrindo o crânio. A gravidade da mutilação não deveria sugerir, ele apontou, que foi realizada com violência, não, foi perpetrada com equanimidade, em um espírito filosófico, mas não é tão simples como pode parecer abrir uma cabeça humana. Depois de tê-lo feito e descobrir que a cabeça dela não era nem oca nem cheia de engrenagens, ele arremessou o cadáver, envolto na camisola de Ina, para os porcos selvagens do zoológico abaixo de sua janela, e pôs um pé no parapeito para atirar-se atrás dela, antes que lhe ocorresse que não tinha se enganado, que aquilo que parecia orgânico para *ele* não pareceria para alguém muito menor do que ele, ou para alguém equipado com lentes de aumento de poder suficiente, "ou um tubo como o seu, padre", visto por uma pessoa pequena assim, ou com o auxílio de lentes poderosas, ou por meio de um tubo comprido o bastante, o que parecia ser orgânico, rosado, úmido, delicadamente orgânico, se revelaria inteiramente mecânico, nada além de rodas dentadas girando em vastos espaços de vazio silencioso.

Então Heinrich disse: "Por esse e todos os meus pecados eu me arrependo". E acrescentou: "Soa estúpido quando o digo. Quando digo qualquer coisa". Já que o mundo era dele, o príncipe estava obviamente fazendo algo completamente louco, verdadeiramente estúpido e inteiramente contraditório toda vez que abria a boca para dizer qualquer coisa a qualquer pessoa, observou Heinrich. "E de qualquer modo eu não me infiltrei em minha própria torreta disfarçado de padre para que pudesse perdoar eu mesmo aos meus incontornáveis pecados, mas para ensinar-me sobre triângulos, sim, triângulos! Então, padre", disse o príncipe Heinrich, e caiu na risada, depois olhou assustado, e por fim ficou imóvel: "Fale. Me ensine. Sou todo seu".

E o astrônomo tirou o capuz e abandonou o disfarce e ensinou o príncipe sobre triângulos.

E ele descobriu — "e isso nos diz algo sobre a natureza da matemática" — que, apesar de ser evidentemente um maluco completo, a aptidão de Heinrich para a trigonometria não tinha sido afetada.

E quando a delegação de eleitores chegou, alguns dias depois, o príncipe, com habilidade extraordinária e o ardor de um genuíno perseguidor da verdade, estimou a distância entre a Terra e a Nova Estrela, e quando os eleitores foram embora, cada um para seus domínios, todos os sete estavam convencidos, sem sombra de dúvida, da sanidade do jovem príncipe, e portanto de sua aptidão para o cargo do pai, disse o astrônomo a Leibniz, pondo uma cavidade ocular vazia contra o visor de seu telescópio, pegando uma pena e escrevendo uma longa sequência de números. E embora o príncipe Heinrich tenha sido encontrado morto no dia seguinte na latrina protuberante de sua torreta, trucidado, aparentemente, pelas próprias mãos, não se podia negar que tivesse aprendido sobre triângulos, e o imperador enlutado assegurou ao seu astrônomo imperial que tinha a intenção de honrar o édito assinado por ele.

Quatro

O resto da história cobre meio século, mas conta-se rapidamente — e deve ser rapidamente contada, disse o astrônomo, segundo Leibniz, pois a Lua se interporá entre nós e o Sol em exatos vinte e quatro minutos, "nem mais nem menos".

Depois de uma semana, o astrônomo conseguiu seu tubo de noventa centímetros com poder de aumento de nove vezes, depois de um mês ordenou e obteve um telescópio de cento e trinta e sete centímetros que aumentava os objetos em treze vezes, e antes do final do ano, o tubo astral que ele apontou para os céus era tão alto quanto o próprio astrônomo, aumentava o mundo em cerca de dezesseis vezes e revelava não menos do que mil duzentas e duas estrelas. A questão poderia muito bem ter continuado dessa maneira, "e meus olhos, meu caro Leibniz, teriam permanecido bem aqui em meu rosto", não fosse pelo fato de que Wilhelmina — apenas oito meses depois de suas núpcias com o decadente herdeiro da Casa Wittelsbach, em uma breve e sombria cerimônia onde um decrépito factótum do castelo espalhou as pétalas da flor que Katharina tinha reivindicado antes, e em uma capela onde ninguém sorriu mais radiante do que Margaretha — deu à luz em Zweibrücken um menino que, tudo indica, sobreviveu ao parto. As suspeitas do conde palatino, que além de banhar-se nu no Vltava era conhecido principalmente por seu apreço por máscaras, falcoaria, bebidas, poesia, sistemas monetários antigos e decoração, assim como por seu interesse acadêmico na arte da guerra, foram atiçadas por um e outro dos corrompidos colegas do astrônomo que, por uma quantia supostamente trivial, informaram ao irado aristocrata que o tutor de matemática da princesa tinha, ao menos em uma ocasião, saído do provador de roupas completamente desalinhado. O velho aparentemente deu um sorrisinho e então olhou em seu telescópio; e aqui uma nota de timidez aparece no texto de Leibniz; a consideração de um leibniziano contemporâneo, depois de ter vasculhado seus arquivos, talvez seja relevante nesse sentido, a de que Leibniz, em sua longa vida, nunca amou nem foi amado. De qualquer maneira, enquanto o conde palatino, com sua elegância e sua faixa azul e branca, galopava desde a Renânia com cem soldados de cavalaria na intenção de exigir satisfações do astrônomo, este, por sua vez, com a tolerância do imperador, fugiu de Praga, primeiro de carruagem, depois a cavalo e por fim a pé, terminando em uma escalada frenética desta exata montanha, uma subida ao longo da qual quase enlouqueceu com visões, em cada curva, atrás de cada árvore, primeiro do conde palatino, e então de sua mãe, seu pai, seu pai com o valioso chapéu de pena segurando a caixa multiespelhada — "ele tinha conseguido, gritou, tinha conseguido!", disse o astrônomo para Leibniz —, mas mesmo em um estado delirante o suficiente para confundir as visões de meu pai com a realidade eu sabia, mesmo assim, que ele *não* tinha conseguido, de jeito algum, o que você quer dizer com ter conseguido, conseguido como, com mais espelhos? Enquanto isso sua mãe, ou a visão dela, não disse uma palavra, nem sequer olhou para mim, contou o astrônomo a Leibniz, ela olhava para o chapéu de veludo na cabeça de meu pai, que estava empoeirado, bastante empoeirado, e se perguntava como tinha ficado tão empoeirado e como poderia limpá-lo. Enquanto meu pai me pressionava, queria que ela olhasse para mim, só olhar para mim já parecia que seria o suficiente para salvar-me dele, mas ela só pensava em como limpar o chapéu, tinha ficado tão empoeirado, e a poeira era claramente visível no tecido preto. "Lembro de pensar, com relação a meu pai e sua caixa, Você nunca vai conseguir, e com relação a minha mãe e ao chapéu, Você nunca vai conseguir tirar a poeira dele." Então ele percebeu que seu pai, em suas visões, tinha uma cabeça mecânica em vez de corpórea, e se lembrou de que os dois estavam mortos — Leibniz observa que o astrônomo não tinha mencionado a morte de sua mãe —, e ocorreu-lhe naquele momento que ele tinha de fato escalado aquela montanha e estava agora em seu topo, "aqui mesmo, bem aqui onde agora estamos sentados, meu caro Herr Leibniz", e a visão final que teve antes de desmaiar foi a de um observatório astronômico, parecendo perfeitamente circular mas que, por motivos relacionados ao trabalho dos sentidos, na verdade desviava-se da perfeita circularidade por meio de um número infinito de pontos, "um polígono, não um círculo", que o imperador devidamente construiu para ele e equipou como era de seu desejo com um tubo de duzentos e setenta e cinco centímetros de comprimento, com o poder de fazer os objetos parecerem vinte e cinco vezes maiores do que de fato eram, com o que o astrônomo aumentou o número de anotações em seu catálogo estelar para mil duzentos e setenta e sete.

"Vinte e dois minutos", disse o astrônomo, olhando pelo telescópio, segundo Leibniz. "Está ficando cada vez mais escuro." E pegou sua pena e escreveu alguma coisa.

Três, quatro, cinco, seis — e então um tubo astral de pouco menos do que sete metros de comprimento, trazido com cuidado da capital nos ombros de uma dezena de homens. Tendo há muito dispensado seus assistentes, em cujos registros de tempo e quadrante ele nunca confiou, o astrônomo agora empunhava o relógio e o quadrante ele mesmo, além do próprio tubo, e embora como consequência a anotação dos dados estelares fosse muito mais lenta e trabalhosa, era mais acurada; e então aqui, neste observatório muito distante das distrações sociais e visuais de Praga, das pessoas, por assim dizer, e das luzes, ele viu mais longe e com mais precisão do que jamais antes, e mais cedo ou mais tarde um tubo ou outro penetraria o cosmo em sua completude e seu catálogo de estrelas estaria terminado. Um dia, contudo, quando uma dúzia de homens transportou até seu observatório um novo tubo de mais de sete metros de comprimento, chegou com eles um décimo terceiro homem que em vez de ajudante de carregamento apresentou-se como enviado imperial e entregou ao astrônomo uma carta de Rodolfo selada com a águia de duas cabeças. Dizia, parafraseio, Leibniz cita a fala do astrônomo, que o imperador se encontrava em situação perigosa, o Santo Padre e os Estados da Boêmia o tinham abandonado no momento em que mais necessitava dos subsídios, de um, e dos tributos, dos outros, para conseguir pagar os soldados mercenários que havia contratado para proteger Praga de seu irmão desleal e que saqueariam a cidade sem pestanejar caso não fossem pagos. O astrônomo prestaria um enorme serviço ao Império se, naquele período, prosseguisse em suas valiosas investigações com o novo tubo e não requeresse outro até que a crise atual, com a ajuda de Deus, estivesse superada. O astrônomo, indignado, respondeu de imediato. Mesmo se aquilo que o imperador tinha escrito fosse verdade e não simplesmente uma tentativa dissimulada de escapar às responsabilidades, tais assuntos de Estado e pessoais não eram do interesse do astrônomo; seu próprio império assentava-se em um outro plano. Em consonância com os termos do Édito dos Tubos, e aqui ele citava na íntegra, recursos *sem racionalidade* para a construção de tubos caso Heinrich aprenda sobre triângulos, ele exigia um tubo de nove metros de comprimento, com fator de aumento de quarenta vezes.

Três semanas depois, um tubo astral com tais especificações foi entregue no observatório com uma mensagem amistosa desejando boa pesquisa ao astrônomo, assinada por Matias, arquiduque da Áustria, rei da Hungria e da Croácia, rei da Boêmia e imperador do Sacro Império Romano.

"Vinte minutos", declarou o astrônomo, reportou Leibniz. "Cada vez mais escuro."

O príncipe Heinrich estava morto, a princesa Margaretha, depois da morte do irmão, ficou não menos louca do que ele, a princesa Wilhelmina era mantida em cativeiro por seu marido, o receoso conde palatino, em seu pequeno porém meticulosamente cuidado castelo nas margens do Schwarzbach, em Zweibrücken, e quanto à princesa Katharina, a musical Katharina, que, como você lembra, disse o astrônomo a Leibniz, tinha, de acordo com o camareiro-mor, sido enviada para a Espanha para visitar os primos na corte madrilena de Filipe III, o astrônomo — depois de anos de ouvidos atentos para saber da obra que, ele sabia, ela seria capaz de compor —, soube por fim que ela *tinha* sido enviada para a Espanha, isso era verdade, mas não para Madri, e não para a corte de lá, mas sim para Toledo, onde fez os votos, quão voluntariamente não sabemos, e se juntou às silentes irmãs carmelitas do convento da Nossa Senhora da Luz. O astrônomo disse: "O mundo não ouviu nem um pio dela desde então".

Desse modo, o terreno estava limpo para o devoto Matias e, depois de Matias, para o fanático Fernando II. Cada um, no entanto, com aquela peculiar e cômica demonstração de constitucionalidade que marcou a política germânica mesmo na iminência da guerra vindoura, quando camponeses se banquetearam de cadáveres humanos, soldados imperiais estupraram as filhas de respeitados burgueses e os suecos fizeram entuchar de imundícies a boca dos bávaros até que as entranhas explodissem com a pressão, concordou, de acordo com o astrônomo, em acatar o Édito dos Tubos assinado pelo predecessor — "mas em breve você verá que não foi tão fácil assim!" — e professou, cada um dos dois, interesse no mundo natural.

Assim, houve um tubo de doze metros, e então um de quinze, e então um de dezoito, este último permitindo ao astrônomo enxergar mil quatrocentos e trinta e seis estrelas brilhantes.

Ele olhou pelo telescópio e pegou sua pena. "Dezenove minutos, cada vez mais escuro", disse, e escreveu alguma coisa.

Certa manhã, um garoto bateu à porta do observatório. Bastou olhar para o rosto dele, "que era meu rosto, Herr Leibniz", para o astrônomo concluir que o garoto era seu filho. Ele compreendeu, a partir do que disse o garoto, depois de abraçá-lo e trazê-lo para dentro, para perto do fogo, que o conde palatino também tinha chegado à mesma conclusão. Pois o garoto se lembrava, desde sempre, de ver seu pai reparando em seu nariz, e sem saber o porquê, disse o garoto ao astrônomo. Quando bebia e pensava que o garoto estava dormindo, o conde palatino às vezes se esgueirava para dentro do quarto e media o nariz do garoto com o indicador e o dedão. Então, com cuidado para manter a medida do espaço, ele levava os dois dedos ao próprio nariz. "Quantas vezes não tinha o garoto acordado no meio da noite e encontrado esse conde Wittelsbach bêbado e decadente debruçando-se sobre ele no escuro, comparando com os dedos o tamanho de seus narizes", disse o astrônomo. É claro que, quando por fim o garoto entendeu que seu pai, por algum motivo, temia que seu nariz crescesse, ele tentou tudo o que fosse possível para evitar que aquilo acontecesse, apertando-o e esmagando-o, amarrando-o com cordas, dormindo de bruços com o nariz contra o colchão. "Basicamente o garoto açoitou aquele nariz de todas as maneiras concebíveis." Mas, não importa o que fizesse, o nariz continuava a crescer. Até que não era mais possível negar — nem mesmo pelo conde palatino que, como discerniu o astrônomo a partir do que lhe dissera o garoto, ainda que o garoto não parecesse dar-se conta, amava profundamente o filho — que o nariz do garoto não era o nariz do conde palatino e que, portanto, o filho não era do conde palatino. O conde não teve escolha senão expulsar o garoto de seu castelo em Zweibrücken e deixar cair entre eles o portão levadiço, que é o que ele fez, com um brusco conselho, dado por entre as grades de ferro, para que encontrasse seu pai verdadeiro, seu pai de sangue, que, até onde o conde palatino sabia, era um judeu lunático que exauria as finanças do Império olhando diretamente para o Sol com tubos cada vez mais longos e cada vez mais dispendiosos em algum lugar nas montanhas da Boêmia, próximo a Schwarzenberg.

E lá então estava o garoto.

O astrônomo ficou radiante. Em sua obsessão pelo firmamento, tinha se esquecido de um antigo desejo, surgido no instante em que a princesa Katharina bateu com a baqueta no que acreditava ser o *glockenspiel* de seu pai, de ter o próprio filho. A simples visão daquele rosto, um rosto que ele não tinha visto em lugar algum senão no espelho desde a última vez em que viu seu pai no grande salão, o fez tremer. Sim, ele estava radiante, de início! Muito rapidamente, contudo, o astrônomo percebeu que por debaixo daquele rosto familiar pairava uma essência estranha.

Apenas por fora seu filho era seu filho. "Por dentro ele era um Wittelsbach."

O garoto mostrou pouco interesse pelo quadrante, nenhum pelo relógio, e praticamente nenhum pelo longuíssimo tubo. Tão logo começaram, naquela primeira noite, as investigações astronômicas, o garoto declarou estar entediado e pediu para ser levado ao aviário para ver os falcões do astrônomo. A revelação de que o astrônomo não tinha um aviário e não cuidava de nenhum falcão emudeceu o garoto. Ele anotou as coordenadas de mais três estrelas antes de levantar os olhos do caderno e exigir que o astrônomo lhe mostrasse a moeda mais antiga e do lugar mais recôndito dentre toda a sua coleção de moedas; quando o astrônomo enfiou a mão no bolso e deu a ele um táler cunhado no ano anterior, em Joachimsthal, o garoto começou a chorar, inconsolável. Tinha passado muito tempo de sua breve vida naquele pequeno castelo no Schwarzbach de Zweibrücken. Era um almofadinha como seu pai de criação. O astrônomo: "Tinha vindo até mim tarde demais". O astrônomo pensou nos passeios do príncipe Heinrich com a princesa Katharina e refletiu: "Um jovem é uma coisa formidavelmente maleável. Uma personalidade, ao contrário de um nariz, pode em sua origem ser delimitada e moldada". Por baixo da pele daquele garoto de sete ou oito anos de idade batia o coração de um dinasta e esteta medieval, aborrecido e dissoluto.

Agora, talvez — pensou o astrônomo com otimismo —, o garoto ainda seja maleável, ainda era, afinal, muito jovem! E ele colocou materiais de leitura nas mãos do garoto, livros que o ensinariam a compreender como ele, seu pai, via as coisas, o que considerava real e o que considerava ilusório, quais eram as causas de nossos tormentos na Terra e quais, se existissem, eram as consolações; mas, embora o garoto tentasse simular interesse neles, os livros "obviamente quase o faziam morrer de tédio". Euclides o entediava, Campanella o entediava, Grosseteste o entediava, frei Bacon o entediava. Mesmo que não se interessasse por óptica, o astrônomo pensou que ele pudesse se interessar pelo interesse de seu *pai* naquilo, mas não, muito embora ele dissesse que sim. Quando o astrônomo parecia absorto diante do tubo, o garoto provavelmente examinava aflito as lombadas na estante em busca de histórias militares, panegíricos dinásticos e volumes antigos de alegres versos latinos. "A questão da natureza fundamental das coisas não interessava a ele." Quantas estrelas existiam, como se distribuíam no espaço, como eram constituídas — o que *eram* as estrelas — não exerciam nenhum fascínio no garoto, apesar dos incansáveis esforços do astrônomo, ao longo de meses e depois anos, em provocar nele o interesse por tais questões elementares; não, qualquer encanto que as estrelas podiam exercer sobre o garoto estava associado às possibilidades estéticas, às vulnerabilidades para a versificação, às aplicações metafóricas mais ou menos inexauríveis ("a possibilidade", explicou o astrônomo, "de significarem *qualquer coisa*"), e o charme decorativo que possuíam quando brilhavam no céu das paisagens que o garoto esboçava das montanhas e vales ao redor. Em uma sequência de sonetos, ele exaltava as virtudes das entidades celestes de cuja natureza era completamente ignorante; em uma série de esboços, a luz dos astros era explorada pelo iluminar de uma ou outra cena alpina. O astrônomo reagia com frieza aos poemas e desenhos sem que o garoto entendesse por quê. "Como ele poderia ter compreendido que a maneira arrogante com que se utilizava do mundo para o próprio fim artístico era o direito de nascença de um Wittelsbach? Que, apesar de ter meu sangue correndo nas veias, sua mente tinha sido formada pela educação Wittelsbach? Que daquela dissoluta dinastia bávara ele tinha herdado a audácia de transformar o mundo, segundo a própria vontade, em arte amadora aristocrata? Que aquilo que liberava seu pai de criação, o conde palatino, para banhar-se nu no rio Vltava diante de todos os plebeus e potentados de Praga era o mesmo que o liberava para a própria estetização desinteressada do mundo?" Deve ter sido cruel quando ele desconsiderou os sonetos do garoto como versinhos Wittelsbach, suas paisagens como garatujas Wittelsbach, quando ele interrompeu as tentativas do garoto de conversar com ele sobre as estrelas com o argumento de que aquilo que cada um deles queria dizer com aquela palavra era demasiado diferente para que pudessem ter um diálogo; mas, embora ele possa de fato ter parecido cruel, o astrônomo na verdade lamentava. Com frequência, assim como o conde palatino, ele observava o garoto dormir, embora, ao contrário do conde palatino, não houvesse nada que pudesse medir com dois dedos para quantificar suas divergências.

Ele disse a Leibniz: "Era um estranho com minha cara".

Em uma noite de inverno, após anos de uma coabitação que havia muito tornara-se taciturna e fria, o astrônomo, tendo rastreado cada palmo dos céus com seu tubo de dezoito metros e depois de encontrar apenas três estrelas que não tinham sido vistas com o tubo anterior, de quinze metros, e, em consequência disso, ter sido tomado pela consciência extasiante de que finalmente se aproximava da meta em torno da qual tudo se encaminhava, magicamente deixou o tubo girar, e ele girou até uma parte dos céus conhecido pelos gregos como Via Láctea e para os germânicos como o Caminho do Santuário de São Tiago; ele ali viu algo que não esperava.

Ele acordou o garoto e ordenou que olhasse no tubo. "O que você vê? Diga-me o que você vê!"

O garoto olhou pelo telescópio. E após um momento murmurou: "É lindo".

"Não estou perguntado se é bonito", disse o astrônomo. "Que você ache isso bonito é absolutamente irrelevante para mim. Estou perguntando o que *é* isso."

E o garoto, que a essa altura já era um jovem, respondeu: "O que é, meu Pai, é uma belíssima ilustração da futilidade, do ridículo e da insensatez de sua vida. É isso o que vejo através desse tubo". E ele calçou as botas e vestiu o casaco e saiu do observatório, em meio à neve alta, e não voltou no dia seguinte, ou no outro, ou em nenhum dos dias seguintes. O astrônomo disse: "E ele não estava errado, Herr Leibniz. Pois aquilo que viu através do tubo era que a substância nebulosa que compõe o Caminho do Santuário de São Tiago consiste em nada mais do que incontáveis estrelas amontoadas em um mesmo espaço". Entre seu catálogo de estrelas e o céu propriamente dito havia agora quase a mesma diferença que existia quando começou; e entre um tubo absurdamente longo e outro que fosse infinitamente longo talvez houvesse, pensou, enquanto considerava atirar-se da janela de seu observatório, menos diferença do que esperava.

"Quinze minutos, cada vez mais escuro", acrescentou o astrônomo, observando pelo telescópio. Leibniz observou que o consentimento dado anteriormente a um possível início de escuridão não se mantivera e que, pela fresta na janela, estava tão claro e azul lá fora quanto sempre estivera, ou talvez ainda mais.

Em vez de se matar — "o que teria sido bastante tolo fazer *naquele* momento, antes de saber o que as estrelas na verdade *eram* e de onde vinham de fato!" —, ele catalogou as estrelas do Caminho do Santuário de São Tiago, quase três mil delas, e requereu ao imperador Fernando um novo tubo de vinte e sete metros, e depois disso um tubo de trinta metros, e logo depois um tubo de não menos de trinta e cinco metros de comprimento, com o poder de aumentar as coisas em noventa vezes e que demandou, segundo o astrônomo, todo um batalhão de homens de Wallenstein, recém-vitoriosos contra Mansfield em Dessau, no rio Elba, para transportá-lo montanha acima. Com o novo tubo, algo que antes aparecia como uma nebulosidade ou uma nuvem de poeira era agora revelado como uma nova multidão de estrelas, exigindo assim uma sequência de tubos. "Até que o céu parecesse o mesmo através de dois tubos de diferentes comprimentos, o catálogo de estrelas estaria incompleto." Os tubos, é verdade, agora se tornavam enormemente compridos. Mas à medida que Wallenstein aterrorizava os príncipes protestantes, o imperador, com seu verniz de constitucionalidade, continuava, se não contente em oferecê-los, ao menos disposto a fazê-lo, segundo o édito promulgado pelo predecessor de seu predecessor. Os anos se passaram assim, com os tubos ficando cada vez mais longos e transformando mais e mais nebulosidades em aglomerados de estrelas. O que é interessante, observou o astrônomo, segundo Leibniz, é que sua tecnologia interna avançou em paralelo com sua tecnologia externa; à medida que sua tecnologia externa, os tubos, cresciam mais e mais para fora, sua tecnologia interna, o mecanismo introspectivo, crescia mais e mais para dentro, e tornava-se cada vez mais potente, e enquanto desmembrava as nebulosidades em vastas multidões de estrelas, também, ao mesmo tempo, desmembrava a si mesmo e sua mãe e seu pai e seu filho em uma vasta multidão de motivações; "A história que agora estou lhe contando — exceto, é claro, a última e mais importante parte, onde enfim perco meus olhos — começou, naqueles dias, a se organizar em minha mente, à medida que observava minha vida por meio de meu mecanismo introspectivo cada vez maior, e dividi a mim e aos membros de minha família em fragmentos cada vez menores (reorganizáveis)", disse o astrônomo. Não era de todo modo uma coisa boa, ele achava, e de fato, enquanto desmembrava as porções nebulosas de sua vida em fragmentos distintos e indistinguíveis, do mesmo modo como desmembrava as porções nebulosas dos céus em estrelas distintas e indistinguíveis, pensou que aquilo era na verdade uma coisa muito ruim. Com sua tecnologia interna cada vez mais longa e mais e mais poderosa, ele desmembrou sua mãe em partes cada vez menores e assim em pedaços cada vez menos nebulosos e interessantes, picotou-a, basicamente, em centenas de minúsculos fragmentos, e então fez o mesmo com seu pai, depois com seu filho, e por fim consigo, até que todos estivessem picotados em pedaços extremamente pequenos, inteiramente desprovidos de mistério, e completamente desinteressantes, pedaços de ânimo, peças de personalidade, fragmentos de crença e tendência e hábito. E com o céu ele fez o mesmo, ou algo parecido.

Não há nada interessante sobre nós e, na verdade, nada interessante dentro de nós, pensou o astrônomo naquele tempo. O príncipe Heinrich estava certo. "Tudo é mais ou menos a mesma coisa em todos os lugares."

Pela primeira vez na vida, o astrônomo quis *parar* de olhar, parar de olhar para o céu e parar de olhar para si mesmo.

Mas não podia parar. Sentia ter uma "compulsão por olhar", olhar bem de perto, "uma compulsão por olhar bem de pertinho". O que (pensou) seria necessário para que parasse de olhar, "para olhar só *isso* de tão perto, e não mais? Até tal e tal ampliação, e não mais?".

Bom, esses pensamentos devem ter acontecido por volta do ano de 1628, logo depois de o exército imperial, durante o cerco a Stralsund, ter falhado em expulsar o rei da Suécia de seu posto de apoio na Pomerânia, pois aquele tinha sido o momento em que um panfleto anônimo de Munique, "como se tivesse lido minha mente", acusou o astrônomo de uma "compulsão judaica pelo olhar", o que, ao canalizar para seus tubos judaicos há muito sem sentido os recursos financeiros necessários para a defesa da Alemanha e do catolicismo dos hereges e dos filisteus do Norte, sacrificou a pátria pela mesquinha "compulsão de olhar cada vez mais perto", comum a todos os judeus, mas especialmente acentuada nesse específico judeu, "que resguardou a si mesmo o direito de olhar todas as coisas tão de perto quanto humanamente possível, ainda que isso significasse a devastação de nossa terra natal e a ruína da cristandade". Enquanto lia o panfleto, e mesmo reconhecendo o perigo que aquilo representava para seu projeto e para si mesmo, o astrônomo lembrou-se de ter pensado que ninguém na Terra o compreendia tão bem quanto aquele panfletário, talvez nem mesmo ele próprio e, seguramente, nem seu filho. Ainda assim, não permitiria que aquilo o detivesse, "uma compulsão tem uma vida bastante independente de sua consciência", e na tarde daquele dia em que leu o panfleto, escreveu para Fernando exigindo um novo tubo de quarenta e nove metros de comprimento, com o poder de aumentar as coisas em cento e vinte vezes. O momento da demanda era desfavorável. Chegou a Hofburg no mesmo instante em que um esbaforido mensageiro vinha com a ominosa notícia de que os Estados Suecos tinham votado em uníssono para financiar três anos de guerra com a Alemanha. Se Gustavo Adolfo não tinha ainda partido de Estocolmo com suas forças, estava seguramente prestes a fazê-lo. Enquanto isso, o tesouro imperial estava em estado lamentável. Fernando começou a vender as próprias terras, primeiro a Lusácia, em perpetuidade para o eleitor da Saxônia, depois a Alta Áustria, como compromisso com Maximiliano da Baviera. Em um pagamento parcial de um débito de cerca de meio milhão de florins, Wallenstein recebeu o ducado de Meclemburgo. E agora esse astrônomo imperial aposentado, "por ter ensinado triângulos para o príncipe Heinrich", como justifica cada uma de suas demandas, estava demandando um tubo de quarenta e nove metros, em tão curto espaço de tempo após ter recebido um de trinta e cinco metros? Fernando, no entanto, não estava surdo para os boatos entre seus súditos bávaros, incluindo o próprio duque Maximiliano, de que ele era refém de uma compulsão judaica pelo olhar, que hipotecava a terra germana para permitir que um único judeu observasse mais e mais de perto, na verdade, "inutilmente perto", nas palavras do polêmico de Munique, para todas as coisas, no céu, na Terra, "e para si mesmo também: para sua alma repugnante e blasfema", como o astrônomo se lembrava que um dos panfletos afirmara, "não inteiramente injustificável", contou ele a Leibniz. O imperador, assim, se achava em uma encruzilhada. Por um lado, tinha de manter a qualquer custo as aparências de constitucionalidade, ou então era certo que a Saxônia abriria mão de sua neutralidade e se alinharia com os suecos; e nenhum argumento baseado na razão do Estado, de acordo com a paridade entre a razoabilidade e aquilo que era necessário, persuadiria o eleitor da Saxônia a agir de maneira diferente; se, por outro lado, continuasse a sangrar o tesouro imperial para pagar por esses cada vez mais e agora extraordinariamente longos tubos, perderia o apoio das pessoas de bem de Munique, e então de toda a Baviera, o que levaria à perda do apoio de Maximiliano e, assim, do exército que sua Liga Católica tinha disposto sob o comando do conde Tilly, o que na sequência o faria perder a guerra. "Em ambos os casos, era como se meus tubos significassem o fim do Sacro Império Romano", disse o astrônomo a Leibniz.

A solução do imperador Fernando foi astuciosa.

Ele continuaria, declarou, a seguir à risca a lei do Édito dos Tubos, mas deixaria de financiar esses custosos tubos com apenas os próprios recursos, não mais, em outras palavras, com os recursos imperiais, não exclusivamente, assim contou o astrônomo a Leibniz; dessa forma o custo dos tubos seria subsidiado por um novo imposto corrigido anualmente, o então chamado imposto do tubo, que incidiria sobre os pastores e salineiros que habitavam a província montanhosa, em cujo ponto mais alto e visível fora construído o observatório. De início, a nova regra pareceu sem efeito; as pessoas que viviam aqui eram poucas e pobres; mesmo se a Coroa confiscasse todos os táleres da província inteira, os ganhos não seriam o suficiente para um décimo de um único tubo. Mas depois, contudo, ocorreu ao astrônomo que a regra tinha objetivos políticos e não econômicos. "Com aquele imposto dos tubos o imperador punha salineiros e pastores contra mim." Ao longo dessas colinas havia milhares de trabalhadores braçais, mas apenas um "trabalhador da mente", segundo as palavras do astrônomo; o imperador Fernando esperava, supunha-se, que o corpo se voltaria contra a mente e a mataria. Isso foi o que quase aconteceu. Não foi, é evidente, por acaso que o observatório foi escolhido como ponto de coleta do imposto do tubo, e à medida que os pastores e salineiros deixavam ali, em espécie, pagamentos de cabras, por um lado, e sacos de sal, por outro, eles murmuravam imprecações contra o vizinho aberrante de preocupações enigmáticas. Alguns prometeram agir com violência contra ele. Mais de um tentou partir seus tubos ao meio. Quando a esposa de um pastor, cujos seis filhos, disse ela, estavam sabe lá Deus onde lutando sabe lá Deus contra quem, e cuja filha faminta não conseguia produzir leite o bastante para alimentar o filho recém-nascido, perguntou ao astrônomo, enquanto lhe entregava a última cabra mirrada, que sabedoria ele tinha obtido com suas observações das estrelas e ele respondeu, com uma risada, que não aprendera nada, não tinha ganho absolutamente nada em termos de sabedoria, e que sabia menos agora do que quando começou, ela então, com um uivo que ele jamais tinha escutado, retirou de sua capa um frasco contendo alguma espécie de substância ácida e lançou contra o rosto do astrônomo, o que poderia muito bem tê-lo deixado cego ali mesmo, não tivesse tido ele a agilidade para esquivar-se. Em uma noite, o problema chegou ao ápice. Através do tubo, o astrônomo observava um estranho brilho avermelhado emanando da Terra que se revelou, quando alcançou a crista da colina, tratar-se de quatrocentos ou quinhentos de seus vizinhos carregando tochas em uma mão e armas na outra, picaretas para os salineiros e forcados para os pastores. O astrônomo contou a Leibniz: "Aqueles homens estavam ali para me matar". Ele deu o que temeu ser a última olhada aos céus e saiu para encontrá-los. E pensou, segundo Leibniz: Meu pai, que trabalhou a vida toda com as mãos, saberia tratar com esses homens; eu, que confiei apenas em meus olhos, isso sem falar em minha mente, não sei, não sei como me dirigir a eles, não sei como falar com esses trabalhadores braçais da maneira como trabalhadores braçais gostam de ser tratados. "Pela primeira vez em minha vida, queria ter sido *mais* parecido com meu pai." Ele não se orgulhava mais dos tormentos metafísicos esotéricos que sentia e sofria, e que seu pai desconhecia; agora o astrônomo queria apenas ser capaz de conversar com trabalhadores braçais, assim como seu pai o fazia. "Naquele momento, não parecia haver nada mais importante para se saber do que se fazer entender por um homem cuja vida é devotada às cabras. Mas eu sabia que não conseguiria me fazer entender nem me justificar para homens de mãos encarquilhadas e casacos salpicados de cristais de sal." E assim, com pouca esperança de que suas palavras o salvassem, certo de que sua própria inegável erudição apenas confirmaria sua monstruosidade para aquelas pessoas simples, o astrônomo tirou os grossos óculos e abriu a boca para falar — no entanto, o que pronunciou, disse admirado para Leibniz, "eram as palavras de meu pai, as cadências de meu pai! Ele ainda estava comigo, não sei dizer quão intrinsecamente, era como se em minha infância eu tivesse, sem me dar conta, absorvido integralmente aquele homem". Ele falou com aqueles trabalhadores braçais o que trabalhadores braçais gostam de ouvir, ele os fez sorrir com as piadas de trabalhador braçal que seu pai antes contara aos homens de sua oficina, ele os deixou de olhos marejados com a sentimentalidade de trabalhador braçal de seu pai, gesticulando o tempo todo com o gesticular de trabalhador braçal de seu pai. Embora sem os óculos ele mal pudesse enxergar a multidão, podia sentir que sua atuação os estava convencendo. E terminou justificando o que fazia ali com os tubos em termos que eles compreenderam intuitivamente.

E então, enquanto o rei da Suécia mergulhava cada vez mais pela Alemanha, de Brandemburgo à Saxônia, depois avançando pela Turíngia até a Bavária, os salineiros e pastores puseram as mãos no peito e declararam devoção ao astrônomo, de modo que ele então demandou de Viena tubos de cinquenta e cinco, cinquenta e oito e sessenta e um metros de comprimento. E que escolha tinha o imperador senão entregá-los? O jogo de Fernando, por mais astucioso que fosse, tinha falhado. Teria de pensar em outra estratégia.

No entanto, nada disso deixou o astrônomo feliz. O tubo agora fazia sentido para os pastores, talvez, "mas fazia cada vez menos sentido para mim". Milhares de tubos do astrônomo tinham inundado o continente desde que Galileu o popularizara com a fantástica história do doge de Veneza no topo do campanário de São Marco, mas "ninguém, pensei, entende como ele de fato funciona, nem mesmo eu". Se compreendesse mesmo como o tubo funcionava, pensou, deveria ser capaz de, sempre que quisesse, *não* olhar através dele, *parar* de olhar por ele, controlar a compulsão de olhar por meio dele, o catálogo de estrelas completo ou não, mesmo até o final de seus dias, se assim o quisesse, mas isso era algo que ele obviamente era incapaz de fazer.

Junto a esse pensamento, e a ele associado de maneira tão obscura que não pode compreender, outro pensamento surgiu: queria seu filho de volta.

Como queria seu filho de volta!

E então um dia, mais ou menos quando Gustavo Adolfo cruzou o Lech, tomou Augsburgo, conquistou Munique e ameaçou aparecer em menos de três semanas nos portões de Viena com quarenta mil homens, o filho do astrônomo voltou.

"Dez minutos", disse o astrônomo, olhando pelo telescópio, agarrando sua pena e escrevendo uma sequência de números. "Prepare-se, meu caro! Está quase lá."

Durante anos, ele ensaiou em sua cabeça as palavras com as quais pediria perdão caso seu filho voltasse. Ainda que fosse pequena a culpa que o garoto carregava pelo nariz que inexoravelmente crescia em seu rosto, a culpa dele era ainda menor — o astrônomo pretendia dizer — pela mente que inexoravelmente se formara em sua cabeça. Como poderia ser usada como culpa por qualquer coisa aquilo que de um instante para outro surge do nada? O astrônomo pretendia dizer tudo isso e muito mais. Mas quando seu filho reapareceu em uma manhã à porta do astrônomo, o garoto, que agora era um homem-feito, alto e forte, embora desleixado e estranhamente cambaleante, com um brilho nos olhos que seu pai interpretou como sincera perturbação, caiu de joelhos antes que seu pai pudesse dizê-lo, escondeu o rosto contra o corpo do pai, e chorou. "A cena perfeita do filho pródigo", disse o astrônomo a Leibniz, pondo uma cavidade ocular contra o telescópio. O garoto, quer dizer, o homem agora, disse: "Oh, as coisas que vi, as coisas que vi, pai!", e ficou repetindo a frase: "Meu maldito desinteresse Wittelsbach!". E então gritou: "Minha *indiferença*, pai! Minha completa indiferença, minha insuportável indiferença!". Ele gritava: "A indiferença que absorvi com o leite de minha mãe, você tentou me alertar, eu sei, a indiferença aristocrática de que você tentou me falar!", e ele gritava as palavras: "Breitenfeld! A ponte de Dessau! Magdeburgo! Magdeburgo! Magdeburgo!".

Levou um tempo até que o homem se recompusesse o suficiente para contar o que havia acontecido com ele, e na sequência em que tinha acontecido.

Depois de deixar o observatório naquela noite de inverno, tantos anos atrás, o garoto, como um pequeno Lázaro de Tormes, serviu a uma série de senhores, cada um deles, ele disse, o espancou mais do que o anterior, e o alimentou menos, ainda que com sua indiferença ancestral ele se "sentia distante daquilo tudo, completamente à salvo e superior a todos eles", até que encontrou seu último senhor, um alfaiate, em Münster, que o espancou mais e o alimentou pior do que todos os outros — "Eu não sentia nada!" —, mas também lhe ensinou a arte do bordado. Ele tinha jeito para aquilo. Quando o garoto ultrapassou o senhor no talento com a agulha, o senhor, que não tinha herdeiros, tomou a mão do garoto entre as suas e revelou, em um tom emocionado, seu desejo de, após sua morte, deixar para ele a oficina. O garoto abraçou o velho e beijou suas bochechas retorcidas, a esquerda e a direita, a esquerda e a direita, mas não tinha intenção de passar a vida em uma oficina de alfaiataria em Münster alargando a cintura das calças de burgueses. Não, sua criação Wittelsbach não permitiria que se contentasse como um alterador de calças de Münster. Naquela noite, o velho, excitado com o pensamento de que seu negócio sobreviveria após seu desaparecimento do mundo mortal, embebedou-se até começar a delirar e teve de ser carregado pelo garoto até sua cama onde, com um sorriso no rosto, logo começou a roncar, momento em que o garoto roubou, de debaixo daquela mesmíssima cama, o cofre onde o velho guardava as economias de toda uma vida, com o que viajou em alto estilo para a Antuérpia. Lá, e depois em Bruxelas, ele aperfeiçoou sua arte sob a tutela de dois tapeceiros geniais. Embora fosse apenas um tecelão em uma oficina, vivia com o dinheiro do velho como se fosse o filho de um conde — "Não tinha remorsos, nada, nada!" —, e quando o dinheiro acabou ele continuou a viver do mesmo modo. Contraiu dívidas com um agiota que não exigiria garantias de um jovem que, era visível, era colega da mesma fé, apesar das próprias diatribes do mutuário no sentido contrário (e contra seus próprios interesses pecuniários), de que descendia de uma distinta linha de duques e reis germanos que recebiam a comunhão havia pelo menos seiscentos anos. "Meu amigo", disse o agiota com um piscar de olhos, "o nariz em seu rosto é garantia suficiente!" Quando chegou a hora de pagar o empréstimo, ele fugiu para Colônia, depois Augsburgo e por fim Salzburgo, onde abriu a própria oficina, disse o homem ao astrônomo. No caminho, viu coisas terríveis. Perto de Mainz viu um destacamento da cavalaria saqueando um monastério, exumando as tumbas dos monges e cortando-lhes os dedos para roubar seus anéis. Em frente a uma sede de fazenda, em algum lugar entre Heidelberg e Stuttgart, ele viu dezessete supostos ladrões enforcados no único galho de uma árvore carbonizada que ainda conseguia suportar algum peso, dois deles ainda crianças. Em Frankfurt, após um conflito, tantos desertores e supostos espiões estavam sendo publicamente torturados por seus superiores imperiais que um representante dos cidadãos foi enviado para pedir ao exército que escalonasse as punições — agora o pêndulo, agora a roda de despedaçamento —, de modo que o espetáculo pudesse ser apreciado com mais vagar. "Não sabemos para onde olhar", explicou. O filho do astrônomo sentia-se da mesma maneira. Lembrava de sua "exultação" com a riqueza do material com que Deus parecia lhe fornecer. Logo depois de ter terminado de desenhar a avarenta amputação dos dedos dos monges, aos seus olhos já se oferecia a execução em massa dos dezessete camponeses, dois deles ainda crianças, em uma árvore visualmente muito interessante. E tão logo desenhou os camponeses enforcados, viu em Frankfurt, naquele dia de depravação, uma centena de coisas que mereciam ser desenhadas, todas elas congregadas na praça principal como que para sua própria conveniência, todas tendo como pano de fundo a Fonte da Justiça, que Deus parecia ter disposto ali para fornecer ao jovem artista uma contraposição irônica à barbárie da cena. "Não sentia nada, nada mesmo, exceto *gratidão* por ter recebido tanta inspiração para meu trabalho, por ter entrado no mundo das artes, por assim dizer, em um momento de crueldade generalizada e visualmente interessante. Não podia acreditar em minha sorte, ver tantas atrocidades interessantes arranjadas tão artisticamente, tantos cadáveres em posições tão coloridas! A Alemanha desse momento é basicamente uma série de cenas impressionantes, pensei. Não conseguia desviar os olhos, nem mesmo *queria* desviar — nem entendia aquelas pessoas que tentavam cobrir os olhos, ou olhavam por entre os dedos, aquelas pessoas não deveriam ser artistas, pensei, nenhuma daquelas pessoas olhando por entre os dedos para aquela árvore vai fazer uma tapeçaria com a árvore e os camponeses ali pendurados, ou uma pintura, ou um poema, ou uma música, ou uma coreografia, ou uma louça, ou mesmo uma anedota interessante, é o que devo ter pensado, ao passo que eu queria olhar aquilo *muito bem*, e transformar tudo aquilo em *tapeçarias*." E embora ele tenha acrescentado: "Você está pensando: Essa maldita indiferença Wittelsbach!", o astrônomo na verdade pensava: "Minha compulsão judaica pelo olhar!", segundo Leibniz. Em sua oficina em Salzburgo ele começou a tecer os rascunhos de brutalidade e desumanidade em tapetes colossais de lã e seda que encontraram compradores entusiastas em meio aos ricos, "embora também os pobres os teriam comprado se tivessem recursos para isso". E logo seus patronos lhe encomendaram outros. Um patrono, cuja aparência e sotaque pareciam marcá-lo como um espanhol e cuja riqueza parecia inexaurível, ultrapassando em muitas vezes até mesmo aquela do burguês mais rico, encomendou mais peças do que qualquer outro, com instruções para que ele soltasse a imaginação, que não se contivesse ao retratar o sadismo da guerra. "Conte a verdade!", dissera o espanhol. "Conte a verdade." Talvez, ele pensou, esse enigmático espanhol seja um pacifista. Muito pelo contrário. O que quer que ele tecesse era louvado aos céus pelo espanhol, mas também repreendido, na mesma frase, por ser muito controlado, "em termos de sadismo". (Minha tradução. Embora a palavra, é claro, seja um anacronismo, ela captura o sentido do espanhol, ao menos à medida que o sentido empregado pelo espanhol só nos chega por meio do tapeceiro, do astrônomo e de Leibniz.) "Conte a verdade!", ele gritaria. "Conte a verdade sobre o sadismo dos homens." Repetidamente. "É muito bonito, mas da próxima vez conte a verdade! Em termos de sadismo." Ou: "Você está se segurando, meu caro! Teça de verdade o que você viu". Ainda assim, não importa quão verdadeiramente ele convertia em seu tear o que tinha visto com os próprios olhos, o espanhol respondia: "Onde está a verdade? Onde está o sadismo?". Ou então: "Você está sendo sentimental!". Ou simplesmente: "Mais sadismo". Finalmente, o tapeceiro percebeu que aquilo que o espanhol queria dizer com "verdade" excedia em muito até mesmo as coisas mais bárbaras que ele ou qualquer um tinha jamais visto na Terra. Para a tapeçaria seguinte, a maior que já fizera, ornamentada abundantemente com fios de ouro, ele exagerou a aflição, dobrou o tamanho das chamas e dobrou o número de mortos, triplicou o número de crimes carnais e tornou mais íntima a relação entre vilão e vítima; e quando o espanhol a viu, disse: "A-há! A verdade. *Assim* é que é o mundo". E inclinando-se para beijar a mão do artista, ele se apresentou como agente do imperador Fernando e convidou o tapeceiro para ir a Viena no papel de bordador imperial. Ele aceitou e partiu. Ali, na oficina imperial, ele continuou a tecer nas tapeçarias as consequências das políticas de Fernando. "Fui enviado para testemunhar e tecer para as paredes de Hofburg as batalhas de Dessau, Wolgast, Lutter am Barenberge. Até mesmo daquelas batalhas, onde seu próprio exército foi massacrado, como em Breitenfeld, o imperador queria uma enorme tapeçaria." Foi, na verdade, enquanto observava Fernando demorar-se absorto em frente a uma tapeçaria que retratava o massacre de Breitenfeld que as palavras de seu pai — "Suas palavras!" — retornaram pela primeira vez. Aristocratismo... Indiferença... A estetização do mundo... Sim, pensei, Fernando, com sua criação habsburga, e eu, com minha criação Wittelsbach, estamos aristocraticamente alijados do sofrimento de nossos companheiros homens. Olhe para ele, tocando solenemente com o dedo o trabalho de agulha onde uma baioneta atravessa o pescoço de um de seus soldados, pensei. Na verdade, eu conseguia lembrar de ver aquele homem sendo atacado, ou um outro como ele, o sangue jorrando do buraco em seu pescoço. Não tinha sentido nada, mais ou menos. Provavelmente pensei: Tenho de tecer isso. Lembre-se, eu provavelmente disse a mim mesmo, como está o pescoço dele bem agora, não se esqueça de como é esse pescoço! Provavelmente minha preocupação mais importante era como eu esqueceria a aparência do buraco em seu pescoço no momento em que estivesse de novo com meu tear. Mas é claro que não esqueci. Eu teci aquilo e ficou lindo. O imperador ficou admirado. No momento em que viu o imperador Fernando tocando contemplativo aqueles fios vermelhos, o tapeceiro compreendeu que havia algum problema com sua própria mente e, portanto, com sua arte. "Ao observar o rosto de Fernando observando a representação da morte daquele homem, percebi o quão pouco havia acessado a dor deles, eu *queria* ser capaz de acessar a dor deles, mas tinha parado na superfície das coisas, da maneira como você sempre disse que eu fazia. Você se interessa, você costumava me dizer, pelo meramente sensual e superficial, ao passo que eu gosto de penetrar a essência das coisas, temos temperamentos diferentes, jamais entenderemos um ao outro, *nunca!*, você costumava dizer, me lembro muito bem disso, *nunca, nunca!* Não o compreendia naquele tempo, mas observando o rosto de Fernando eu então compreendi, compreendi o quão pouco tinha acessado a dor daqueles homens." Mas, embora compreendesse aquilo intelectualmente, não podia senti-lo visceralmente. Compreendeu que deveria se sentir enojado por sua arte, pelas transfigurações do sofrimento que não podia sentir em tapeçarias para a admiração do imperador Fernando, mas não se sentia enojado. À medida que o imperador Fernando o enviava para mais e mais campos de batalha, educadamente recusando a sugestão do bordador imperial de levar alguma variedade para as paredes de Hofburg por meio de uma sequência de tapeçarias mitológicas, o tapeceiro achou que tinha *sim* uma nova relação com sua arte, uma relação que ele esperava fosse uma espécie de nojo incipiente, mas que percebeu, para seu desgosto, tratar-se apenas de uma espécie de tédio incipiente. Por fim, pensou, melhor ficar enojado com aquilo que vejo e faço antes de começar a ficar entediado, pelo menos isso! Ficar entediado com isso antes de começar a me enojar, pensou, parado em meio aos escombros queimados de Magdeburgo, em meio ao fedor daquilo, em meio ao gritos de sofrimento e, pior, prazer, esboçando tudo que conseguia ver para uma tapeçaria que ele sabia seria sua obra-prima, seria um sinal de sua alma genuinamente irrecuperável, contou ele ao astrônomo, e o astrônomo a Leibniz, que comentou parenteticamente que, na verdade, Magdeburgo tinha sido saqueada meses antes da queda de Breitenfeld. Por favor: sem tédio antes do desgosto, sem tédio antes do desgosto, ele rezou, disse o tapeceiro ao astrônomo, permita-me que, *ao menos*, como um mínimo sinal de minha humanidade, que eu comece a ficar enojado com isso antes de ficar entediado! Apenas um monstro conseguiria permanecer parado na antiga praça de Magdeburgo durante um saque e ficar entediado com aquilo tudo que via antes mesmo de ficar enojado. "Tudo que eu queria", disse o tapeceiro de joelhos, o rosto colado na barriga do pai, "era sentir uma pontada de desgosto antes de sentir uma pontada de tédio, ficar enojado antes de ficar entediado, mas não, fiquei entediado antes de ficar enojado." A pontada que ele sentiu em Magdeburgo era uma pontada de tédio, não de desgosto. Dentre todos aqueles que testemunharam, ou cometeram ou sofreram as atrocidades ocorridas naquele dia e naquela noite de Magdeburgo, dos quais apenas um sexto dos cidadãos sobreviveu, o tapeceiro era provavelmente a única pessoa que sentiu tédio. Somente em retrospecto, de volta a Viena, bem depois de ter começado a ficar entediado com seu material, é que finalmente começou a ficar enojado com tudo aquilo que tinha visto ali.

Depois de terminar a tapeçaria de Magdeburgo, a melhor delas, ele renunciou ao posto de bordador imperial, renunciou ao sensual e ao superficial, fugiu de Viena e voltou para cá, para as montanhas da Boêmia onde, se seu pai o perdoasse por tê-lo abandonado da primeira vez, ele gostaria de ficar e ajudá-lo a furar os céus, disse o tapeceiro, contou o astrônomo a Leibniz.

E o astrônomo de fato o perdoou. E o tapeceiro ali ficou.

E naquela mesma noite o astrônomo olhou através do tubo e seu filho manejou o quadrante e anotou os dados do relógio, e juntos eles catalogaram nove mil cento e trinta e sete estrelas.

E não muito depois daquilo, algo aparentemente milagroso aconteceu.

"Cinco minutos", disse o astrônomo, olhando em seu telescópio.

Foram necessários dois regimentos de homens de Wallenstein e dois do conde Tilly para carregar até o alto da montanha o tubo que chegou na manhã seguinte, este exato instrumento, o astrônomo disse a Leibniz, encostando no telescópio, "sessenta e oito metros de comprimento, segundo minhas especificações, e com o poder de aumentar os objetos em duzentas e vinte e cinco vezes, um tubo mais longo e mais poderoso do que todos os predecessores". "Quem sabe", pensou quando o sol já se punha, "quantas estrelas veremos nesta noite", e o filho respondeu: "Quem sabe?". Mas quando o sol tornou a nascer eles tinham catalogado nove mil cento e trinta e sete estrelas — nem uma a mais do que tinham visto com o tubo anterior. Por meio de dois tubos de tamanhos amplamente diferentes, o céu parecia exatamente o mesmo. "O catálogo de estrelas está completo", disse o astrônomo a Leibniz. E acrescentou: "E como era gratificante, maravilhoso, muito *providencial*, pensei, completar meu catálogo na presença de meu filho — o exato oposto de meu pai nunca ter completado sua caixa em minha presença". No caso de ter perdido alguma coisa lá nas alturas, o astrônomo não parou de observar o céu com seu telescópio nas semanas e nos meses que se seguiram. Mas ele não tinha deixado nada escapar; uma vez ou outra ele via algum fenômeno celestial que não tinha observado antes, como a cauda de um novo cometa, ou os anéis de Marte, que ele tinha sido o primeiro ("assim pensei!") a descobrir, bem como os anéis ("assim pensei!") de Vênus, mas nunca mais nenhuma estrela, nem mesmo uma nebulosidade que pudesse ser desmembrada em uma estrela. Sentia-se cada vez menos obrigado a olhar pelo tubo, até que um dia parou mesmo de olhar. E então ele e o filho viveram juntos em silêncio, da mesma maneira como faziam quando o garoto era pequeno, só que agora era um silêncio diferente, mais rico, mais caloroso, na verdade um silêncio infinitamente rico e caloroso, pois existem dois tipos de silêncio, este, pensou o astrônomo, e o outro. Em Lützen, enquanto isso, o rei da Suécia foi trucidado por um tiro na têmpora, a Alemanha estava salva, a guerra se inclinava a favor de Fernando. Então os anos se passaram, e depois décadas, o astrônomo se tornou um homem velho e então um homem muito velho, de início só um pouco curvado, e depois bastante curvado. Era um desses velhos que são curvados, porém calmos, contentes com a maneira como viveram suas vidas e com o que fizeram.

"Até que, uma noite..."

Embora ele tivesse há muito parado de conduzir suas observações noturnas, a insônia da velhice lentamente o devolveu ao seu horário da juventude e, nessa noite em questão, ele estava deitado na cama, completamente acordado, enquanto seu filho roncava. Ele sentiu, escreveu Leibniz, um impulso incomum: ver o céu noturno, mas vê-lo como ele o via em sua infância — não através do tubo, em outras palavras, a olhos nus. "Queria ver com meus próprios olhos a Nova Estrela com a qual eu tinha uma vez amarrado em nós os antigos aristotélicos de Praga", contou ele a Leibniz. Em silêncio, sem acordar o filho, ele caminhou para fora do observatório e olhou com estupefação para as estrelas, porque aquelas eram as *suas* estrelas, tinha catalogado todas elas, e andou para cá e para lá, e olhou o céu de todas as maneiras, e andou e olhou e andou e olhou até o momento em que ("Três minutos, cada vez mais escuro, está quase sobre nós!"), do nada, ele bateu em alguma coisa macia, "com alguma coisa muito macia e muito *aveludada*, Herr Leibniz". Ele perguntou a Leibniz: "Você entende?". E acrescentou: "Eu tive de pensar: Estou louco? E o pior é que tive de pensar: Não estou louco, isso *é* mesmo um rolo de veludo muito macio e muito escuro largado de pé aqui no meio dessas colinas e cravado de reluzentes pedaços de sal e quartzo e outros minerais!". Quão grande, ele pensou, e com bastante razão, é esse desnorteante rolo de macio veludo preto? E depois de passar as mãos sobre ele, para cima e para baixo, de um lado a outro, percebeu que — "Eu tive de pensar: Estou louco?" — era mesmo muito grande, que subia bem alto e circundava o observatório completamente. "Era um rolo verdadeiramente grande de um veludo lindamente ornado que cobria meu observatório hemisfericamente com um raio de precisamente setenta metros, segundo meus cálculos." Ele perguntou a Leibniz: "Agora você entende? *Eu* ainda não tinha conectado esse misterioso rolo de veludo preto com a vitória do Império sobre

Gustavo Adolfo, mas *você*, meu caro Leibniz, provavelmente já, *você* provavelmente vê a conexão entre o veludo e Lützen, você é um jovem brilhante! Dois minutos". Enquanto o astrônomo inspecionava o veludo e se perguntava o que ele fazia ali, viu que seu filho tinha acordado e saído do observatório, corria em sua direção o mais rápido que conseguia e gritava algo incompreensível, e foi somente então ("Não sou louco, mas sou *lerdo*!") que lhe ocorreu que seu filho ainda era o bordador imperial, nunca tinha deixado de ser, que ainda era um vassalo fiel a Fernando, e que aquela enorme abóboda de veludo preto a que o astrônomo tinha sido obrigado a olhar por dez, vinte, trinta anos: *aquilo* era a obra-prima de seu filho, uma tapeçaria não do saque de Magdeburgo, mas do céu noturno sobre a Boêmia, rotacionada gradualmente sobre ele, minuto a minuto, todas as noites, por uma equipe de assistentes astronomicamente astutos. Com poucas exceções — os anéis de Vênus! —, a tapeçaria era extraordinariamente exata, seu filho devia ter um conhecimento muito profundo e sofisticado do trabalho do astrônomo para ter conseguido fazê-la, "aquilo me sugeria um prolongado período de tempo em que ele não fez outra coisa senão estudar meu trabalho, examiná-lo, conviver com ele, *dentro* dele. Poderia até mesmo ficar orgulhoso do trabalho que ele construíra, não fossem os motivos pelos quais ele o fizera". Era nisso que o astrônomo estava pensando quando seu filho correu até ele, enfiou os dedos em suas cavidades oculares e arrancou seus dois olhos fora, para que nunca mais pudesse exigir do imperador um outro tubo. O astrônomo caiu na risada: "É claro, quando dei por mim e descobri que meus olhos tinham desaparecido, ele tentou me convencer de que eu, como uma espécie de novo Édipo, os tinha arrancado sozinho, com minhas próprias mãos! Sessenta segundos".

Desde então ele tinha vivido sozinho, exceto pela companhia dos gatos, de Linus agora — "Onde está você, Linus, velho amigo, o mundo está acabando", disse o astrônomo com as mãos e os joelhos sob a esfera armilar, onde encontrou Linus esparramado preguiçosa e espaçosamente, e esfregou rápido o rosto no que identificou como "a parte mais macia do gato", a barriga —, e antes de Linus, da mãe de Linus, Urânia, por cujos órgãos sensoriais, tão diferentes dos seus, ele passou a se interessar com afinco. "Quarenta e cinco segundos!" Ele, em sua cegueira recente, batia toda hora contra as coisas, já ela, mesmo à noite, nunca batia em nada, *ela o* cheirava o tempo todo, *ele* quase nunca *a* cheirava. "É o mesmo com Linus: está sempre me cheirando, e eu nunca". Eram considerações como essas que o moveram, uma noite, anos depois de seu filho ter arrancado seus olhos e arrancado a enorme tapeçaria e voltado a Viena, a olhar mais uma vez, sem sequer saber por quê, através de seu tubo. E aquilo que o astrônomo viu o deixou chocado. Pois ele não viu a escuridão costumeira, mas sim as exatas mesmas estrelas que via antes de ter sido cego. Através do tubo, o céu noturno permanecia como sempre tinha sido! O astrônomo disse: "E eu percebi: de lá do fundo, de *dentro* da minha cabeça, estou olhando para *fora*, para a superfície *interna* da parede *externa* de minha cabeça, se é que isso faz sentido. De *minha* cabeça, quero dizer, não da sua, e não da de mais ninguém. Percebi: Aristóteles não estava errado quando postulou suas esferas celestes, é verdade que não estamos no cosmos infinito de Demócrito, estamos ligados, isso é verdade, por *algo*, mas, ao postular as cinquenta e cinco esferas, Aristóteles postulou cinquenta e quatro delas em excesso! Em meu sistema muito mais simples existe apenas uma esfera. A curvatura do céu é a curvatura de minha cabeça. Dez segundos". E então parou ao lado do telescópio, com um braço sobre ele. E disse: "Quanto às estrelas no céu, Herr Leibniz, eu basicamente as lancei ali sozinho, na parede interna de meu próprio crânio, *boom, boom*, se faz algum sentido. É por isso que, do fundo do peito, não chamo esse meu instrumento de telescópio nem de tubo astral, e sim de canhão astral...".

Então ele gritou: "Agora! Agora! Veja! Veja!".

Era meio-dia.

E o astrônomo acompanhou Leibniz até o banco de três pés, e com a mão firme contra o crânio do jovem filósofo pressionou o olho de Leibniz contra a ocular. E Leibniz olhou através dela. O astrônomo gritou: "Está escuro, sim? Absolutamente escuro, sim? Você vê, não vê? Você confirma?". E embora Leibniz, que tinha estranhamente começado a se afeiçoar por aquele velho solitário e lunático, tenha decidido contar a ele ("Que mal faria?") que vira o eclipse tendo-o visto ou não, ele se impressionou com o fato de que *estava* realmente escuro, a Lua *tinha* realmente se disposto entre o Sol e a Terra, ele não precisaria mentir. "Eu vejo!", exclamou Leibniz. "Sim, eu vejo, eu vejo o eclipse, está um breu total! Oh, como é estranho, e como é bonito!" E bem próximo ao seu ouvido o astrônomo disse: "E assim como vem, vai". Mas embora os quatro segundos previstos tivessem de fato transcorrido, e então cinco segundos, e depois seis, ainda estava escuro no telescópio, absolutamente escuro. E Leibniz ("Não sou louco", ele escreveu, "mas sou lerdo") então se deu conta do óbvio, que o telescópio estava quebrado. Ele levantou os olhos e viu a brecha de céu por entre a fresta na janela. Estava claro e azul. Então ele olhou novamente no telescópio. Ali ainda estava escuro, e completamente. "Decidi não dizer nada ao velho." Mas quando Leibniz se virou para o astrônomo, ele não estava mais ali. Então Leibniz percebeu que a chama da vela tinha sumido, fumaça se desprendia dela, devia ter sido apagada por uma brisa entrando por uma das pequenas janelas voltadas para o abismo e que tinham permanecido fechadas até aquele momento, mas que agora estavam escancaradas, e por onde, não era difícil deduzir, o astrônomo tinha acabado de se jogar. Ao que tudo indicava, ele tinha pulado com o caderno nas mãos e por um instante Leibniz pensou que havia levado Linus também. Mas, como Leibniz demonstra em um último diagrama, na página final, o gato ainda estava sob a esfera armilar, na mesma posição de antes, embora tenha erguido ligeiramente a cabeça, "não para olhar pela janela por onde seu mestre tinha caído" (assim dizia a legenda), "mas para farejar com interesse a fumaça da vela".

Naquela mesma tarde, Leibniz começou sua viagem de volta à Alemanha, primeiro a pé, depois a cavalo e por fim de carruagem, perguntando-se o tempo todo se tinha aproveitado alguma coisa daquela história tão maluca ou se apenas desperdiçara parte de seu breve tempo na Terra. O incidente deve, contudo, ter surtido algum efeito nele, já que no momento em que se aproximava dos portões de Leipzig resolveu abandonar a academia para tentar a sorte como um homem de letras e pediu ao cocheiro que não parasse ali. Não muito depois, ele foi nomeado conselheiro privado de Justiça na corte do arcebispo eleitor de Mainz, onde no outono de 1666 e inverno de 1667 escreveu este relato. Não o teria escrito, ele informa ao editor do *Philosophical Transactions*, de acordo com minha tradução, não fosse pelo fato, de início perturbador, mas que depois considerou adequado e até mesmo divertido, de que por cada cidade que passou, da Saxônia à Renânia, ninguém falava de outra coisa senão do eclipse total que tinha ocorrido algumas semanas antes, ao meio-dia do trigésimo dia de junho, e que tinha mergulhado a Alemanha na escuridão por quatro segundos. "Se assumirmos", escreve Leibniz, "que a Europa Central não está inteiramente em conluio", então ele próprio, com o olho preso a um telescópio quebrado, talvez tenha sido a única pessoa do continente a não ver o eclipse.

The Organs of Sense © Adam Ehrlich Sachs, 2019

Todos os direitos desta edição reservados à Todavia.

Venda proibida em Portugal.

Grafia atualizada segundo o Acordo Ortográfico da Língua Portuguesa de 1990, que entrou em vigor no Brasil em 2009.

capa
adaptação da capa original de Alex Merto
para Farrar, Straus & Giroux
imagem de capa
Stock Montage/ Getty Images
composição
Jussara Fino
preparação
Silvia Massimini Felix
revisão
Jane Pessoa
Erika Nogueira Vieira

Dados Internacionais de Catalogação na Publicação (CIP)

Sachs, Adam Ehrlich
Os órgãos dos sentidos / Adam Ehrlich Sachs ; tradução Roberto Taddei. — 1. ed. — São Paulo : Todavia, 2021.

Título original: The Organs of Sense
ISBN 978-65-5692-223-2

1. Literatura americana. 2. Romance. 3. Filosofia. 4. Romance filosófico. 5. Astronomia. I. Taddei, Roberto. II. Título.

CDD 813

Índice para catálogo sistemático:
1. Literatura americana : Romance 813

Bruna Heller — Bibliotecária — CRB 10/2348

todavia
Rua Luís Anhaia, 44
05433.020 São Paulo SP
T. 55 11. 3094 0500
www.todavialivros.com.br

fonte
Register*
papel
Munken print cream
80 g/m²
impressão
Geográfica